Bernd Schumacher

Februarblut

Ein Kriminalroman aus
dem Rheinbach der Fünfzigerjahre

KBV
KRIMI

Originalausgabe

www.kbv-verlag.de
E-Mail: info@kbv-verlag.de
Telefon: 0 65 93 - 99 86 68
Fax: 0 65 93 - 99 87 01
Umschlagillustration: Ralf Kramp
Redaktion: Nicola Härms, Rheinbach
Satz: Volker Maria Neumann, Köln
Druck: Grenz-Echo AG, Eupen
www.grenzecho.be
Printed in Belgium
ISBN 978-3-940077-07-3

Für meine Frau Ruth
und meine Töchter Susanne und Jennifer,
die mich ermutigt haben,
diesen Roman zu schreiben.

Von Severus bes Romanus
küt dr Düvel us dr Höll erus.
Holt sich manch Siel met Für on Schwefel
vom Kotteforsch bes en dr Efel.
Dröm Mensch on Dier sei op dr Hoot,
Februarbloot, Februarbloot!

(Von Severus [1. Februar] bis Romanus [28. Februar]
kommt der Teufel aus der Hölle heraus.
Holt sich manche Seele mit Feuer und Schwefel
vom Kottenforst bis in die Eifel.
Drum Mensch und Tier sei auf der Hut,
Februarblut, Februarblut!)

Alter, überlieferter Spruch aus der Voreifel

1. Kapitel

Montag, 9. Februar 1953, 13 Uhr 25

Tassilo, Tassilo«, der Ruf des Jungen hallte von den Wänden des stillgelegten Steinbruches wider, verstärkt durch die klare Luft des kalten Winters im Februar des Jahres 1953, einem Winter, der die Voreifel schon seit mehr als drei Wochen nicht aus seinen Klauen ließ.

Er war wie jeden Tag nach der Schule auf seiner Runde mit dem Jagdhund seines Vaters, die ihn von seinem Zuhause, der Öl-Mühle, an den Rand des Rheinbacher Stadtwaldes führte. Dort hatte er zunächst auf dem Schwanenweiher einige Bahnen auf dem zugefrorenen See geschlagen, bevor er sich zu seinem Lieblingsspielplatz aufmachte, der wie kein anderer Ort die Abenteuerlust eines Zehnjährigen weckte. Wie oft schon hatte er mit seinen Spielkameraden die steilen Hänge erklettert oder war im Geiste auf dem Rücken seines Pferdes von einer Seite des Steinbruchs zur anderen galoppiert. Doch jetzt war dafür keine Zeit. Seine Mutter wartete mit dem Mittagessen.

»Tassilo, Tassilo«, seine schrille Stimme schreckte einige Kolkraben auf, die mit frechem Gekrächze aus den Wipfeln einer Buche davonflogen. Warum hörte der Hund nicht? Seine Aufmerksamkeit musste durch etwas Besonderes in Anspruch genommen worden sein, denn er war gut erzogen und hörte ansonsten aufs Wort.

Der Junge lief einige Schritte und stieg dann in ein Gebüsch, in das er Tassilo hatte verschwinden sehen. Nachdem er sich durch die verschneiten Zweige des Dickichts gezwängt hatte, konnte er den Hund sehen. Schnee und gefrorene Erdbrocken wirbelten dem Jungen entgegen.

Er hielt die Hände schützend vor sein Gesicht und konnte erkennen, dass der Hund wie wild in dem gefrorenen Boden scharrte.

»Mensch Tassilo«, rief er verärgert. »Was machst du denn hier? Mama wartet doch mit dem Essen auf uns.«

Doch weder die unmittelbare Nähe des Jungen noch seine mahnenden Worte konnten den Hund von seinem Tun abhalten. Erst ein harter Klaps auf sein Hinterteil zeigte Wirkung. Jaulend drehte sich Tassilo um und zeigte seine Beute. Der Junge erkannte einen großen Knochen, den der Hund triumphierend zwischen seinen starken Kiefern hielt.

»Was hast du da schon wieder ausgegraben?«, fragte der Junge ungeduldig und versuchte Tassilo den Knochen zu entreißen. Das war gar nicht so einfach, denn der Hund war nicht gewillt, seine Beute so rasch wieder aufzugeben. Erst als der Junge mehrmals heftig an dem Knochen zerrte, ließ er den Knochen los.

»Jetzt aber ab nach Hause!«

Der Junge leinte seinen Hund an und warf den Knochen, so hoch er konnte, in den Hang des Steinbruchs. Dort rutschte er noch einige Meter die Böschung hinab, bevor er sich in einem Ginsterbusch verfing.

Montag, 9. Februar 1953, 16 Uhr 10

Schwester Maria Grata war schon seit siebenunddreißig Jahren Ordensschwester im Rheinbacher Kloster, welches der Orden der »Schwestern unserer lieben Frau« im Jahre 1911 in Rheinbach erbaut hatte. Das mächtige, im Neo-Barock-Stil erbaute Gebäude lag an der Tomberger Straße, einer schönen Baumallee, die den Südosten der Kleinstadt mit dem Stadtwald verband. Es war Maria Grata zur lieben Gewohnheit geworden, kurz vor der Dämmerung und dem gemeinsamen Abendgebet dem muffigen Geruch des Klosters zu entfliehen und einen ausgedehnten Spaziergang im Klosterpark zu machen. Besonders der hintere Teil des Parks hatte es ihr angetan.

Hier erfreute sie sich im Sommer an den von den Klostergärtnern angelegten Blumenbeeten mit ihrer bunten Pracht. Obwohl diese jetzt im Winter verschwunden waren und auch die kalte Witterung der alten Ordensschwester arg zusetzte, wollte sie nicht auf die liebgewonnene Abwechslung verzichten.

Mit einem langen, gefütterten Wintermantel und dicken Wollhandschuhen stieg sie die Treppe zur Nebenpforte hinunter.

Leise ließ sie die schwere Eingangspforte hinter sich ins Schloss fallen, denn sie wusste, dass Schwester Ludwiga, die Oberin des Klosters, es gar nicht gerne sah, dass die älteren Schwestern im Winter bei Schnee und Glatteis das Kloster verließen.

Mit kleinen Schritten trippelte sie von der Pforte auf den verschneiten Parkweg. Das Geräusch ihrer Schuhe auf dem verharschten Schnee bereitete ihr sichtlich Vergnügen. Sie zog ein kleines Büchlein aus dem Ärmel ihres Mantels, den *Sonnengesang* des Heiligen Franziskus, ihre Lieblingslektüre, in der der Heilige den Schöpfer so wundervoll für die Vollkommenheit der Natur pries.

Sie kannte den Weg so gut, dass sie es sich leisten konnte, ihre Aufmerksamkeit den Psalmen des Buches zu widmen, ohne in Gefahr zu geraten, vom Weg abzukommen.

Nach einer Weile, als sie sich auf der Höhe einer kleinen Tannenschonung im hinteren Teil des Klosterparks befand, glaubte sie ein Geräusch zu hören. Sie unterbrach ihren Spaziergang und lauschte in die Stille.

Nichts. Sie schüttelte den Kopf.

Wer sollte sich um diese Uhrzeit auch in diesen Winkel des Parks verirren? Tiere des nahen Waldes konnten es auch nicht sein, da das Klostergelände von einem hohen Zaun umgeben war.

Doch dann hörte sie wieder etwas!

Nein, es konnte keine Einbildung sein. Es war ein Geräusch, als würde jemand gegen Metall klopfen.

In diesem Augenblick sah sie ganz deutlich Fußspuren auf dem Weg, der in die Tannenschonung hineinführte. Auch das war ungewöhnlich. Sie war sich ganz sicher. Diese Spuren waren gestern Abend noch nicht da gewesen. Der Weg führte zu einer Bunkeranlage, den sich die Ordensschwestern im Jahre 1942 hatten bauen lassen. Jetzt waren diese Bunker, Gott sei Dank, nutzlos. Jeder im Kloster mied diesen Ort, der so sehr an die schrecklichen Geschehnisse des Krieges erinnerte.

Einen Moment zögerte sie.

Ihre Vernunft sagte ihr, dass sie besser so schnell wie möglich zum Kloster zurückkehren sollte, um ihre Beobachtungen zu melden. Schließlich siegte jedoch ihre Neugier. Langsam folgte sie dem kleinen Pfad in die Schonung. Als sie die Bunkeranlage von Weitem sehen konnte, glaubte sie, Licht aus dem Treppenabgang schimmern zu sehen. Gerade hatte sie sich entschlossen weiterzugehen, als das Licht erlosch.

Instinktiv suchte sie Schutz hinter einer kleinen Fichte.

Eine Gestalt in einem langen, schwarzen Ledermantel stieg langsam die Betontreppe empor, die aus dem Inneren eines der Bunker hinaufführte. Der Mann hatte eine Taschenlampe in der Hand. An der obersten Stufe des Treppeneingangs verharrte er noch einen Moment, schaute sich prüfend um und setzte sich in Richtung der alten Schwester in Bewegung.

Hatte er sie gesehen?

Einen Augenblick glaubte sie, dass ihr Herz vor Angst stehen bliebe. Nun war er so nah, dass sie ihn hätte berühren können. Sie schloss die Augen und begann zu beten: »Gegrüßest seist Du Maria ...«

Als sie mit großer Erleichterung sah, dass sich der Mann mit schnellen Schritten entfernte, war es ihr ein Bedürfnis, das Gebet an ihre Schutzpatronin aus Dankbarkeit bis zum Ende zu sprechen.

Eine Weile verharrte sie noch in ihrem Versteck und lauschte den Schritten. Als sie nichts mehr hörte, tastete sie sich langsam in Richtung Bunkereingang und stieg die Treppe hinunter. Sie erkannte, dass jemand die schwere Eisentür, die normalerweise den Weg in den Bunker versperrte, aufgebrochen hatte. Als sie die letzte Stufe erreicht hatte, öffnete sie vorsichtig die Tür.

Ein penetranter Geruch aus Blut und Schweiß stieg ihr entgegen.

Obwohl die einsetzende Dämmerung den Bunkerraum kaum erhellte, konnte sie schemenhaft das Innere des Bunkers erkennen. Sie glaubte zunächst ein riesiges Kreuz zu sehen, ähnlich dem Kreuz, welches über dem Altar ihrer Klosterkapelle hing. Doch als sie einige Schritte näherkam, wusste sie, dass sie sich getäuscht hatte.

Sie wich zurück.

Etwas Schrecklicheres hatte sie noch nie in ihrem Leben gesehen. Die Szenerie erinnerte sie an die Gestalten der apokalyptischen Bilder der Maler Breughel und Bosch, die die Fantasien ihres bigotten Geistes schon so oft geängstigt hatten. Es war ein Mensch, der dort an den Armen an der Bunkerdecke aufgehängt war.

Der Kopf war eine einzige blutige Masse. Obwohl er vornüberhing, konnte sie die starren Augen und die heraushängende Zunge erkennen. Der Körper war auf Höhe der Kniekehle eingeknickt, sodass die Knie fast den Boden berührten.

Schwester Maria Grata wollte schreien, aber ihren Lippen entfuhr nur ein kehliger Laut. Sie drehte sich um und hastete nach draußen. Durch den Schock hatte sie die Orientierung verloren und prallte mit dem Kopf gegen die Eisenzarge der Bunkertür. Trotzdem gelang es ihr, die Treppenstufen zu erreichen. Benommen kroch sie auf allen vieren nach oben.

Als sie das Ende der Treppe erreicht hatte, spürte sie, wie ihr das Blut von der Stirn auf ihre Lippen lief.

Ihr wurde schwarz vor Augen.

Dann brach Schwester Maria Grata zusammen.

2. Kapitel

Dienstag, 10. Februar 1953, 11 Uhr 20

Der Motorradfahrer ärgerte sich insgeheim, nicht auf den guten Rat seines Vorgesetzten gehört zu haben.

Hausschildt hatte ihm empfohlen, bei diesen Witterungsverhältnissen lieber mit dem Zug zu fahren. Besonders die Abfahrt in die kleine Senke kurz vor Flerzheim auf der Straße von Witterschlick nach Rheinbach war selbst bei geringer Geschwindigkeit wegen des Glatteises äußerst gefährlich. So entschloss sich Walter Seibold, lieber abzusteigen und seine NSU den Hang hinabzuschieben.

Er hatte die Wetterbedingungen in der Voreifel unterschätzt. In Bonn waren alle Straßen schon seit Wochen schnee- und eisfrei.

Seibold war gespannt, welche Überraschungen ihn in den nächsten Tagen noch in dieser Gegend erwarteten.

Als er den Blick in Richtung Flerzheim hob, konnte er die ersten schneebedeckten Höhen der Eifel erkennen. Walter Seibold war in Sachsen aufgewachsen. So überfiel ihn bei diesem Anblick ein wenig Wehmut, erinnerte ihn dieses Bild doch sehr an seine Heimat. In seiner Kindheit war er oft mit seinen Eltern im Winter von Dresden aus zu Verwandten in das Erzgebirge gefahren, wobei sie bei der Hinfahrt ein ähnliches Panorama vor Augen hatten.

Am Fuße der Senke kontrollierte er, ob der Koffer, den er hinter dem Sattel mit zwei Gummiriemen befestigt hatte, noch ausreichend hielt, und startete seine NSU erneut.

Gestern Abend war er gegen einundzwanzig Uhr von Clemens Hausschildt, dem Leiter der Mordkommission in Bonn, benachrichtigt worden. Man hatte sich entschlossen, ihn nach Rheinbach abzukommandieren, um einen Mordfall aufzuklären, der sich dort in einem Kloster ereignet hatte.

Seibold hatte sich zunächst mit Händen und Füßen gegen diesen Spezialeinsatz in der Provinz gewehrt. Aber dem Argument seines Chefs, dass es ihm als einzigem ledigen Kriminalbeamten in der Abteilung am ehesten zuzumuten sei, auch einmal einige Tage außerhalb von Bonn zu ermitteln, hatte er nichts entgegensetzen können.

Als er Flerzheim passiert hatte und in Richtung Ramershoven fuhr, heiterten ihn das schöne Sonnenwetter und der frische Fahrtwind auf. Wenn nur diese verdammten Kopfschmerzen, die ihn seit dem frühen Morgen wieder plagten, endlich nachlassen würden!

Vielleicht war der Fall ja auch schnell aufgeklärt, dachte er, sodass er spätestens am Wochenende wieder nach Bonn zurückkehren konnte. Er hatte sich nämlich mit einigen Kollegen zum Rosenmontagszug verabredet. Hinter Ramershoven konnte er schon bald die Wahrzeichen Rheinbachs erkennen: den hohen Turm der Kirche St. Martin und die Reste der mittelalterlichen Wehrtürme. Die dunklen, massigen Mauern des Zuchthauses im Norden der Stadt waren ebenfalls gut sichtbar.

Auf den letzten Kilometern kreisten seine Gedanken um das, was ihn in seinem Zielort erwarten würde. Er hatte von Clemens Hausschildt erfahren, dass es sich um ein besonders grausames Verbrechen handelte. Und dann dieser außergewöhnliche Tatort!

Wie würde er als Fremder in Rheinbach aufgenommen werden? Seibold wusste, wie wichtig eine gute Zusammenarbeit mit der einheimischen Bevölkerung und den Polizeikollegen vor Ort für den Erfolg seiner Ermittlung war.

Als er die ersten Häuser von Rheinbach erreichte, führte ihn die Landstraße über eine Eisenbahnbrücke. Dann folgte er der Gymnasialstraße bis zur Straße Am Voigtstor. Dort bog er ab in Richtung Stadtmitte. Kurz vor der Kirche entschied er sich, in einem Friseursalon nach der Polizeiwache in Rheinbach zu fragen.

Seibold betrat die Polizeiwache ohne seinen Koffer.

Er hatte ihn auf seinem Motorrad zurückgelassen, denn nach seinem Antrittsbesuch wollte er so schnell wie möglich ein Quartier für die nächsten Tage suchen.

Seibolds Blicke glitten durch den Raum.

Die Einrichtung der Wache war spartanisch: Rechts neben der Eingangstür standen eine einfache, ungepolsterte Sitzgarnitur und ein kleiner Holztisch, an der Wand darüber hing ein Bild des Bundespräsidenten Theodor Heuss. Auf der linken Seite war eine große Informationstafel mit Bekanntmachungen und Steckbriefen angebracht. Im hinteren Teil des Raumes befand sich ein Tresen, der Seibold an die Rezeption eines Hotels erinnerte und auf dem allerlei Schreibutensilien abgelegt waren. In dem Raum war kein Mensch zu sehen.

Eine Tür hinter dem Tresen verband die Wache mit einem Nebenraum. Von dort war zu hören, wie jemand auf einer Schreibmaschine tippte. Seibold stützte sich mit seinen Unterarmen auf den Tresen und räusperte sich.

Die Tippgeräusche endeten abrupt.

Kurz darauf erschien eine schlanke, elegant gekleidete Frau. Auf den ersten Blick bemerkte Seibold, dass sie hübsch war und eine bemerkenswerte Ausstrahlung hatte. Als die Frau ihn anlächelte, stockte ihm der Atem.

Es war nicht ihre Figur, nicht ihre Haarfarbe, nicht ihr Aussehen.

Was ihn faszinierte, war ihr Lächeln. Er traute seinen Augen nicht.

Das konnte es doch nicht geben, dachte er, dass zwei Menschen das gleiche Lächeln haben können.

Die Frau bemerkte seinen Blick.

»Ja, bitte?« Sie sah ihn abwartend an. »Kann ich Ihnen vielleicht weiterhelfen?«

Nur langsam gewann Seibold seine Selbstsicherheit zurück.

»Äh ent... entschuldigen Sie bitte, mein Name ist Seibold, Walter Seibold, von der Kripo Bonn.«

»Ah, Herr Seibold, wir haben Sie schon erwartet. Herr Hausschildt hatte Ihr Kommen bereits für den Morgen angekündigt.«

»Das Wetter«, entgegnete Seibold, noch immer mit einer spürbaren Unsicherheit in der Stimme. »Schuld war das Glatteis, ich bin mit dem Motorrad gekommen«, fügte er entschuldigend hinzu. Obwohl ihm klar war, dass es dafür eigentlich keinen Grund gab, denn es war keine genaue Uhrzeit für seine Ankunft vereinbart worden.

»Unsere beiden Polizisten haben lange auf Sie gewartet. Herr Vornhagen ist sogar zum Bahnhof gefahren, um Sie vom Zug abzuholen. Jetzt sind beide in dringenden dienstlichen Angelegenheiten unterwegs. Herr Vornhagen ist mit Staatsanwalt Dr. Brandt zum Tatort gefahren, und Herr Raaf gibt wie jeden Dienstag Verkehrsunterricht in der Volksschule.«

»Ich hätte besser wirklich vorher anrufen sollen, dass ich mit dem Motorrad komme«, sagte Seibold.

Ärgerlich bemerkte er, dass er sich schon wieder entschuldigte.

»Ich glaube, es ist am besten, wenn ich mich gleich zu den beiden Herren an den Tatort begebe.«

»Das wird keinen Sinn mehr haben«, erwiderte die Frau. »Dr. Brandt wollte mit dem Zug um elf Uhr fünf schon wieder zurück nach Bonn, da er noch einen dringenden Termin am Landgericht hat.«

»Gut«, entgegnete Seibold. »Dann werde ich mir zunächst eine Bleibe für die Dauer der Ermittlungen suchen.«

Sie setzte wieder ihr Lächeln auf.

»Das habe ich bereits für Sie erledigt. Ich habe Ihnen ein Zimmer im *Hotel Burrenkopf* reserviert. Übrigens, das einzige Hotelzimmer mit Bad in Rheinbach.«

»Danke ... vielen Dank«, entgegnete Seibold. Er warf noch einmal einen kurzen, unsicheren Blick auf das lächelnde Gesicht. Dann drehte er sich um und sagte: »Ich nehme an, wir werden uns in der nächsten Zeit noch öfters sehen.«

»Das wird sich wohl nicht vermeiden lassen, Herr Seibold. Ich wünsche Ihnen einen angenehmen Aufenthalt in Rheinbach. Mein Name ist übrigens Traudel Henrich, ich bin die Sekretärin hier auf der Wache.«

Sie begleitete den Kommissar an die Tür und erklärte ihm den Weg zu seiner Unterkunft.

Als Seibold sein Motorrad bestieg, fragte sie: »Sie kommen aber nicht hier aus der Gegend, Herr Seibold, oder?«

Er trat sein Motorrad an und schüttelte den Kopf.

Da er bereits seine Motorradbrille trug, konnte Traudel Henrich seinen ärgerlichen Gesichtsausdruck nicht sehen.

Walter Seibold wusste: Wenn er aufgeregt war, sächselte er wie der Teufel.

Dienstag, 10. Februar 1953, 12 Uhr 10

»Der Wirt, der hürt net joot, do mos de ald laut brölle, wenn der dich hühre soll!«

Walter Seibold stand im Gastraum des *Hotel Burrenkopf* und wurde mit diesen Worten von einem rothaarigen, kräftigen Kerl in Metzgerkluft angesprochen. Er saß mit zwei anderen Burschen am Stammtisch rechts neben der Theke und spielte Karten.

Seibold hatte noch einige Mühe, den rheinischen Dialekt zu verstehen, doch so viel war ihm klar: Der Wirt musste schwerhörig sein. Schon dreimal hatte er ihn gerufen, ohne dass er irgendeine Reaktion gezeigt hatte. Seibold den Rücken zukehrend, räumte der Mann in aller Ruhe Gläser in den Hängeschrank hinter der Theke ein.

Der Kriminalkommissar wiederholte seine Frage, aber diesmal erheblich lauter. Der Wirt hielt inne, drehte sich langsam um und fixierte Seibold mit einem finsteren Blick.

»Pass op, du Pimmock«, sagte er. »Der einzije der hä en der Kneip rombröllt, dat ben ich. Wenn de ken Jedold häs, jank de Bier woanders drönke!«

Walter Seibold verschlug es die Sprache.

Aus seinen Augenwinkeln sah er, wie die Kartenrunde sich vor Vergnügen auf die Schenkel schlug. Seibold wollte gerade seinem Ärger Luft machen, als er hinter sich eine Stimme vernahm.

»Lass es gut sein, Hein. Das ist Herr Seibold von der Kripo Bonn. Er will uns helfen, den Mörder von Gerd zu finden. Ich nehme an, Traudel hat schon ein Zimmer für ihn reserviert.«

Seibold drehte sich um.

Er sah einen großen, schlanken Mann in Polizeiuniform auf sich zukommen, dessen Alter Seibold auf Mitte dreißig schätzte.

Der Polizist streckte ihm freundlich die Hand entgegen. »Willkommen in Rheinbach, Herr Seibold!« Mit einem Seitenblick auf die Kartenrunde am Stammtisch fuhr er fort: »Ich hoffe, der grobe Humor der Voreifler hat Sie nicht zu sehr verärgert!«

»In der Tat, sehr gewöhnungsbedürftig«, entgegnete Seibold immer noch ärgerlich. Die beiden Männer schüttelten einander die Hände.

Der Polizist nahm seine Polizeimütze ab. Schwarz gelocktes, volles Haar kam zum Vorschein.

»Darf ich mich vorstellen?«, sagte er förmlich. »Hauptwachtmeister Anton Vornhagen. Und der da«, er deutete mit seinem Daumen hinter sich, «ist mein Kollege Manfred Raaf.«

Erst jetzt bemerkte Seibold den Polizeibeamten, der an der Eingangstür stehen geblieben war. Der Kommissar stutzte einen Moment, denn die beiden Polizisten gaben ein sonderbares Paar ab. Raaf war gut und gerne zwanzig Zentimeter kleiner als sein groß gewachsener Kollege, dafür war er breit und kompakt.

Mit einem offenen Lächeln ging Raaf auf Seibold zu und gab ihm die Hand.

»Angenehm, Herr Kommissar, ich hoffe auf eine gute Zusammenarbeit.«

»Ich würde vorschlagen, Herr Seibold, dass Sie zuerst Ihren Koffer auf Ihr Zimmer bringen und sich einrichten«, übernahm Vornhagen wieder das Gespräch. »Wir warten hier solange auf Sie und nehmen eine kleine Erfrischung ein.«

Bei diesen Worten zwinkerte Vornhagen dem Wirt zu, der sich unverzüglich daran machte, Bier zu zapfen. Der Kommissar nickte.

»Dann bis gleich«, sagte er, griff nach seinem Koffer und folgte dem Wirt durch eine Tür, die zu einer Treppe in die obere Etage führte.

In viel zu groß geratenen Pantoffeln schlurfte der Wirt die Treppe hoch und blieb auf dem oberen Flur vor der Tür mit der Nummer fünf stehen. Er schloss auf und ließ Seibold eintreten. Als er ihm die Zimmerschlüssel übergab, brummte er: »Nix für unjut, ich han dat evens net esu jemeent.«

Seibold gab mit einem Kopfnicken zu verstehen, dass er bereit war, den Vorfall zu vergessen.

Als er alleine war, setzte er sich auf die Bettkante und ließ seinen Blick durch das Zimmer schweifen. Dann dachte er an die ersten Eindrücke, die er von Rheinbach bekommen hatte, und schüttelte den Kopf.

Vier Bier und eine Bockwurst standen schon auf den Deckeln der Rheinbacher Polizisten, als Seibold sich zu ihnen an den Tisch setzte.

»Sind Sie mit dem Zimmer zufrieden?«, erkundigte sich Anton Vornhagen. »Ist schon in Ordnung«, entgegnete Seibold. »Besonders das Bad ist sehr großzügig.«

»Sie haben doch bestimmt Hunger?« Vornhagen wartete Seibolds Antwort nicht ab, sondern drehte sich zur Theke und rief: »Hein, serviere unserem Gast bitte Bockwurst mit Kartoffelsalat und ein Kölsch! Der selbst gemachte Kartoffelsalat im Hause *Burrenkopf* ist ein Gedicht«, wandte er sich wieder an Seibold, »den müssen Sie unbedingt probieren!«

»Danke, aber bitte noch kein Bier«, sagte Seibold abwehrend, »das ist mir noch etwas zu früh am Tag.«

»Dann dohn em e Zitsch, Hein«, mischte sich Raaf ein und wischte sich mit dem Handrücken Mayonnaise von den Lippen.

Vornhagen griff in die Uniformtasche und fingerte eine Zigarettenschachtel der Marke Eckstein heraus. Nachdem er sich die Zigarette angezündet hatte und den ersten tiefen Zug geräuschvoll ausgeatmet hatte, sagte er: »Ich gebe Ihnen am besten zunächst einen Überblick über den Stand der Dinge.«

Seibold stimmte mit einem Kopfnicken zu.

Der Hauptwachtmeister konzentrierte sich und schaute sich um. Er hatte bemerkt, wie neugierig die Kartenspieler und die übrigen Gäste das bisherige Gespräch verfolgt hatten, denn der Mord hatte für einigen Wirbel in der Kleinstadt gesorgt.

Dann begann er seinen Bericht mit gedämpfter Stimme.

»Gestern kurz vor Dienstschluss rief mich Schwester Ludwiga, die Oberin unseres Klosters, an. Sie war so aufgeregt, dass ich sie kaum verstand. Ich wusste nur, dass etwas Schreckliches passiert sein musste.«

Vornhagen zog wieder an seiner Zigarette.

»Ich fuhr sofort zum Kloster. Als ich dort ankam, wurde gerade eine alte Frau mit einem Rettungswagen abtransportiert. Später erfuhr ich, dass es Schwester Maria Grata war. Sie war es, die den Toten gefunden hatte. Die Oberin führte mich zum alten Klosterbunker. Dann sah ich ihn dort hängen, Gerd ... Gerd Schragen.«

Vornhagen machte eine Pause. Er sog den Zigarettenrauch tief ein und rang sichtlich nach Fassung.

»Kannten Sie das Opfer?«, fragte Seibold.

»Und ob«, entgegnete Vornhagen. »Wir sind Freunde. Wir haben die gleiche Schulklasse besucht. Außerdem spielen wir seit Jahren bei TC Rot-Weiß zusammen Tennis.«

Der Polizist holte sich einen Aschenbecher vom Nebentisch. »Gerd war schrecklich zugerichtet.«

Wieder machte er eine Pause und vergewisserte sich, dass die übrigen Gäste im Schankraum ihn nicht verstehen konnten.

»Sein Kopf war übersät mit Wunden. Ich hatte Mühe, ihn zu erkennen. Nach einer kurzen Inspektion des Tatorts habe ich sofort die Mordkommission in Bonn informiert.«

»Warum haben Sie und der Staatsanwalt mit der Besichtigung des Tatortes nicht auf mich gewartet?«, fragte Seibold in einem vorwurfsvollen Ton.

»Darauf hatte ich keinen Einfluss«, rechtfertigte sich Vornhagen. »Dr. Brandt wollte nicht länger warten, angeblich wegen anderer Termine.«

Typisch Brandt, dachte Seibold, er war bei den Ermittlungsbehörden wegen seines selbstherrlichen Auftretens alles andere als beliebt. Seibold war deshalb schon einige Male mit ihm aneinandergeraten.

»Dann sehe ich mir das Mordopfer und den Tatort eben jetzt an«, sagte Seibold und stand auf.

Raaf und Vornhagen sahen sich an.

»Das geht nicht.« Vornhagen räusperte sich verlegen. »Die Leiche ist bereits abtransportiert, um von Dr. Schmitt, unserem Pathologen, untersucht zu werden.«

Seibold traute seinen Ohren nicht.

Er setzte sich langsam wieder auf seinen Stuhl und fragte ungläubig: »Was haben Sie? Die Leiche vom Tatort entfernt, ohne auf mich zu warten?«

»Es ... es tut mir leid, Herr Seibold«, rechtfertigte sich der Polizeichef. »Aber es geschah mit der Erlaubnis des Staatsanwalts.«

Vornhagen zuckte verlegen mit den Schultern.

»Ich konnte den Anblick einfach nicht mehr ertragen. Bedenken Sie doch, ich war mit ihm befreundet. Außerdem glaubten wir, dass uns der Verbleib des Mordopfers am Tatort zu keinen weiteren Erkenntnissen mehr führen würde.«

»Das darf doch nicht wahr sein«, schnaubte Seibold wütend. »Diese Entscheidung hätten Sie mir überlassen müssen.«

Er überlegte einen Augenblick. Dann fragte er: »Ist denn wenigstens eine Fotografie von der Leiche und dem Tatort gemacht worden?«

Vornhagen schüttelte langsam den Kopf.

Seibold seufzte ob des Dilettantismus. Wie sollte er vernünftige Ermittlungen durchführen, wenn solche elementaren Fehler gemacht wurden?

Der Kommissar erhob sich wieder von seinem Stuhl.

»Dann schaue ich mir den Tatort eben ohne Leiche an!«

Als er auf dem Weg zur Garderobe war, um seinen Mantel zu holen, brachte Hein Burrenkopf das bestellte Essen und schaute ihn fragend an.

»Schreiben Sie es bei mir auf die Rechnung, Herr Burrenkopf, und geben Sie´s Herrn Raaf! Er sieht so aus, als könnte er noch eine Portion vertragen.«

Beim Herausgehen konnte Seibold sich nicht verkneifen, ironisch anzumerken: »Unsere Zusammenarbeit fängt ja hervorragend an, meine Herren! Einen schönen Tag noch allerseits!«

Als er den Schankraum verlassen hatte, schauten sich die Gäste amüsiert an. Auch wenn Seibold wütend war, sächselte er wie der Teufel.

Dienstag, 10. Februar 1953, 16 Uhr 50

Walter Seibold saß auf dem Flur im ersten Stock des Krankenhauses Maria Hilf und schaute nervös auf seine Uhr. Wo blieb Vornhagen nur? Er hatte schon fast eine halbe Stunde Verspätung. Wieder stellte er sich die Frage, ob ihm die beiden Rheinbacher Polizisten bei der Aufklärung des Falles wirklich hilfreich sein konnten.

Um sich abzulenken, schweifte sein Blick zu den Bildern an der gegenüberliegenden Wand, die ausnahmslos religiöse Motive zeigten. Mochten sie noch so kitschig sein, Seibold bemerkte, dass sie bei längerer Betrachtung eine gewisse Ruhe auf ihn ausstrahlten.

Er dachte noch einmal an die Geschehnisse des Nachmittags. Die Besichtigung des Tatortes war, wie er vermutet hatte, wenig aufschlussreich gewesen. Die Personen, die bislang den Tatort aufgesucht hatten, hatten alle Spuren im Schnee außerhalb des Bunkers verwischt. Auch im Bunker hatte er trotz intensiver Suche keine brauchbaren Beweise finden können, abgesehen von den Lederriemen, mit denen das Mordopfer an den Handgelenken aufgehängt worden war. Sie waren noch immer an dem Wasserrohr unter der Bunkerdecke befestigt gewesen. Nachdem er sie gelöst und in seiner Manteltasche verstaut hatte, betrat ein Klosterbediensteter den Raum, um die Blutflecken auf dem Boden zu beseitigen. Von ihm erfuhr Seibold, dass der Mörder wohl nicht durch das Haupttor des Klosters gekommen war. Er und Vornhagen hatten Spuren entdeckt, die zu einer kleinen Pforte am hinteren Ende des Klosterparks führten. Auch dort war die Eisentür aufgebrochen worden.

Seibold verließ den Bunker und ließ sich die Spuren zeigen. Wenigstens diese waren unberührt und noch gut zu erkennen.

Auf dem Weg zurück in die Stadt war ihm aufgefallen, dass sich der Himmel immer mehr zugezogen hatte und die Temperatur deutlich gefallen war. Es roch regelrecht nach Schnee. Trotzdem hatten ihm der Fußweg und die frische Luft gutgetan. Seine Kopfschmerzen hatten nachgelassen, und die Wut über die Ermittlungspannen war etwas verflogen.

Anschließend war er in sein Hotel zurückgekehrt und hatte auf dem Zimmer sein Hemd gewechselt. Dann war er in die Gaststube gegangen und hatte die Polizeiwache angerufen. Er erfuhr von Vornhagen, dass man die Ordensschwester, die Gerd Schragen im Bunker gefunden hatte, in das Rheinbacher Krankenhaus gebracht hatte.

Seibold und Vornhagen verabredeten, sich dort in einer Stunde zu treffen.

Es musste angefangen haben zu schneien, denn als Vornhagen den Krankenhausflur betrat, klopfte er sich Schnee von seinem Uniformmantel.

»Verzeihen Sie meine Verspätung, Herr Seibold! Aber ich musste mich noch um einen Verkehrsunfall kümmern, der sich auf der Aachener Straße ereignet hatte«, erklärte er. »Es schneit wie verrückt.« Wie um dies zu unterstreichen, entfernte er die letzten Schneeflocken von seiner Polizeimütze.

Seibold wollte gerade antworten, als sich die Tür des Krankenzimmers, in dem Schwester Maria Grata lag, öffnete. Ein Arzt in einem weißen Kittel, mit Halbglatze und einem dunklen Brillengestell, trat auf die Polizeibeamten zu.

Er wandte sich direkt an Vornhagen. »Grüß dich, Toni«, sagte er. »Das ist ja eine furchtbare Geschichte! Ist es wirklich wahr? Gerd ist ermordet worden?«

Ohne auf die Frage einzugehen, sagte der Angesprochene: »Alfons, darf ich dir zunächst Herrn Seibold vorstellen?«

Vornhagen ging einen Schritt zur Seite, um den Blick auf den Kommissar freizugeben. »Er ist von der Kripo Bonn und leitet die Ermittlungen vor Ort.«

»Angenehm, Dr. Faßbender«, stellte sich der Arzt vor. »Ich bin der Chefarzt hier im Krankenhaus. Ich hoffe, Sie werden den Täter so schnell wie möglich finden. Haben Sie schon irgendwelche Anhaltspunkte, wie es zu diesem schrecklichen Verbrechen gekommen ist?«

»Leider noch nicht, Alfons«, mischte sich Vornhagen ein. »Wir stehen noch ganz am Anfang unserer Ermittlungen!«

»Kannten Sie den Ermordeten?«, fragte der Kommissar.

Der Arzt nickte.

»Ich bin Vorsitzender des Rheinbacher Tennisvereins. Mit Gerd Schragen verlieren wir nicht nur einen guten Spieler und Sportskameraden, sondern auch ein langjähriges Vorstandsmitglied.«

»Bei dieser Gelegenheit«, fragte Seibold. »Was war Schragen eigentlich von Beruf?«

»Journalist«, antworteten Faßbender und Vornhagen fast gleichzeitig.

»Bei welcher Zeitung?«

»Er leitete den Lokalteil der hiesigen Ausgabe des *Bonner General-Anzeigers*.«

Dr. Faßbender musste seine Ausführungen einen Moment unterbrechen, da er einer Krankenschwester ausweichen musste, die ein leeres Krankenbett durch den Flur schob.

»Sie sind sicherlich gekommen, um sich mit Schwester Maria Grata zu unterhalten?«, fragte der Chefarzt. »Die Oberin erzählte mir, sie hätte den Toten gefunden.«

»Wie steht es denn mit ihrem Gesundheitszustand?«, fragte Seibold.

»Leider sehr ernst«, antwortete der Chefarzt. »Der Schock hat ihr ohnehin schwaches Herz sehr in Mitleidenschaft gezogen. Außerdem wurde sie mit einer starken Unterkühlung eingeliefert, die zu einer Lungenentzündung geführt hat. Sie hat hohes Fieber und fantasiert zeitweise. Meinetwegen können Sie Ihr Glück dennoch versuchen. Ich kann mir aber nicht vorstellen, dass sie Ihnen in diesem Zustand brauchbare Informationen geben kann. Gehen Sie bitte schonend mit ihr um.«

Dr. Faßbender reichte Seibold die Hand. »Ich muss mich jetzt verabschieden«, sagte der Arzt lächelnd. »Ich habe ja auch noch andere Patienten.«

Als er an Vornhagen vorbeiging, klopfte er ihm auf die Schulter. »Toni«, sagte er, »wir sehen uns dann heute Abend.«

Die beiden Polizisten schauten dem Arzt nach. Als er durch die Flurtür verschwunden war, nickten sie sich zu und betraten leise das abgedunkelte Krankenzimmer.

Mit vorsichtigen Schritten näherten sie sich dem Bett, das an der rechten Wand stand. Erst jetzt bemerkte Seibold, dass sich eine weitere Person im Zimmer aufhielt. Es war eine Frau in schwarzer Ordenstracht, die in der hinteren Ecke des Zimmers saß und leise ein Gebet murmelte. Mit einem Kopfnicken begrüßte sie die Eintretenden.

»Das ist Schwester Ludwiga«, flüsterte Vornhagen und ging auf die Klosteroberin zu.

Seibold hatte das Bett erreicht und konnte einen Blick auf die kranke Ordensschwester werfen.

Dr. Faßbender hatte nicht übertrieben. Bleich und mit rasselnden Atemzügen lag Schwester Maria Grata in ihrem Krankenbett. Nur ihre Wangen waren vom hohen Fieber etwas gerötet. Strähnen ihres ergrauten Haares klebten auf ihrer schweißnassen Stirn, und ihre Augen lagen tief in den Augenhöhlen.

»Wie sieht es aus?«, hörte er Vornhagen die Oberin mit leiser Stimme fragen.

Schwester Ludwiga schüttelte langsam den Kopf und entgegnete mit tränenerstickter Stimme: »Ich glaube, sie tritt noch diese Nacht vor unseren Herrn. Sie ist nur noch selten bei Bewusstsein.«

Vornhagen reichte Schwester Ludwiga mitfühlend die Hand und richtete einige tröstende Worte an die Oberin.

Seibold beugte sich derweil über die mit dem Tode kämpfende alte Frau und rief mit leiser Stimme:

»Schwester Maria Grata, hören Sie mich?«

Die Angesprochene zeigte keine Reaktion.

Der Kommissar wollte gerade seine Frage wiederholen, als die Augenlider der Schwester zuckten. Sie öffnete ihre Augen und hob den Kopf stöhnend an. Ihr Gesichtsausdruck, der zunächst teilnahmslos war, änderte sich plötzlich. Seibold meinte, pure Angst und Entsetzen in ihrem Blick zu erkennen. Mit zitternden Lippen öffnete sie langsam den Mund und stieß einen erstickten Schrei aus. Ihr Körper bäumte sich auf und sank dann kraftlos nach hinten.

»Schnell, Herr Vornhagen«, rief Seibold. »Holen Sie Dr. Faßbender!«

Vornhagen drehte sich um und rannte aus dem Zimmer.

Seibold hörte, wie er eine Krankenschwester auf dem Flur anwies, sofort den Chefarzt zu holen.

Als der Kommissar Schwester Maria Grata ins Gesicht schaute und ihren starren Blick sah, wusste er, dass dies nichts mehr nützte.

Schwester Maria Grata war tot.

Dienstag, 10. Februar 1953, 20 Uhr 35

Walter Seibold musste Vornhagen recht geben. Der Kartoffelsalat im Hause *Burrenkopf* war wirklich vorzüglich.

Er hatte seit dem Morgen nichts mehr gegessen und nahm sein Essen mit großem Appetit ein. Das Verhältnis zu Hein Burrenkopf hatte sich glücklicherweise auch gebessert. Wie um dies zu unterstreichen, hatte der Gastwirt ihm eine besonders große Portion serviert und ihm dabei freundlich zugeflüstert: »Die Spiejeleier ovendrop sen gratis!«

Seibold fühlte, dass er allmählich müde wurde. Nach dem letzten Schluck aus seinem Kölschglas streckte er seine Beine unter dem Tisch aus und reckte seine vom langen Sitzen steif gewordenen Glieder. Dann stand er auf, um auf sein Zimmer zu gehen. Als er vor dem Schlafengehen die Toilette aufsuchen wollte, betrat er den kleinen Flur, der zu den Toiletten führte. Dort angelangt, hielt er inne.

Deutlich vernahm er die Stimmen eines Männerchores. Neugierig folgte er dem Gang in entgegengesetzter Richtung. An seinem Ende stand er vor einer Tür mit der Beschriftung *Saal*.

Er öffnete sie und blickte hinein.

»*Hoch auf dem gelben Wagen* ...«, scholl es ihm entgegen. Auf einer erhöhten Bühne am hinteren Ende des Saales sah er einen Männerchor, der sich im Halbkreis um seinen Dirigenten gruppiert hatte.

Die Sänger schauten konzentriert in ihre Notenblätter und sahen nur ab und zu den Dirigenten an, um seine Anweisungen nicht zu verpassen. In der ersten Reihe standen Toni Vornhagen und Dr. Faßbender. Der Dirigent hatte soeben das Lied unterbrochen und sprach mit den Baritonsängern. Anscheinend war er mit ihrem Einsatz nicht zufrieden.

Ganz links in der Gruppe erkannte Seibold Manfred Raaf, der die Pause nutzte, um sich mit seinem Nebenmann zu unterhalten.

»... *vorwärts die Rosse traben* ...«

Der Gesang hatte wieder eingesetzt. Seibold verfolgte das Lied aufmerksam bis zum Schluss. Gar nicht schlecht für einen Provinzchor, dachte er und spendete verhalten Applaus.

Jetzt hatte ihn Vornhagen erkannt und winkte ihm freundlich zu. In Zeichensprache gab er zu verstehen, dass Seibold im Schankraum auf ihn warten solle. Der Kommissar nickte.

Nachdem er zur Toilette gegangen war, setzte er sich wieder auf seinen Platz in der Gaststätte. Er hatte noch nicht lange gewartet, als der Männerchor geräuschvoll in den Raum hineinströmte. Nur Dr. Faßbender fehlte.

Als Vornhagen Seibold sah, rief er: »Einen Moment noch, Singen macht durstig«, und zeigte in Richtung Theke. Dort hatte Hein Burrenkopf schon ein riesiges Tablett voller Biergläser bereitgestellt.

Jeder der Männer nahm sich ein Glas. Dann verteilten sich die Mitglieder des Chores auf die freien Plätze im Schankraum, und der Lärm verebbte allmählich.

Vornhagen steuerte in Begleitung eines älteren Mannes, dessen Oberlippe ein riesiger Schnauzbart zierte, auf Seibolds Tisch zu. Sie nahmen Platz, prosteten dem Kriminalkommissar zu und leerten ihre Gläser fast in einem Zug.

Dann eröffnete Vornhagen, der auch jetzt seine Polizeiuniform trug, das Gespräch: »Herr Seibold, darf ich Ihnen Dr. Schmitt vorstellen? Er ist hier in Rheinbach in medizinischer Hinsicht Mädchen für alles. Haus- und Landarzt, Gynäkologe, Arzt der Lazarettabteilung des Zuchthauses und ...«

»... wenn es sein muss, auch Tierarzt«, fiel Dr. Schmitt lachend ein und zeigte dabei seine vom vielen Zigarettenkonsum gelb verfärbten Zähne.

»... und unser Pathologe in Kriminaldelikten«, fuhr Vornhagen seine Vorstellung grinsend fort.

»Gott sei Dank musste ich diese Aufgabe bisher noch nie erfüllen«, übernahm Dr. Schmitt wieder das Gespräch und sah Seibold an. »Sie müssen nämlich wissen, Rheinbach ist ein ausgesprochen friedliches Städtchen.«

»Bis gestern«, sagte Seibold.

Seine beiden Tischnachbarn schienen die Bemerkung zu überhören.

»Der Tote wird übrigens in der Leichenhalle des Krankenhauses aufbewahrt«, fuhr Vornhagen fort. »Ich schlage vor, Sie machen für morgen einen Termin aus.«

»Ich nehme an, Herr Seibold, Sie wollen bei der Obduktion zugegen sein. Mir wäre ein sehr früher Termin recht, denn ich muss vor meiner Praxiseröffnung noch zwei Hausbesuche machen«, schlug der Arzt vor.

»Wie wäre es mit acht Uhr?«

»Soll mir recht sein. Dann könnten wir unsere erste Besprechung um neun Uhr in der Polizeiwache abhalten«, antwortete Seibold und sah zu Vornhagen hinüber.

Dieser gab mit einem Kopfnicken sein Einverständnis.

Dr. Schmitt trank sein Glas aus und stand auf. »Ich muss mich leider jetzt verabschieden. Meine Frau hat mich den ganzen Tag noch nicht zu Gesicht bekommen. Außerdem«, fügte er mit einem Augenzwinkern hinzu, «brauche ich in meinem Alter etwas mehr Schlaf als ihr jungen Hüpfer. Also bis morgen acht Uhr, Herr Seibold!«

Er stand auf und machte Anstalten, zur Theke zu gehen, um zu bezahlen.

»Lass nur, Wolfgang«, sagte Vornhagen und hielt ihn zurück, »das eine Bier übernehme ich schon.«

Dr. Schmitt bedankte sich, klopfte mit der Faust auf den Tisch und verschwand durch die Eingangstür.

Die beiden Polizisten saßen sich eine Weile schweigend gegenüber. Seibold suchte einen Aufhänger, um das Gespräch zu beginnen.

Schließlich fragte er: »Herr Vornhagen, wartet denn zu Hause keine Frau auf Sie?«

»Nein, aber wie es aussieht, schon sehr bald«, antwortete der Rheinbacher Polizeichef. »Und wie sieht es bei Ihnen aus? Sind Sie verheiratet?«

»Ich war es. Aber meine Frau lebt nicht mehr.«

Der Kommissar rutschte auf dem Stuhl unruhig hin und her. In den letzten Jahren hatte er es mehr und mehr vermieden, über dieses Thema zu sprechen. Es lag wohl an den vielen Kölsch, die er schon getrunken hatte, dass er das Bedürfnis verspürte, seinem Gesprächspartner mehr mitzuteilen.

»Sie und meine Tochter sind in der Bombennacht in Dresden umgekommen«, sagte er und starrte auf sein Bierglas.

Vornhagen blickte auf und schüttelte den Kopf. »Das tut mir leid«, sagte er mitfühlend.

Burrenkopf stellte die nächste Runde Bier auf den Tisch. Schweigend prosteten sich die Polizisten zu.

Bevor Vornhagen das Glas an die Lippen setzte, fragte er: »War das der Grund, warum Sie hier in den Westen gekommen sind?«

Seibold nickte. »Ich habe es in Dresden nicht mehr ausgehalten. Ich glaubte, die Zeit der Trauer würde nie enden, wenn ich nicht fortginge.«

Der Kommissar hob seinen Kopf und sah Vornhagen an.

»Schließlich fuhr ich zu meiner Schwester nach Münster. Sie ist dort verheiratet und machte mir das Angebot, bei ihr zu bleiben. Mein Schwager hatte Verbindungen zu der dortigen Polizeischule. Da ich im Krieg bei den Feldjägern war, bot es sich an, eine Polizeiausbildung zu machen. Bei einer Fortbildungsveranstaltung sah ich Hausschildt wieder, der im Krieg mein Kompaniechef gewesen war. Er war es, der mich überredete, nach Bonn zu kommen. Als Leiter der dortigen Mordkommission fiel es ihm nicht schwer, meine Versetzung zu arrangieren.«

Die beiden nickten sich zu und leerten ihre Biergläser mit einem Zug.

Zum Zeichen, dass die nächste Runde anstand, hob Vornhagen sein leeres Glas und zeigte es dem Wirt.

»Bei mir war es ähnlich«, wandte er sich wieder Seibold zu, »auch ich habe meine ganze Familie in den letzten Kriegstagen verloren. Meine Eltern und meine Schwester.«

»Auch durch Luftangriffe?«, fragte Seibold.

Vornhagen zögerte einen Moment, dann nickte er.

»Die ersten Jahre nach dem Krieg waren hart für mich«, fuhr er fort, »doch jetzt habe ich durch Traudel so etwas wie eine Ersatzfamilie bekommen.«

Seibold wurde hellhörig.

»Meinen Sie Traudel Henrich?«

Seibold schaute sein Gegenüber verblüfft an.

»Ja«, entgegnete Vornhagen und lächelte, »die Sekretärin unserer Polizeistation. Sie haben sie ja bereits kennengelernt. Sie ist eine wunderbare Frau.«

»Sie sprachen von einer Familie. Hat Frau Henrich Kinder?«, wollte Seibold wissen.

»Eine Tochter«, entgegnete Vornhagen, »seit zwei Jahren weiß Traudel, dass ihr Mann in russischer Gefangenschaft umgekommen ist. Sie lässt es sich nicht anmerken, aber es fällt ihr noch immer schwer, über diesen Schicksalsschlag hinwegzukommen. Sie hatte sich so lange Hoffnung gemacht, ihren Mann lebend wiederzusehen.«

Burrenkopf hatte erneut zwei Gläser Kölsch auf den Tisch gestellt.

»Aber ich lasse ihr Zeit«, fuhr Vornhagen fort. »Eines Tages wird sie darüber hinwegkommen und meine Zuneigung erwidern.« Seibold spürte plötzlich den dringenden Wunsch, mehr über Traudel Henrich zu erfahren.

»Stammt sie auch hier aus Rheinbach?«, fragte er.

Vornhagen setzte sein Bier ab und wischte sich mit dem Handrücken über den Mund.

»Nein«, entgegnete er, »sie stammt aus Köln-Deutz. Während des Krieges ist sie mit ihrer Mutter nach Paupitsch in der Nähe von Halle evakuiert worden. Dort wurde Maria geboren. Als sie zurückkehrten, war ihr Haus in Deutz ausgebombt. So waren sie froh, hier in Rheinbach bei Tante Lisa, einer Schwester ihrer Mutter, unterzukommen.«

Vornhagen hatte sich eine Zigarette angesteckt und holte den Aschenbecher näher an sich heran.

»Traudels Mutter starb im Jahre siebenundvierzig. Ich bin jetzt derjenige, der sich um die drei Mädels kümmert.«

Nach einer kleinen Pause hob Vornhagen wieder sein Glas, prostete Seibold zu und rückte mit seinem Stuhl etwas näher an ihn heran. Er beugte sich vor und sagte leise: »Übrigens, es ist mir ein Bedürfnis, mich noch einmal für mein voreiliges Verhalten von heute zu entschuldigen. Aber wenn Sie wüssten, wie eng ich mit Gerd befreundet war, könnten Sie mich verstehen. Ich konnte diesen schrecklichen Anblick einfach nicht mehr ertragen.«

Seibold runzelte die Stirn. Er merkte allmählich, wie ihm der Alkohol zusetzte. Es war schon Ewigkeiten her, dass er so viel getrunken hatte.

»Akzeptiert«, sagte er mit schwerer Zunge und dem Anflug eines Lächeln. »Unsere Zusammenarbeit kann sich ja sowieso von nun an nur noch verbessern.«

»Dann schlage ich vor, dass wir uns von jetzt an duzen«, meinte Vornhagen. »So wie es sich unter Kollegen gehört.«

Der Rheinbacher Polizeichef sah Seibold erwartungsvoll an.

Dann streckte er ihm seine Hand entgegen.

»Also, ich bin der Toni.«

Seibold fühlte sich ein wenig überrumpelt. Doch nach einem kurzen Zögern schlug er ein.

»Meinetwegen«, sagte er, »ich heiße Walter.«

Als Seibold in seinem Bett lag, konnte er trotz des hohen Alkoholkonsums lange nicht einschlafen. Was ihn vor allen Dingen beschäftigte, war, dass seine letzten Gedanken vor dem Einschlafen nicht wie sonst üblich dem Ermittlungsstand des Mordfalles gehörten, mit dem er gerade beschäftigt war. Er fragte sich, wie es geschehen konnte, dass er, sonst ein eher introvertierter Typ, einem Kollegen nach so kurzer Zeit seine Lebensgeschichte erzählte. Er duzte sich mit einem Mann, den er nur einige Stunden kannte und dem er am Nachmittag noch eine Dienstaufsichtsbeschwerde hatte anhängen wollen. Außerdem irritierte ihn, einen Anflug von Eifersucht bemerkt zu haben, als Toni Vornhagen ihm gegenüber seine Zuneigung zu Traudel Henrich offenbart hatte.

Das kann nur am Alkohol liegen, versuchte er sich zu beruhigen.

Trotzdem gehörte sein letzter Gedanke vor dem Einschlafen Traudel Henrich.

Das gleiche Lächeln wie Karin, dachte er.

Das gibt es doch nicht, dass zwei Menschen das gleiche Lächeln haben können.

3. Kapitel

Mittwoch, 11. Februar 1953

Die Uhr, die über dem Tresen der Polizeiwache hing, zeigte pünktlich neun, als Walter Seibold am nächsten Morgen die Polizeiwache betrat.

Ihm machten die Nachwirkungen des Vorabends zu schaffen. Schon lange hatte er keinen Kater mehr gehabt, und es kostete ihn große Konzentration, sich nichts anmerken zu lassen. Raaf und Vornhagen erwarteten ihn schon.

Sie saßen auf der Sitzgarnitur und unterhielten sich. Vornhagen rauchte eine Zigarette. Nach dem äußeren Eindruck schien ihm der Bierkonsum des Vorabends nichts auszumachen.

»Na, da bist du ja, Walter«, sagte er, »ich hoffe, du hast gut geschlafen.«

Seibold meinte einen Ausdruck von Überraschung im Gesicht Raafs zu bemerken, als er hörte, dass Vornhagen ihn duzte. Auch ihn überfiel ein Gefühl des Unbehagens.

In diesem Moment betrat Traudel Henrich den Raum. Sie war mit einem roten Glockenrock und einer weißen, eng anliegenden Bluse gekleidet. In ihren Händen trug sie ein Tablett mit einer Kaffeekanne, Geschirr und Gebäck.

»Guten Morgen, meine Herren. Zu einer erfolgreichen Besprechung gehört auch eine gute Tasse Kaffee.«

Als sie das Tablett auf den Tisch stellte, bemerkte Seibold, dass er sich gestern bezüglich ihres Lächelns nicht getäuscht hatte.

»Traudel, du bist ein Engel«, sagte Vornhagen und schaute die Sekretärin strahlend an. »Zeige unserem Gast aus Bonn, dass die Rheinbacher ausgezeichnete Gastgeber sind.«

Seibold setzte sich ebenfalls und bedankte sich.

Nachdem er sich Kaffee eingeschenkt hatte, eröffnete er das Gespräch. »Zunächst einige grundsätzliche Dinge zu unserer Ermittlungsarbeit.«

Er merkte, wie schwer ihm in seinem augenblicklichen Zustand das Reden fiel.

»Ich möchte, dass wir uns in Zukunft jeden Morgen um neun Uhr hier zu einer gemeinsamen Besprechung einfinden. Am Ende dieser Besprechung werden wir dann das weitere Vorgehen für den Tag festlegen und die Aufgaben verteilen. Die Ermittlungsergebnisse sollten in einem Bericht festgehalten werden. Des Weiteren brauche ich dringend eine Tafel!«

»Eine Tafel?«, fragte Raaf erstaunt, »was sollen wir denn damit?«

Seibold überhörte die Frage und wandte sich an Vornhagen. »Toni, ist das möglich?«

»Ich glaube, die Volksschule hat letzten Monat einige alte Tafeln aussortiert«, entgegnete dieser. »Das dürfte kein Problem sein.«

»Gut, dann berichte ich nun über die Ergebnisse der Obduktion, die heute Morgen von Dr. Schmitt vorgenommen wurde.«

Seibold nahm einen Schluck aus der Kaffeetasse und wollte nach einem Stück Gebäck greifen. Als er merkte, dass seine Übelkeit ihn daran hinderte, irgendetwas herunterzubekommen, ließ er die Hand wieder sinken.

»Gerd Schragen ist nicht an den Schlägen und Schnittverletzungen im Gesicht gestorben«, fuhr er fort, »auch nicht am hohen Blutverlust. Er wurde erdrosselt. Außerdem entdeckte Dr. Schmitt eine Verletzung am Hinterkopf, die ihm mit einem stumpfen Gegenstand zugefügt worden sein muss.«

Nach einer kleinen Pause sagte Vornhagen: »Es stellt sich die Frage, warum Gerd nicht nur getötet, sondern auch noch misshandelt wurde.«

Raaf antwortete: »Entweder ist der Mörder ein Psychopath, dem es Spaß macht, andere Menschen zu quälen oder ...«

»... der Mörder folterte ihn, um an Informationen zu kommen«, beendete Seibold Raafs Gedankengang.

»Ich glaube, es ist ganz wichtig«, fuhr er fort, »zunächst etwas über den Menschen Gerd Schragen zu erfahren. Was machte er? Mit wem verkehrte er? Hatte er Feinde?«

Seibold wandte sich an Vornhagen.

»Toni, du warst doch sehr eng mit ihm befreundet. Es wäre hilfreich, wenn du mir Gerd Schragen aus deiner Sicht beschreiben könntest.«

Vornhagen konzentrierte sich einen Augenblick.

»Einige Dinge sind dir ja schon bekannt. Er war verheiratet und hatte zwei Kinder. Ein Junge und ein Mädel. Er hat gerade ein Haus gebaut, in Oberdrees, einem Ort in der Nähe von Rheinbach. Als Mensch war er an sich ein angenehmer Zeitgenosse. Sympathisch, freundlich und hilfsbereit. Ein Typ, mit dem man Pferde stehlen konnte, wie man so schön sagt. Daher fällt es mir eigentlich schwer zu glauben, dass es jemand gibt, der ihm so etwas antut.«

»Gerd Schragen war Journalist«, unterbrach ihn Seibold, »da kommt es doch vor, dass man über Dinge berichtet, die gewissen Leuten unangenehm sein können. Es könnte also ohne Weiteres möglich sein, dass er jemandem mit einem Zeitungsbericht sehr auf die Füße getreten ist.«

»Ich habe jeden Artikel, den Gerd in den letzten Jahren geschrieben hat, gelesen. Darunter ist keiner, der jemanden veranlassen könnte, ihn dafür zu ermorden. Seine journalistische Tätigkeit beschränkte sich hauptsächlich auf Berichte über kommunalpolitische Vorgänge, kulturelle Ereignisse und Sportnachrichten.«

»Vielleicht recherchierte er gerade in einer Sache, die jemanden sehr in Misskredit hätte bringen können«, hakte Seibold nach.

»Möglich wäre das. Nur, was könnte das hier in Rheinbach sein?« Vornhagen schaute Manfred Raaf Hilfe suchend an.

Dieser zuckte mit den Schultern.

»Diesbezüglich müssen wir noch dringend mit der Redaktion des *Bonner General-Anzeigers* in Kontakt treten«, sagte Seibold. »Vielleicht wissen die mehr. Ich werde das in die Hand nehmen.«

»Vielleicht bringt uns ein Gerücht über Schragen weiter«, sagte Raaf und schaute dabei Vornhagen fragend an.

»Welches Gerücht?«

Sofort wurde der Kommissar hellhörig.

»Er soll ...«, Raaf zögerte einen Moment, »... Schulden gehabt haben. Ich weiß, dass er sich bei einer Reihe von Leuten in Rheinbach Geld geliehen hatte. Aber Toni weiß über dieses Thema sicherlich mehr.«

Seibold sah Vornhagen abwartend an. Er bemerkte, dass es diesem schwerfiel, über dieses Thema zu sprechen.

Der Rheinbacher Polizeichef atmete tief durch, bevor er sprach: »Es stimmt! Gerd ... Gerd war ein Spieler. Er ... er war ein regelmäßiger Besucher der Spielbank in Bad Neuenahr. Ich weiß, dass er wegen Geldgeschichten auch schon einmal großen Ärger mit Dr. Faßbender hatte. Er hatte bemerkt, dass Gerd in seiner Funktion als Kassenwart des Tennisvereins Gelder veruntreut hatte. Als Gerd ihm schließlich das Geld zurückgab, verzichtete er auf eine Anzeige. Gerd musste ihm versprechen, bei den nächsten Vorstandswahlen im kommenden Frühjahr zurückzutreten.«

Vornhagen machte eine Pause und rührte mit dem Löffel in seiner Kaffeetasse.

»Auch ich habe ihm einmal Geld geliehen«, sagte er. »Nachdem ich ihm wegen der Gefahren seiner Spielleidenschaft ins Gewissen geredet habe, gab er mir das Geld schon am nächsten Tag wieder zurück. Ich kenne auch noch andere Leute, von denen Gerd Geld geliehen hatte. Aber ...«, Vornhagen schüttelte energisch den Kopf, »... verdammt noch mal, das sind doch keine Gründe, jemanden auf diese scheußliche Art und Weise umzubringen.«

»Normalerweise nicht«, entgegnete Seibold, »andererseits sind auch schon Menschen wegen nichtigeren Gründen getötet worden.«

Raaf nahm die Kanne vom Tisch und schüttete Kaffee nach.

»Was wissen wir über den Täter?«, fragte Seibold und brachte das Ermittlungsgespräch auf ein anderes Thema.

»Wenn ich an den Tatort denke, muss er gute Ortskenntnisse von Rheinbach haben«, warf Raaf ein.

»Wir können also annehmen, dass er Rheinbacher ist«, folgerte Vornhagen, »nur alteingesessene Rheinbacher haben normalerweise Kenntnis von der Bunkeranlage im Klosterpark.«

»Eine weitere Frage ist: Kannte Schragen seinen Mörder?«, fuhr Seibold fort. »Hat er sich mit ihm im Bunker getroffen? Oder hat ihn der Mörder dorthin geschleppt?«

»Ich kann mir nicht vorstellen, dass sich Gerd Schragen auf den Bunker als Treffpunkt eingelassen hat, ohne Verdacht zu schöpfen«, entgegnete Raaf. »Geheime Treffen, seien sie auch noch so heikel, kann man auch an gemütlicheren Orten arrangieren.«

»Wir können nicht unbedingt davon ausgehen, dass es eine Verabredung zwischen Mörder und Opfer gab«, gab Seibold zu bedenken. »Vielleicht hat der Täter Schragen aufgelauert und ihn anschließend in den Bunker verschleppt.«

Die beiden Rheinbacher Polizisten nickten zustimmend.

Seibold zog eine kleine Plastiktüte aus seiner Rocktasche.

»Dies sind die einzigen Indizien vom Tatort«, sagte er und holte die Lederriemen, mit denen Schragen gefesselt wurde, heraus. Er hob sie hoch und zeigte sie seinen Kollegen. »Ich werde sie nach Bonn ins Labor schicken, um sie auf Fingerabdrücke untersuchen zu lassen.«

»Viel versprechen sollten wir uns davon aber nicht«, gab Vornhagen zu bedenken. »Es ist doch wohl anzunehmen, dass der Täter Handschuhe getragen hat.«

»Ich gebe dir recht«, erwiderte Seibold und steckte die Plastiktüte wieder ein. »Doch wir müssen jede Spur, und sei sie noch so abwegig, akribisch verfolgen.«

Er stand auf und ging in das Sekretariat. »Frau Henrich, könnten Sie bitte das Beweisstück nach Bonn ins Labor schicken?«

Seibold überreichte der Sekretärin die Plastiktüte. »Ich gebe Ihnen nachher die Adresse.«

Der Kommissar kehrte zurück und ging einige Schritte auf und ab. Er hoffte, dass durch die Bewegung sein Unwohlsein nachlassen würde.

»Wenn wir schon mal bei der Aufgabenverteilung sind: Herr Raaf, dürfte ich Sie bitten, zum Kloster zu fahren? Untersuchen Sie noch einmal die Umgebung des Tatorts. Besonders die Spuren, die zum Hinterausgang des Parks führen. Befragen Sie außerdem die Bewohner des Klosters, sowohl die Ordensschwestern als auch die Bediensteten, ob ihnen irgendetwas aufgefallen ist. Jede Kleinigkeit könnte wichtig sein.«

Seibold stemmte seine Arme auf die Rückenlehne seines Stuhles und blickte Vornhagen an.

»Toni, fertige bitte eine Liste von allen Personen an, von denen du weißt, dass sie Schragen Geld geliehen haben. Anschließend nimmst du mit ihnen Kontakt auf und befragst sie über ihr Verhältnis zu Schragen. Überprüfe auch bitte, ob sie für die Tatzeit ein Alibi haben.«

Der Kommissar hielt inne, um seinen nächsten Worten mehr Nachdruck zu verleihen. »Die Tatzeit wurde übrigens von Dr. Schmitt auf sechzehn bis siebzehn Uhr am Montag festgesetzt.«

Vornhagen überlegte einen Augenblick. Dann sagte er: »Walter, bist du dir darüber im Klaren, dass ich auch guten Freunden von mir klarmachen muss, dass sie in Verdacht stehen, etwas mit dem Fall zu tun zu haben?«

»Darauf können wir keine Rücksicht nehmen«, antwortete Seibold, »erkläre ihnen, dass es sich um Routineermittlungen in einem Mordfall handelt. Das müssen sie doch verstehen.«

Vornhagen zuckte mit den Schultern. »Ich hoffe es«, entgegnete er.

»Ich für meinen Teil«, fuhr Seibold fort, »werde der Ehefrau Schragens einen Besuch abstatten.«

»Es ist mir sehr recht, dass du das übernimmst«, stellte Vornhagen erleichtert fest, »es war schon hart genug für mich, dass ich Anita gestern die Todesnachricht überbringen musste. Gott sei Dank befanden sich ihre Kinder gerade bei den Großeltern in Ludendorf.«

Walter Seibold verstand Vornhagen. Er wusste, dass es zu den unangenehmen Aufgaben von Polizisten gehörte, die Todesnachricht von Angehörigen zu überbringen und dann noch Befragungen durchführen zu müssen. Auch für ihn würde es gleich nicht leicht werden. Deshalb nickte er Vornhagen verständnisvoll zu.

Dann gab er sich einen Ruck und sagte: »Na dann los, liebe Kollegen. Es gibt viel zu tun!«

Mittwoch, 11. Februar 1953, 10 Uhr 50

Als sich Vornhagen auf der Straße von Rheinbach nach Oberdrees befand, setzte Tauwetter ein. Dunkle Wolken trieben von Südwesten in die Ebene der Voreifel. Die feste Schneedecke hatte sich in einen schmierigen Brei verwandelt. Seibold hatte große Mühe, seine NSU überhaupt auf der Straße zu halten.

Während der Fahrt hatte er Zeit, noch einmal an das Telefongespräch zu denken, das er mit dem *Bonner General-Anzeiger* vor seiner Abfahrt geführt hatte. Man hatte ihm erklärt, wie erschüttert man über den Tod des Kollegen wäre. Aber auch die Redaktion hatte keine Kenntnis von einer Recherche Schragens, die so brisant war, dass sie ihn das Leben hätte kosten können.

Als er Oberdrees erreicht hatte, fand er das Haus der Schragens ohne große Schwierigkeiten. Toni Vornhagen hatte ihm den Weg präzise beschrieben. Es befand sich in einer Neubausiedlung am Ortseingang des kleinen Voreifeldorfes.

Als er sein Motorrad vor dem Haus Nummer vierzehn abstellte, nahm er seinen Motorradhelm ab und verstaute ihn auf dem Gepäckträger. Er betrachtete das Gebäude. Zunächst fiel ihm auf, dass die Außenwände noch nicht vollständig verputzt waren. Auch die Außenanlagen waren noch nicht fertiggestellt. So konnte er nur über eine Reihe hintereinandergelegter Schaltafeln trockenen Fußes zur Betontreppe gelangen.

Seibold stieg die Stufen zur Haustür empor. Auf ihr war provisorisch ein Schild aus Pappkarton mit der Aufschrift *Familie Schragen* angebracht. Gott sei Dank gibt es schon eine Klingel, dachte er und betätigte sie.

Es dauerte eine Weile, bis die Haustüre einen Spalt weit geöffnet wurde. Seibold konnte eine junge Frau erkennen, die ihre Haare streng nach hinten gekämmt hatte.

»Ja bitte?«, sagte sie kaum vernehmbar.

»Entschuldigen Sie bitte die Störung«, sagte der Kommissar, »mein Name ist Walter Seibold. Ich komme von der Kripo Bonn.«

Jetzt wurde die Tür ganz geöffnet, und Seibold sah, dass die Frau eine graue Schürze trug.

»Frau Schragen«, sagte Seibold, »darf ich Ihnen ...«

»Nein ...«, unterbrach ihn die Frau, »ich bin nicht Frau Schragen. Ich bin eine Nachbarin. Ich stehe Frau Schragen in dieser schrecklichen Situation zur Seite.«

»Das ist sehr lobenswert von Ihnen«, entgegnete Seibold, »ist es vielleicht möglich, Frau Schragen zu sprechen?«

»Anita hat sich einen Moment hingelegt«, sagte die Nachbarin, »Dr. Schmitt war eben hier und hat ihr eine Beruhigungsspritze gegeben.«

»Wenn es nicht dringend nötig wäre, würde ich Frau Schragen nicht belästigen«, sagte Seibold entschuldigend. »Sie wollen doch sicherlich auch, dass der Mörder so schnell wie möglich gefasst wird.«

»Natürlich«, entgegnete die Frau.

Sie ließ Seibold eintreten und führte ihn ins Wohnzimmer.

»Warten Sie bitte einen Augenblick.«

Sie drehte sich um und verschwand in einem Nebenzimmer.

Seibold zog seinen Mantel aus und legte ihn über den linken Arm. Er nutzte die Zeit, um sich im Wohnzimmer umzuschauen. Aus Erfahrung wusste er, dass die Einrichtung einer Wohnung einiges über die Person, die in ihr lebt, erzählen konnte. Ihm fiel auf, dass die Möbel der neuesten

Mode entsprachen und vor allen Dingen nicht eben billig waren.

Gerade wollte er einen Blick in das angrenzende Esszimmer werfen, als sich die Tür des Nebenzimmers öffnete. Eine Frau, ganz in Schwarz gekleidet, trat ein. Seibold schätzte ihr Alter auf Mitte dreißig. Ihr dunkelbraunes Haar hatte sie zu einem Pferdeschwanz zusammengebunden. Obwohl sie eine getönte Brille trug, konnte Seibold erkennen, dass ihre Augen gerötet waren. Ihre Schritte waren langsam und auffallend unsicher. Die typische Folge eines Beruhigungsmittels, dachte Seibold. Anita Schragen wurde von der Nachbarin gestützt und zu einer gepolsterten Sitzgarnitur geleitet. Sie nahm Platz, ohne Seibold anzusehen.

Der Kommissar setzte sich ihr gegenüber auf einen Sessel und wandte sich an die Nachbarin. »Ich hätte Frau Seibold gerne alleine gesprochen.«

»Ich wollte sowieso gerade gehen«, entgegnete sie.

»Ich komme nachher noch mal rüber, Anita«, versprach sie der Witwe.

»Danke für alles, Elsbeth, bis nachher«, antwortete Frau Schragen mit schleppender Stimme.

Seibold wartete, bis die Nachbarin die Türe hinter sich geschlossen hatte, dann sagte er: »Frau Schragen, ich möchte Ihnen zunächst mein herzlichstes Beileid aussprechen!«

Anita Schragen nickte.

»Warum tut ein Mensch so etwas Furchtbares, Herr Kommissar?«, fragte sie leise und starrte Seibold an.

Seibold zögerte einen Moment mit seiner Antwort.

»Darauf kann ich Ihnen leider keine Antwort geben. Ich kann Ihnen als Polizist nur versprechen, alles Mögliche zu tun, um den Mörder Ihres Mannes seiner gerechten Strafe zuzuführen.«

Nachdem er seinen Mantel auf die Sessellehne gelegt hatte, fuhr er fort: »Ich weiß, dass dies ein schwacher Trost ist, und kann Sie nur bitten, trotz Ihrer Trauer so gut wie möglich mit uns zusammenzuarbeiten, damit der Mörder schnell gefasst werden kann.«

Seibold machte eine Pause, dann fuhr er fort: »Fühlen Sie sich in der Lage, einige Fragen zu beantworten?«

»Ich werde es versuchen.«

Seibold merkte, dass sie mit den Tränen kämpfte.

»Haben Sie einen Verdacht, wer Ihren Mann getötet haben könnte?«

Frau Schragen überlegte einen Augenblick, dann schüttelte sie den Kopf. »Ist Ihnen in der letzten Zeit etwas Besonderes, Ihren Mann betreffend, aufgefallen?«

Wieder schüttelte sie den Kopf.

»Hat Ihr Mann eine Bemerkung oder eine Andeutung gemacht, dass er Feinde hatte oder in Schwierigkeiten steckte?«

Seibold meinte, einen kurzen Moment der Unsicherheit im Gesicht der Witwe erkannt zu haben, bevor sie auch diese Fragen verneinte.

»Frau Schragen, die nächste Frage fällt mir nicht leicht ...«, Seibold machte eine Pause, um seinen Worten mehr Nachdruck zu verleihen, »... aber wir wissen, dass Ihr Mann aufgrund seiner Spielleidenschaft des Öfteren Schulden machte und sich bei Freunden und Bekannten Geld lieh. Können Sie sich vorstellen, dass dies etwas mit seinem Tod zu tun haben könnte?«

Frau Schragen zuckte mit den Schultern.

»Das halte ich für unwahrscheinlich. Noch in der letzten Woche hat Gerd mir überglücklich erzählt, dass er bald alle Schulden zurückbezahlen würde, und versprach mir, von nun an seine Finger von der Spielbank zu lassen.«

Seibold merkte, dass es keinen Sinn mehr hatte, diesbezüglich weitere Fragen zu stellen.

Er nickte mit dem Kopf in Richtung eines kleinen Eckschrankes, auf dem ein Bild stand. »Sind dies Ihre Kinder?«, fragte er.

»Ja«, antwortete sie kaum hörbar.

»Wie alt sind sie?«

»Roswitha ist vier, und Ludwig wird nächsten Monat zwei Jahre alt. Sie wissen es noch nicht. Sie sind bei meinen Eltern in Ludendorf. Ich weiß gar nicht, wie ich es ihnen beibringen soll.«

»Es sind ausgesprochen nette Kinder«, versuchte Seibold abzulenken, »und Ludwig ist ganz der Papa.« Dabei zeigte er auf ein Hochzeitsbild der Eheleute Schragen, das über der Couch hing.

Anita Schragen streifte das Bild mit einem kurzen Blick, dann schaute sie auf den Boden und kämpfte wieder mit den Tränen.

Seibold wartete einen Augenblick, bevor er sagte: »Ich würde mir gerne einmal das Arbeitszimmer Ihres Mannes anschauen.«

Frau Schragen blickte auf und nickte.

»Es ist im oberen Stockwerk. Ich zeige es Ihnen.«

»Das ist nicht nötig«, antwortete Seibold, »bleiben Sie ruhig sitzen!«

Anita Schragen zeigte mit dem Finger auf eine Wendeltreppe. »Auf dem Flur oben, die zweite Tür links.«

Seibold stand auf und stieg über die Treppe in das obere Stockwerk.

Die Tür des Arbeitszimmers stand offen. Als Seibold es betrat, fiel sein Blick sogleich auf eine große Fotografie, die an der gegenüberliegenden Wand hing. Sie zeigte Schragen und Toni Vornhagen in Tenniskleidung. Vornhagen hatte den Arm um die Schulter seines Partners gelegt. Beide strahlten überglücklich in die Kamera. Unter dem Bild stand: *Gerd Schragen und Toni Vornhagen. Sieger im Herrendoppel, Clubmeisterschaft 1952.*

An der rechten Zimmerseite stand ein großer Bücherschrank. In ihm entdeckte Vornhagen eine Reihe Aktenordner, Jahrbücher des *General-Anzeigers* und Schragens private Büchersammlung.

Zur Linken befand sich ein großer, aus massivem Eichenholz hergestellter Arbeitstisch mit einem gepolsterten Schreibtischstuhl. Seibold ging auf ihn zu und setzte sich.

Dann begann er die Gegenstände, die sich auf der Schreibtischplatte befanden, zu untersuchen. Er nahm sich zunächst ein kleines Adressbuch vor, das neben dem Telefon lag. Es enthielt eine Reihe von Namen, die alphabetisch geordnet waren. Als er das Buch aufklappte, hatte er zufällig die Seite mit dem Buchstaben V aufgeschlagen. Dort entdeckte er auch den Namen Toni Vornhagens, sowohl mit seiner Privatnummer als auch mit der der Polizeiwache. Er blätterte weiter. Außer den ihm bereits bekannten Personen Dr. Faßbender und Dr. Schmitt sagten ihm die anderen Namen nichts. Vielleicht konnte Toni Vornhagen etwas mit diesen Namen anfangen, dachte der Kommissar.

Dann fiel sein Blick auf eine Schreibunterlage in der Mitte des Tisches. Auf dem oberen Teil war der Jahreskalender von 1953 aufgedruckt. Darunter befand sich eine große Schreibfläche, auf der man sich Notizen machen konnte. Gerd Schragen hatte reichlich Gebrauch davon gemacht. Seibold entdeckte Namen, Adressen und Telefonnummern. Dazu reihten sich zusammenhanglos Begriffe wie *Goldhochzeit*

Wormersdorf, Prinzenproklamation, 13. Januar, die Zahl *1945, Karnevalszug Veilchendienstag 14 Uhr, Steinbruch* und viele mehr.

Auf der linken Seite des Schreibtischs stand eine Schreibmaschine, in der ein Blatt Papier eingespannt war. Seibold zog es vorsichtig heraus. *Einladung zur Jahreshauptversammlung 1953* war darauf zu lesen. Dann folgten vier Punkte der Tagesordnung. Weiter war Schragen nicht gekommen.

Unter der Tischplatte entdeckte der Kommissar eine Schublade. Er öffnete sie. Sie enthielt Klarsichtfolien, Schreibpapier, Kugelschreiber, ein Lineal, Büroklammern und weiteres Bürozubehör.

Als Seibold in den Sachen kramte, entdeckte er unter den Klarsichtfolien einen Brief. Ihm kam es so vor, als hätte man ihn dort versteckt. Er öffnete ihn und begann zu lesen. Es handelte sich um die dritte Mahnung einer Baufirma mit dem Namen Eschweiler und Söhne.

Seibold pfiff leise durch die Zähne. Die unbezahlte Forderung betrug 23.534 DM. Dann fiel sein Blick auf das Datum des Schreibens: 12.12.1952. Die Mahnung war also erst kürzlich ausgestellt worden.

Seibold nahm den Brief, das Adressbuch und die Schreibunterlage und ging wieder nach unten. Als er die Treppe hinunterging, kam ihm Zigarettenqualm entgegen. Frau Schragen hatte sich in seiner Abwesenheit eine Zigarette angezündet, die sie mit leicht zitternden Fingern in der rechten Hand hielt.

»Haben Sie etwas gefunden, Herr Seibold?« Ihre Stimme klang etwas gefasster als eben.

Der Kommissar zeigte ihr die Unterlagen, die er aus dem Arbeitszimmer ihres Mannes mitgenommen hatte. »Einige Dinge können uns vielleicht hilfreich sein. Sie haben doch nichts dagegen, dass ich sie mitnehme?« Seibold holte das Schreiben der Baufirma aus dem Couvert. »Besonders dieser Brief scheint mir sehr interessant.«

Er reichte ihn der Witwe.

»Er enthält die Mahnung der Baufirma Eschweiler und Söhne über eine Rechnung von 23.534 DM. Außerdem wird damit gedroht, gerichtliche Schritte gegen Ihren Mann einzuleiten. Wissen Sie etwas darüber?« Der Kommissar starrte die Frau abwartend an.

Die Witwe machte keine Anstalten, den Brief zu lesen, und antwortete nicht. »Frau Schragen«, sagte Seibold eindringlich, »es wäre von äußerster Wichtigkeit zu wissen, ob Ihr Mann diese Rechnung vor seinem Tod noch beglichen hat.«

Frau Schragen nahm einen langen Zug aus ihrer Zigarette und las den Text. Dann sah sie Seibold an.

»Ich glaube nicht!«

»Wieso?«

»... weil ... weil ein Tag vor dem Tod meines Mannes«, sagte sie sichtlich nervös, »habe ich mitbekommen, dass Eschweiler angerufen hat. Er beschimpfte und bedrohte Gerd aufs Übelste.«

»Das wäre doch schon einmal ein Ansatzpunkt«, sagte Seibold und nahm seinen Mantel von der Sessellehne. »Dann werden wir uns Herrn Eschweiler einmal genauer ansehen!«

Der Kommissar zog den Mantel an und reichte Anita Schragen die Hand.

»Wenn Ihnen noch irgendetwas einfällt, auch wenn es Ihnen noch so unwichtig erscheint, rufen Sie mich bitte an. Die Telefonnummer der Polizeiwache haben Sie ja. Auf Wiedersehen und alles Gute.«

Bevor er die Haustüre öffnete, drehte er sich noch einmal um und sagte: »Da fällt mir noch ein ... Wir können Ihnen leider nicht ersparen, dass Sie morgen nach Rheinbach kommen, um Ihren Mann zu identifizieren.«

Seibold bemerkte ihren gequälten Blick. »Soll Toni Vornhagen Sie abholen?«

Frau Schragen nickte zögerlich.

Die Hand, in der sie die Zigarette hielt, zitterte wieder stärker.

Als Walter Seibold die Polizeiwache betrat, machten ihm die Kopfschmerzen, die ihn seit dem Aufbruch von Oberdrees quälten, immer noch zu schaffen. Die Schmerzen waren so stark geworden, dass er seine Fahrt hatte unterbrechen müssen. Er wusste sofort, dass sie nichts mit dem reichlichen Alkoholkonsum des Vorabends zu tun hatten. Er versuchte zunächst, den Schmerz etwas zu lindern, indem er den Motorradhelm abnahm. Aber auch das nützte nichts. Im Gegenteil. Nun spürte er einen heftigen Druck in der rechten Kopfhälfte, der so stark wurde, dass die Umgebung vor seinen Augen zu verschwimmen begann. Erst nach einer Weile, als er die schmerzende Stelle ausgiebig massiert hatte, ließen die Schmerzen und Sehstörungen so weit nach, dass er seine Fahrt fortsetzen konnte.

Traudel Henrich musste seine Verfassung erkannt haben. »Herr Seibold, Sie sehen aber gar nicht gut aus«, sagte sie mit besorgter Miene.

»Ich habe nur ein wenig Kopfweh«, wiegelte der Kommissar ab.

Wieder fiel ihm auf, wie gut der rote Glockenrock die Sekretärin kleidete.

»Unser Kriminalbeamter aus Sachsen muss sich wohl zuerst mal an unser Kölsch hier gewöhnen«, warf Toni Vornhagen lachend ein.

Er stand hinter der Theke und sortierte Schriftstücke in einen Aktenordner. »Na Walter, hast du irgendwelche Erkenntnisse bei deinen Ermittlungen in Oberdrees erhalten?«

Seibold hängte seinen Mantel an die Garderobe und holte die Unterlagen aus Schragens Arbeitszimmer aus der Innentasche. Er zeigte Vornhagen zunächst das Adressbuch.

»Könntest du dir die aufgeführten Namen einmal genauer ansehen? Vielleicht fällt dir etwas auf.«

Der Polizist nickte und nahm das Buch an sich. »Das muss ich aber in Ruhe machen«, antwortete er.

»Schau dir auch einmal dieses Notizblatt an. Vielleicht sagen dir diese Aufzeichnungen etwas.«

Vornhagen las sich die Notizen der Schreibtischunterlage durch. Er blickte hoch und schüttelte den Kopf.

»Aber das Interessanteste«, fuhr Seibold fort, »ist dieser Brief.«

Der Rheinbacher Polizist nahm den Brief und las ihn leise durch. Seine Lippen bewegten sich dabei. Nachdem er Seibold den Brief zurückgegeben hatte, wiegte er seinen Kopf hin und her. »Ich weiß nicht, ob das eine heiße Spur ist.«

»Kennst du den Bauunternehmer?«, fragte Seibold.

»Natürlich. Werner Eschweiler kennt jeder hier in Rheinbach. Sein Vater hatte vor dem Krieg ein gut gehendes Hoch- und Tiefbau-Geschäft. Nach seinem Tod hat es Werner so weit heruntergewirtschaftet, dass er Ende des letzten Jahres Insolvenz anmelden musste. Ihm geht der Ruf voraus, ein massives Alkoholproblem zu haben. Kein Wunder, dass einem dann die Kunden weglaufen. In der letzten Zeit hat er nur noch Aufträge erhalten, weil er weit unter Preis gearbeitet hat. Das war auch der Grund, warum Gerd ihn genommen hat.«

Seibold stutzte. »Warum heißt die Firma Eschweiler und Söhne?«

»Werner Eschweiler hatte noch einen Bruder, der auch mit im Geschäft war. Er ist im Krieg gefallen.«

Seibold machte es kurz. »Hältst du ihn für fähig, einen Mord zu begehen?«

»Er ist zwar dafür bekannt, dass er zu Gewalttätigkeiten neigt, besonders wenn er getrunken hat. Aber ...«, Vornhagen sah Traudel Henrich an, als ob er eine Bestätigung von ihr erwartete. »Ich kenne ihn seit vielen Jahren. So ein Gewaltverbrechen trau ich ihm eigentlich nicht zu.«

»Wir sollten ihn auf jeden Fall vorladen«, schlug Seibold vor. »Frau Henrich, könnten Sie Werner Eschweiler bitte anrufen und in die Polizeiwache bestellen?«

Die Sekretärin verschwand in ihrem Zimmer und holte das Telefonbuch aus einer Schublade ihres Schreibtisches.

»Wie war´s denn bei dir?«, fragte Seibold Vornhagen.

»Wie ich es mir gedacht habe«, entgegnete dieser und überreichte Seibold die Liste der Verdächtigen, »die befragten Personen haben sich zunächst fürchterlich darüber aufgeregt, überhaupt in den Verdacht geraten zu sein, etwas mit dem Verbrechen zu tun zu haben. Im Übrigen hatten sie alle ein Alibi für die Tatzeit. Eine Person habe ich noch nicht erreichen können. Sie ist im Urlaub und kommt daher sowieso nicht für die Tat in Frage.«

Traudel Henrich hatte inzwischen telefoniert und kam aus ihrem Zimmer. »Ich habe nur Frau Eschweiler erreichen können«, sagte sie. »Sie behauptet, ihr Mann wäre nicht zu Hause. Er helfe einem Freund in Houverath beim Bau einer Garage.«

»Gut«, entgegnete Seibold, »dann schnappen wir uns den Kerl eben morgen.«

Er wandte sich an Vornhagen. »Hat sich übrigens Raaf schon gemeldet?«

»Er war vor ungefähr einer Stunde hier und hat einen Bericht geschrieben. Er liegt dort drüben in der Ablage. Ich habe ihn zwischenzeitlich zur Volksschule geschickt, um die Tafel zu besorgen, die du haben wolltest.«

Seibold ging zum hinteren Ende des Tresen und fingerte den Ermittlungsbericht aus der Ablage. Als er ihn las, musste er schmunzeln.

Der Bericht war zwar verständlich, strotzte aber vor Rechtschreibe- und Ausdrucksfehlern. Aus ihm ging hervor, dass der Pkw Schragens, ein grüner DKW, auf dem Parkplatz des Tennisclubs gefunden worden war, der sich nicht weit vom hinteren Eingang des Klosterparks befand. Raaf vermutete, dass Schragen sich hier mit seinem Mörder getroffen haben musste. Die Tatsache, dass die Spuren vom Hintereingang zum Bunker nur von einer Person stammten, lege den Verdacht nahe, dass Schragen von dem Täter getragen wurde. Die ungewöhnliche Tiefe der Fußspuren deute ebenfalls darauf hin. Außerdem habe die Befragung der Ordensschwestern und Klosterbediensteten ergeben, dass niemand zur fraglichen Zeit durch das Haupttor des Klosters gekommen war. Seibold legte den Bericht in die Ablage zurück.

»Hast du ihn schon gelesen?«, wandte er sich an Vornhagen.

Der nickte. »Was hältst Du davon?«

»Durchaus schlüssig. Die Verletzung an Gerds Kopf deutet ebenfalls darauf hin, dass der Täter ihn bewusstlos geschlagen haben muss und anschließend in den Bunker getragen hat.«

»Außerdem können wir damit ausschließen, dass es sich bei dem Täter um eine Frau handelt«, führte Seibold die Überlegungen fort. »An diese Möglichkeit hatten wir nämlich noch gar nicht gedacht. Die außergewöhnliche Brutalität und die Größe der Fußspuren lassen ebenfalls diesen Schluss zu.«

Vornhagen nickte zustimmend.

»So, meine Herren Kriminalisten«, mischte sich Traudel Henrich in das Gespräch, »jetzt ist es aber Zeit für ein gutes Mittagessen. Toni, was hältst du davon, wenn wir Herrn Seibold mit zu Tante Lisa nehmen? Sie kocht immer so üppig, dass es auch für eine Person mehr reicht.«

»Das ist eine hervorragende Idee«, gab Vornhagen zur Antwort.

Die beiden Rheinbacher schauten den Kommissar erwartungsvoll an.

Seibold überlegte einen Moment. Er hatte eigentlich vorgehabt, sich über Mittag in seinem Hotelzimmer auszuruhen, da ihm der unsolide Vorabend noch immer in den Knochen steckte. Aber als er das entwaffnende Lächeln Traudel Henrichs sah, konnte er nicht umhin, das Angebot anzunehmen.

»Aber nur, wenn Tante Lisa wirklich nichts dagegen hat«, sagte er.

»Ganz bestimmt nicht. Im Gegenteil, sie freut sich über jeden Besucher«, kam die prompte Antwort Traudel Henrichs.

Bevor sie die Polizeiwache verließen, hatte Seibold noch ein Telefongespräch mit Hausschildt geführt und ihn über den Ermittlungsstand informiert.

Er bat ihn, die Informationen an den Staatsanwalt weiterzuleiten, weil er nach dem gestrigen Vorfall keine große Lust verspürte, mit Dr. Brandt zu sprechen.

Sie überquerten die Hauptstraße in Höhe des Wilhelmsplatzes. Deutlich waren hier noch die Schäden der Bombenangriffe der letzten Kriegstage zu erkennen. Das alte Postamt war bis auf den Keller, der gut einen Meter aus dem Boden ragte, abgetragen. Die ebene Kellerdecke nutzten einige Kinder zum Rollschuhfahren.

Dann bog man rechts in die Weiherstraße ein und gelangte schließlich zur Polligstraße. Diese Straße verdeutlichte mit den kleinen Fachwerkhäusern auf beiden Seiten und dem Blick auf die Ecktürme der ehemaligen Stadtmauer noch sehr anschaulich den mittelalterlichen Charakter der Kleinstadt.

Vor der Hausnummer siebzehn blieben sie stehen. Traudel Henrich öffnete ein großes Tor, auf dem die Namen *Elisabeth Michels / Edeltraud Henrich* geschrieben waren.

Sie überquerten einen Hof und gingen auf ein Wohngebäude zu. Die Tür öffnete sich. Ein kleines Mädchen, dessen pechschwarze Haare von einem Haarreif zusammengehalten wurden, sprang die Eingangstreppe hinab. An ihren rehbraunen Augen und dem dunklen Teint erkannte Seibold sofort, dass es sich um die Tochter Traudel Henrichs handeln musste.

Mit einem freudigen »Hallo, Mama« lief sie an ihrer Mutter vorbei und stürzte in die Arme Vornhagens.

»Onkel Toni«, sagte sie mit bettelnder Stimme, »du hast versprochen, in dieser Woche noch mit mir Schlitten fahren zu gehen.«

»Na klar, Mariechen«, entgegnete der Angesprochene, »noch heute Nachmittag gehen wir zum Merzbacher Berg. Das heißt«, er deutete mit einer Kopfbewegung auf den Kommissar, »wenn Herr Seibold mich für einige Stunden entbehren kann.«

»Bei so einer netten Dame kann man ja wohl nicht nein sagen«, spielte Seibold ganz den Charmeur.

Das Mädchen musterte den Kommissar mit einem scheuen Blick. Dann reichte sie ihm die Hand und machte einen Knicks.

»Herr Seibold ist ein Polizist aus Bonn«, sagte ihre Mutter. »Er wird heute unser Gast sein, Maria. Ist das Essen schon fertig?«

»Ich weiß es nicht, ich gehe Tante Lisa fragen«, antwortete das Mädchen und hüpfte auf einem Bein über die Treppenstufen ins Haus.

Als die Mittagsgäste das Esszimmer betraten, war der Tisch schon gedeckt. Die Tür zur Küche stand offen, sodass Seibold eine ältere Frau erkennen konnte, die Kochtöpfe auf einer heißen Herdplatte emsig hin und her schob. Als sie sich umdrehte und das Esszimmer betrat, fiel Seibold auf, dass sie Vornhagen gerade mal bis zur Brust reichte. Ihre runde Nickelbrille verlieh ihrem Gesicht einen schelmischen Ausdruck. Das graue Haar hatte sie hinter dem Kopf zu einem Knoten zusammengebunden.

»Maria hat mir gerade erzählt, dass wir heute einen Gast haben«, sagte sie liebenswürdig und ging auf Seibold zu.

»Guten Tag, Frau Michels«, erwiderte Seibold höflich und schüttelte der alten Frau die Hand. »Mein Name ist Walter Seibold. Ich hoffe, ich mache Ihnen keine Umstände.«

»Nein, ganz bestimmt nicht. Sagen Sie ruhig Tante Lisa zu mir. So nennen mich alle hier«, entgegnete sie.

Dann wandte sie sich an ihre Nichte. »Traudel, sei bitte so nett und trage noch ein Gedeck für Herrn Seibold auf. Wir können in wenigen Minuten essen.«

»Dann kann ich mit Walter ja noch einen Moment in den Hof gehen. Ich möchte ihm mein Reich zeigen«, mischte sich Vornhagen ein. »Sagt uns Bescheid, wenn das Essen fertig ist!«

Als die beiden Männer den Hof betraten, holte Vornhagen seine Schachtel Eckstein aus der Hosentasche. Er bot Seibold auch eine Zigarette an.

»Danke, ich bin absoluter Nichtraucher«, wehrte der Kommissar ab.

»Ich darf drinnen nicht rauchen«, erklärte Vornhagen, »Tante Lisa kann den Zigarettenqualm nicht vertragen. Sie leidet unter Asthma.«

Vornhagen ging auf einen kleinen Schuppen zu, der die große Hofscheune mit dem Wohngebäude verband. Er holte den Schlüssel, den er auf der Rückseite des Gebäudes versteckt hatte, und öffnete die Tür. Der Kommissar folgte ihm. Er war überrascht, wie komfortabel das Innere des Schuppens eingerichtet war. Zur Linken befand sich eine Drehbank, über der an der Wand eine Reihe von Werkzeugen der Größe nach säuberlich sortiert war. Daneben erhob sich ein großer Eisenschrank, der mit einem riesigen Vorhängeschloss verschlossen war. Die rechte Seite des Raumes war mit einem großen Teppich ausgelegt, an der Wand stand eine Couch mit einem kleinen Tisch in Nierenform. Im hinteren Bereich erkannte Seibold ein Grammofon mit einem riesigen Schalltrichter, das die ganze Oberfläche einer kleinen Kommode einnahm. Geheizt wurde der Raum von einem stabilen Holzofen. Er schien in Betrieb zu sein, denn es herrschte eine angenehme Temperatur. Vornhagen ging auf ihn zu, öffnete die Klappe und legte ein Holzscheit nach.

»Donnerwetter«, entfuhr es Seibold. »Du hast es dir aber hier gemütlich gemacht.«

»Das ist mein Refugium. Hier verbringe ich einen großen Teil meiner Freizeit«, antwortete Vornhagen nicht ohne Stolz. »Entweder repariere ich irgendwelche Dinge für die Damen oder ich höre mir Schallplatten an.«

Seibold war einen Moment irritiert. Ein Hauch von Eifersucht stieg in ihm auf, als er sich vorstellte, dass Vornhagen dies gemeinsam mit Traudel Henrich tat.

Der Rheinbacher Polizist öffnete die Kommode, auf der das Grammofon stand, und holte eine Schallplatte hervor.

Kurze Zeit später erklang *In the Mood*. Vornhagen pfiff die ersten Töne der Melodie mit und bewegte sich tanzend durch den Raum, dabei fragte er Seibold: »Magst du Glenn Miller?«

»Ich höre eigentlich selten Musik in der letzten Zeit. Aber wenn, dann höre ich lieber ... «

Die Erklärung des Kommissars wurde jäh unterbrochen, denn Maria stürmte übermütig in den Raum. »Essen kommen«, rief sie.

Vornhagen nahm sie auf den Arm und drückte sie fest an sich. »Gott sei Dank, Mariechen, ich komme fast um vor Hunger.«

Walter Seibold kannte das Gericht aus seiner Stammkneipe in Bonn. Er hatte es aber noch nie probiert, weil er sich nicht vorstellen konnte, dass so etwas schmecken konnte. Es nannte sich Himmel on Ääd und bestand aus gebratener Blutwurst und einem Gemisch aus Kartoffeln und Äpfeln. Jetzt war er schon aus Höflichkeit gezwungen, dieses typisch rheinische Gericht zu probieren. Obwohl er noch immer ein flaues Gefühl im Magen verspürte, war er doch überrascht, wie gut es ihm schmeckte. Traudel Henrich, die ihm gegenübersaß, konnte ihn sogar ermuntern, noch einmal nachzunehmen.

Das Tischgespräch drehte sich zunächst um das anhaltende Winterwetter. Nach dem kurzen Tauwettereinbruch waren für die nächsten Tage wieder Frost und Schnee gemeldet. Anschließend kreiste die Unterhaltung um die karnevalistischen Aktivitäten, die über das Wochenende in Rheinbach anstanden. Zum Dessert, ein Vanillepudding mit Pflaumenkompott, erkundigte sich Tante Lisa schließlich, wie die

Ermittlungen im Mordfall Gerd Schragen vorangingen. Toni Vornhagen gab ihr eine kurze Übersicht über den Stand der Dinge und sagte dann zu Seibold: »Übrigens, Manfred Raaf hat ein Detail in seinem Bericht nicht erwähnt. Er sagte mir, die Schwester Oberin habe bei der Vernehmung zu Protokoll gegeben, dass in Schwester Maria Gratas Fieberträumen immer wieder von einem schwarzen Satan die Rede war. Manfred tat dies als reine Fieberfantasie ab und hielt es nicht für wichtig.«

Gerade wollte Seibold entgegnen, man müsse Raaf noch einmal klarmachen, dass in einem Mordfall jede Kleinigkeit von Bedeutung sein könnte, als Tante Lisa begann, mit monotoner Stimme einen Vers vorzutragen:

»Von Severus bes Romanus
küt dr Düvel us dr Höll erus.
Holt sich manch Siel met Für on Schwefel
vom Kotteforsch bes en dr Efel.
Dröm Mensch on Dier sei op dr Hoot,
Februarbloot, Februarbloot.«

Nach dem Zitat herrschte zunächst betretene Stille. Als Traudel Henrich die bangen Augen ihrer Tochter sah, sagte sie: »Tante Lisa! Du machst Mariechen ja Angst. Das ist doch alles nur Aberglauben, den man nicht ernst nehmen kann.«

»Nee, nee, Traudel«, schüttelte die alte Frau den Kopf. »Glaub mir! In jeder Legende steckt ein Körnchen Wahrheit. Es kommt nicht von ungefähr, dass sich solche Scheußlichkeiten in der Voreifel meistens im Februar ereignen. Das hat sich seit ewigen Zeiten in den Köpfen der Menschen festgesetzt. Es gibt viele hier, die fest davon überzeugt sind, dass der Teufel da seine Hand mit im Spiel hat.«

Die Tischrunde schaute sich in die Augen. Die Erklärung der alten Frau wurde teils betroffen, teils amüsiert zur Kenntnis genommen.

Als Seibold das Haus in der Polligstraße verließ, war er heiterer Stimmung. Die Nachwirkungen des gestrigen Abends waren so gut wie verflogen, und das nasskalte Tauwetter vom Morgen hatte ebenfalls nachgelassen. Vor allem hatte er an etwas teilhaben dürfen, auf das er seit vielen Jahren verzichten musste: familiäre Geborgenheit. Einen kurzen Moment dachte er daran, wie schön es sein müsste, an Toni Vornhagens Stelle zu sein. Aber nein, pfiff er sich zurück. Daran durfte er im Traum nicht denken.

Mittwoch, 11. Februar 1953, 16 Uhr 38

Der Mann mit dem schwarzen Ledermantel stand hinter einer der Kreuzwegstationen aus Kalksandstein, die die kleine Kapelle im Rheinbacher Wald ringförmig umgaben. Die Gedenkstätte hieß wegen ihrer idyllischen Lage Waldkapelle und befand sich an der Straße zwischen Rheinbach und Todenfeld.

Als einziges Überbleibsel einer alten Klosteranlage, die Servitenmönche im Vollzuge der Säkularisierung schon Anfang des 19. Jahrhunderts verlassen hatten, war sie seit ewigen Zeiten eine beliebte Meditationsstätte für Gläubige und Wanderer aus Rheinbach und Umgebung.

Werner Eschweiler, der auf seiner Rückfahrt von Houverath auf dem Parkplatz vor der Kapelle angehalten hatte, um Brennholz auf seinen Lieferwagen aufzuladen, ahnte nicht, dass jeder seiner Schritte beobachtet wurde. Er schaute sich immer wieder vorsichtig um, denn er wusste, dass es verboten war, ohne Erlaubnis der Forstverwaltung Holz aus dem Wald zu holen. Nachdem er sich noch einmal davon überzeugt hatte, dass seine Ladung nicht verrutschen konnte, bestieg er seinen Kleinlaster und fuhr mit durchdrehenden Reifen davon, denn die fallenden Temperaturen hatten die Straßen nach dem Tauwetter wieder spiegelglatt gemacht.

Der Mann im Ledermantel wartete nun nur noch auf die Schwestern Koll, die jeden Nachmittag die Waldkapelle aufsuchten, um dort zu beten. Sie mussten sich heute verspätet haben, denn sonst waren sie um diese Uhrzeit schon längst wieder auf dem Rückweg. Aber sie befanden sich noch immer im Innern der Kapelle. Jetzt endlich öffnete sich die Tür.

Der Mann beobachtete, wie die beiden Frauen ihre Finger in einem Weihwasserbecken benetzten, sich segneten und schließlich die Kapelle verließen. Dann hakten sie sich unter und gingen vorsichtig auf den Fußweg, der von der Kapelle durch den Wald nach Rheinbach führte. Schon bald hatte die Dämmerung sie verschluckt.

Beruhigt atmete der Mann aus, denn er wusste, dass er nun ungestört sein würde. Er merkte, wie die Kälte langsam an seinen Beinen hochkroch, und begann, mit den Füßen auf und ab zu treten, ohne dabei die Straße aus den Augen zu verlieren. Er duckte sich noch einmal hinter das Steinmonument und zog den Kopf zurück, als die Kapelle von dem Scheinwerfer eines Autos erfasst wurde, das in Richtung Todenfeld fuhr. Er wartete, bis das Auto die Kapelle passiert hatte und das Motorengeräusch in der Ferne verhallt war.

Dann schaute er wieder aus seinem Versteck auf die Straße.

Da, endlich ... langsam tauchte eine Gestalt von Rheinbach her kommend auf. Nach einer Weile konnte er die Person erkennen: Es war Hans-Georg Schwind. Dieser kam jeden Tag auf dem Rückweg von der Arbeit nach Todenfeld an der Waldkapelle vorbei und sah dabei nach dem Rechten, so wie es mit dem Pfarramt ausgemacht war.

Schwind kam die Straße herauf und schob sein Fahrrad. Das musste die Erklärung für seine Verspätung sein, dachte der Mann. Die Straßenverhältnisse hatten Schwind veranlasst, vom Fahrrad abzusteigen und zu Fuß zu gehen.

Als Schwind seine Höhe erreicht hatte, konnte der Mann hören, dass Schwind leise ein Lied summte.

Jetzt verließ er die Straße und ging über den Weg auf die Kapelle zu. Nachdem er sein Fahrrad an einem kleinen Baum abgestellt hatte, betrat er das Innere der Gebetsstätte. Der Mann mit dem schwarzen Ledermantel wartete noch einen Augenblick. Dann machte er sich auf den Weg.

Vor der Eingangstür blieb er stehen und sah vorsichtig durch die Türscheibe. Was er sah, machte ihn zufrieden: Es würde ein Leichtes sein, seine Tat auszuführen, denn Hans-Georg Schwind kniete vor dem Altar und war damit beschäftigt, abgebrannte Kerzen zu entsorgen.

Leise öffnete er die Tür, die nur angelehnt war. Mit vorsichtigen Schritten näherte er sich seinem Opfer. Gerade wollte er den Lederriemen aus seiner Manteltasche hervorholen, als sein Blick auf einen großen, gusseisernen Kerzenständer fiel, der direkt links neben Schwind stand. Aus ihm ragte eine circa fünfzehn Zentimeter lange Eisenspitze, auf die man Kerzen stecken konnte, hervor. Nun ging alles so schnell, dass der Kniende keine Möglichkeit hatte, sich zur Wehr zu setzen. Der Mann im Ledermantel packte mit der linken Hand den Haarschopf seines Opfers. Mit der rechten bekam er dessen Mantelkragen zu fassen. Dann wurde Schwinds Kopf angehoben und mit großer Wucht auf die Eisenspitze des Kerzenständers geschlagen. Diese fuhr durch sein rechtes Auge direkt ins Gehirn. Ein kurzes Zittern durchlief seinen Körper. Dann regte er sich nicht mehr. Der Mann mit dem Ledermantel überzeugte sich davon, dass Hans-Georg Schwind tot war.

Dann drehte er sich um und verließ die Kapelle.

4. Kapitel

Donnerstag, 12. Februar 1953, 7 Uhr 12

Er sah die Szene aus der Vogelperspektive. Ärzte in weißen Kitteln und Mundschutz beugten sich über den Operationstisch. Noch konnte er nicht erkennen, was sie machten und wen sie operierten.

Einer der Ärzte drehte sich um und ließ sich von einer Operationsschwester ein Skalpell reichen. Als sich sein Blick dem Geschehen näherte, sah er, dass der Arzt das Skalpell an die glatt rasierte Schädeldecke eines Mannes ansetzte. Jetzt war er so nah, dass er das Gesicht des Operierten erkennen konnte. Er erschrak. Es war sein Gesicht. Er war es, der auf dem Operationstisch lag. Das Skalpell ritzte die Haut. Blut drang aus den Wundrändern.

Ein heftiges Pochen an der Tür riss Walter Seibold aus dem Albtraum. Er richtete sich im Bett auf und rang keuchend nach Luft. Mit klopfendem Herzen versuchte er, einen klaren Kopf zu bekommen, als er die Nachttischlampe anmachte. Jetzt hörte er, dass man seinen Namen rief.

»Einen Moment ... einen Moment«, stotterte er.

Mit zitternden Fingern griff er nach seiner Hose, die er gestern Abend auf den Stuhl neben seinem Bett gelegt hatte, und zog sie hastig über. Dann schlich er barfuß zur Tür und öffnete sie einen Spalt. Trotz der Dunkelheit erkannte er das Gesicht Vornhagens. »Toni ... was ... ist passiert?«, fragte er. »Du musst sofort mitkommen, Walter«, antwortete der Rheinbacher Polizist. »Wir haben einen weiteren Mord.«

Einen Moment schaute Seibold Vornhagen ungläubig an, dann sagte er: »Ich ... ich komme, warte unten auf mich.«

Als Vornhagen gegangen war, schloss Seibold die Tür und verharrte einen Augenblick. Jetzt wurde ihm erst klar, dass er das eben Gehörte nicht geträumt hatte. Er konnte es einfach nicht glauben.

Als er das Hotel verließ, sah er, dass Vornhagen mit dem Dienstwagen gekommen war. Ein grüner VW Käfer mit der Aufschrift *Polizei* an beiden Türen. Er stieg ein. Vornhagen startete den Wagen und fuhr die Bachstraße hoch in Richtung Merzbach.

»Weißt du schon Näheres?«, fragte Seibold.

»Bei dem Opfer soll es sich um einen jungen Mann aus Todenfeld handeln. Sein Name ist Hans-Georg Schwind«, antwortete Vornhagen und wischte mit seinen Handschuhen über die beschlagene Windschutzscheibe.

»Wo ist es passiert?«

»In einer kleinen Kapelle zwischen Rheinbach und Todenfeld.«

Seibold schüttelte den Kopf.

»Johann Nußbaum, der Bürgermeister von Todenfeld, hat mich eben informiert«, fuhr Vornhagen fort. »Er war es auch, der ihn gefunden hat. Schwinds Mutter hatte ihn schon gestern Abend aufgesucht. Sie hatte sich Sorgen gemacht, weil ihr Sohn nach der Arbeit nicht zurückgekehrt war. Nußbaum hatte sie beruhigt und ihr versprochen, sich der Sache anzunehmen. Als er dann heute Morgen zur Arbeit fuhr, sah er das Fahrrad des Vermissten vor der Waldkapelle stehen.«

Sie bogen jetzt vorsichtig von der Straße Rheinbach – Merzbach auf Höhe des Forsthauses in Richtung Todenfeld ab. Die Straßen waren weiterhin spiegelglatt.

»Hat Nußbaum auch gesagt, auf welche Weise das Opfer umgebracht wurde?«, wollte Seibold wissen.

Vornhagen holte tief Luft, bevor er weitersprach. »Nußbaum sagte mir, wir sollen uns auf etwas gefasst machen. Sein Kopf soll regelrecht aufgespießt worden sein.«

»Aufgespießt in einer Kapelle?«, fragte Seibold ungläubig.

»Ja, auf einen Kerzenständer.«

»Mein Gott«, stammelte Seibold.

Ihm graute vor dem Anblick, der ihn gleich erwartete.

Als sie auf dem Parkplatz anhielten, wurden sie bereits von Johann Nußbaum erwartet. Der Bürgermeister, ein Mann mit hartem, ausgemergeltem Gesicht, das von vielen Jahren schwerer körperlicher Arbeit zeugte, schritt vor der Kapelle unruhig auf und ab.

Nachdem man sich gegenseitig vorgestellt hatte, gingen die Männer in den Innenraum der Kapelle. Seibold hatte schon viele Mordopfer gesehen, aber dieses groteske Bild empfand auch er als außergewöhnlich grausam. Als er im flackernden Kerzenlicht Schwinds aufgespießten Kopf und seinen verdrehten Körper sah, schluckte er zweimal schwer, um die aufkommende Übelkeit zu unterdrücken. Der Geruch geronnenen Blutes, das sich in einer großen Lache vor dem Altar ausgebreitet hatte, stieg ihm unangenehm in die Nase.

Auch Vornhagen war mitgenommen.

»Könntest Du das hier übernehmen?«, keuchte er. »Zwei solche Anblicke binnen weniger Tage sind für einen einfachen Kleinstadt-Polizisten nicht so einfach zu verkraften.«

Er nahm ein Taschentuch aus der Hosentasche und hielt es sich vor den Mund.

»Ich ... ich sehe mich mittlerweile draußen mal etwas um«, krächzte er schwer verständlich. Dann drehte er sich um und verließ mit Nußbaum die Kapelle.

Seibold näherte sich der Leiche. Er beugte sich vor und sah in das vor Schrecken verzerrte Gesicht des jungen Mannes. Dann begann er die Kleidung des Mordopfers zu untersuchen. Er fand einen Schlüsselbund in seiner rechten Hosentasche. Als er den Mantel des Toten untersuchte, ertastete er einen Gegenstand in der Innentasche. Es war eine Brieftasche. Seibold klappte sie auf. Sie enthielt ein Foto, das ein Elternpaar mit zwei kleinen Jungen zeigte, und einen Personalausweis. In den Innenfächern fand er einen Zettel mit einer Reihe von Telefonnummern und einen Zehnmarkschein. Der Kommissar steckte die Sachen ein und inspizierte gründlich den Innenraum der Kapelle, ohne jedoch auf irgendwelche Spuren zu stoßen.

Schließlich ging er nach draußen und sah nach Vornhagen und Nußbaum. Sie standen etwa dreißig Meter von der Kapelle entfernt an einer der Kreuzwegstationen und redeten miteinander.

Als sich Seibold ihnen näherte, machte ihn Vornhagen auf Fußspuren aufmerksam, die sich tief in den Schnee eingegraben hatten und die von der Kreuzwegstation zur Kapelle führten. »Vermutlich stammen sie vom Täter«, rief er. »Er scheint Schwind hier aufgelauert zu haben.«

Seibold kniete nieder und untersuchte die Spuren genauer. Er erkannte, dass die Fußabdrücke die gleichen Maße hatten wie die, die man am Bunker gefunden hatte. Er erhob sich und ging auf die Männer zu.

»Ein idealer Standort«, empfing ihn der Rheinbacher Polizist. »Von hier aus konnte der Täter sowohl die Straße als auch die Kapelle gut überblicken.«

Seibold sah sich um und nickte. Dann holte er Schwinds Brieftasche aus dem Mantel und reichte Vornhagen das Familienfoto.

Dieser warf einen kurzen Blick darauf und gab es an Nußbaum weiter.

»Das ist die gesamte Familie Schwind«, sagte der Bürgermeister.

»Der Vater und Hans-Georgs Bruder sind im Krieg gefallen.«

Er reichte das Bild an Seibold zurück.

»Ich habe gleich die unangenehme Aufgabe, der Mutter beizubringen, dass nun auch ihr letzter Familienangehöriger tot ist.«

Die beiden Polizisten sahen sich erleichtert an, als sie hörten, dass Nußbaum dies übernehmen wollte.

Seibold überreichte Vornhagen den Zettel mit den Telefonnummern. »Könntest du herausfinden, von wem die stammen?«

Vornhagen nahm das Schriftstück und nickte. Als er es wegstecken wollte, zögerte er einen Moment und warf noch einmal einen längeren Blick darauf.

»Eine Nummer kenne ich«, sagte er. »Es ist die von Gerd Schragen.«

Als er Seibolds erstaunten Gesichtsausdruck sah, fügte er hinzu: »Ich bin mir ganz sicher.«

Gerade wollte Seibold die Umgebung der Kapelle auf weitere Spuren untersuchen, als ein schwarzer Opel auf dem Parkplatz hielt, aus dem ein Mann mit einer grünen Windjacke und einem breitkrempigen Hut stieg. Er holte einen großen Fotoapparat vom Rücksitz des Autos.

Als er auf die Männer zuschritt, sagte er: »Guten Morgen, die Herren. Ist es wirklich wahr? Ein weiterer Mord?«

Vornhagen wandte sich an Seibold.

»Darf ich vorstellen? Herr Riesenkönig, unser Stadtfotograf.«

Die Männer schüttelten sich die Hände.

»Traudel Henrich rief mich an ...«, erklärte der Fotograf, »... und sagte mir, dass ich hier einige Bilder schießen soll.«

»Ja, ich habe sie gebeten, dich anzurufen, bevor ich zum Tatort gefahren bin«, antwortete Vornhagen. Dann zwinkerte er Seibold zu. »Ich habe mir gedacht, ich handele in deinem Interesse.«

Seibold erwiderte den Blick zufrieden. »Langsam kann man ja mit unserem Polizeichef zusammenarbeiten«, sagte er leise, aber so, dass es Vornhagen hören konnte.

Dann ging er in Begleitung des Fotografen in die Kapelle.

»Heilige Mutter Gottes. Das ... das ist ja grauenvoll«, stammelte Riesenkönig, als er die verrenkte Leiche vor dem Altar sah.

»Ja, das hier ist etwas anderes als Hochzeitsfotos zu schießen«, sagte Seibold sarkastisch und erklärte ihm, aus welchen Blickwinkeln er Leiche und Tatort abgelichtet haben wollte. Als sie die Kapelle verließen, konnte er erkennen, wie bleich Riesenkönig geworden war.

»Wann kann ich die Fotos haben?«, fragte Seibold, als er sich von dem Fotografen verabschiedete.

»Ich bringe sie heute Nachmittag an der Polizeiwache vorbei«, entgegnete dieser und hastete zu seinem Auto. Als er in den Wagen stieg, konnte jeder sehen, wie froh er war, den Tatort so schnell wie möglich verlassen zu können.

Donnerstag, 12. Februar 1953, 9 Uhr 12

Walter Seibold war ein Pünktlichkeitsfanatiker. Deshalb ärgerte er sich, als ihm die Uhr, die an der Wand über dem Tresen der Polizeiwache hing, anzeigte, dass er sich verspätet hatte. Auch die Tatsache, dass Toni Vornhagen ebenfalls noch nicht anwesend war, konnte ihn nicht beruhigen. Er und Vornhagen hatten noch so lange am Tatort gewartet, bis die Leiche Schwinds in die Leichenhalle des Krankenhauses überführt worden war. Dann hatte Toni Vornhagen ihn in sein Hotel zurückgebracht, bevor er nach Oberdrees fuhr, um Anita Schragen zur Identifizierung ihres Mannes abzuholen.

Seibold hatte sich an den Frühstückstisch gesetzt, obwohl es ihm nach den Ereignissen des Morgens schwerfiel, einen Bissen herunterzubekommen. Der Vorfall in der Waldkapelle musste sich schon herumgesprochen haben, denn der sonst so wortkarge Hein Burrenkopf schlawenzelte äußerst gesprächig um ihn herum, um weitere Einzelheiten über die Tat zu erfahren. Der Kommissar achtete darauf, ihm nur das Nötigste zu sagen. Er wusste, dass die meisten Wirte schon von Berufs wegen geschwätzig waren.

Manfred Raaf war gerade damit beschäftigt, Kreide und einen Schwamm in die hölzerne Ablage der Tafel zu legen, die er neben der Sitzgarnitur aufgestellt hatte. Er hatte Seibolds Eintreten nicht bemerkt und rief in Richtung Sekretariat: »So, alles ist gerichtet. Die Unterrichtsstunde mit Herrn Oberlehrer Seibold kann gleich beginnen.«

»Der Oberlehrer hofft, dass er gelehrige und artige Schüler haben wird«, sagte Seibold mit gespielter Strenge.

Manfred Raaf drehte sich verlegen um und versuchte abzulenken. »Herr Kommissar, ist ... ist das nicht furchtbar mit

Schwind? Es sieht so aus, als wollte uns jemand mit Gewalt die Karnevalstage versauen.«

»Dann wird es ja Zeit, dass wir demjenigen endlich das Handwerk legen«, entgegnete Seibold energisch, durchquerte den Raum und betrat das Sekretariat.

»Frau Henrich, könnten Sie ... bitte ...«, Seibold stutzte, als er sah, dass die Sekretärin kostümiert war.

Traudel Henrich hatte sich als Japanerin verkleidet und trug einen großen, runden Basthut und einen gelben, schwarz gepunkteten Kimono. Seibold war sich nicht sicher, ob sie trotz oder wegen der Kostümierung hinreißend aussah.

Traudel Henrich bemerkte sein Erstaunen. »Herr Seibold ...«, erklärte sie, »wir haben heute Weiberfastnacht. Da ist es Tradition hier im Rheinland, dass sich die Frauen kostümieren und spätestens ab Mittag das Regiment übernehmen.«

Der Sachse holte tief Luft, bevor er weitersprach. »Wäre es der liebreizenden Japanerin vielleicht möglich, dass sie bis dahin noch einige dienstliche Aufträge für mich erledigen könnte?«, sagte er mit einer gehörigen Portion Ironie in der Stimme.

»Selbstverständlich, Herr Kommissar.« Um ihre Lippen spielte ein schwaches Lächeln.

»Verständigen Sie bitte zunächst Dr. Schmitt und bitten ihn, die Obduktion Hans-Georg Schwinds vorzunehmen. Dann rufen Sie bitte Werner Eschweiler an und sagen ihm, er solle sich heute Morgen für eine polizeiliche Befragung bereithalten.«

Bevor Seibold sich umdrehte und in den Wachraum zurückkehrte, zwinkerte er Traudel Henrich zu.

Toni Vornhagen war zwischenzeitlich hereingekommen. Er sah ziemlich mitgenommen aus.

»Polizist zu sein ist manchmal ein Scheißberuf«, sagte er und ließ sich stöhnend auf einen Stuhl der Sitzgarnitur fallen.

»Walter, du hattest Anita Schragen gestern nicht darauf vorbereitet, dass ihr Mann vor seinem Tod misshandelt wurde«, sagte er vorwurfsvoll zu Seibold. »Du kannst dir ausmalen, wie es sie mitgenommen hat, als sie ihren Mann so sehen musste.«

Seibold war betroffen. Er musste sich eingestehen, dass er gestern absichtlich während der Befragung nichts davon erwähnt hatte, um die Witwe nicht noch mehr zu beunruhigen.

»Als sich Anita einigermaßen gefangen hatte ...«, fuhr Vornhagen fort, »... gab sie mir eine Auskunft, die für unsere Ermittlungen von Bedeutung sein könnte.«

Seibold wurde hellhörig.

»Als ich ihr von der Ermordung Schwinds erzählte ...«, begann Vornhagen und blies geräuschvoll Zigarettenrauch aus seiner Lunge, »... sagte sie mir, dass dieser vor dem Wintereinbruch begonnen hatte, die Außenwände ihres Neubaus zu verputzen.«

»Nicht Eschweiler?«, fragte Seibold erstaunt.

»Eschweiler hatte sich wohl geweigert weiterzuarbeiten, solange die Fertigstellung des Rohbaus noch nicht bezahlt wäre«, entgegnete Vornhagen. »So holte sich Gerd jemanden, der es schwarz machte. Viele junge Männer hier in der Gegend verdienen sich mit solchen Arbeiten etwas nebenbei.«

»Dann wissen wir auch, warum Schwind die Telefonnummer Schragens bei sich trug«, sagte Seibold und schritt zur Tafel.

Er nahm ein Kreidestück und zeichnete zwei Kreise nebeneinander. In jeden dieser Kreise schrieb er den Namen eines Mordopfers. Dann verband er die Kreise mit einer Linie.

»Wir wissen also jetzt, dass die beiden Mordopfer in Verbindung standen. Außerdem lässt die Art und Weise des Verbrechens die Vermutung zu, dass es sich bei dem Täter um ein und dieselbe Person handelt«, erläuterte er und drehte sich zu den Rheinbacher Polizisten um.

»Aber wie lautet das Motiv?«

»Der Einzige, von dem wir bislang wissen, dass er ein Motiv haben könnte, ist Werner Eschweiler«, meldete sich Raaf zu Wort.

Seibold schrieb den Namen Eschweilers auf die Tafel und verband diesen durch Pfeile mit den Namen der beiden Ermordeten. Dann machte er ein großes Fragezeichen hinter den Namen des Verdächtigen.

»Was haben wir gegen ihn in der Hand?«, fragte der Kommissar. »Hinsichtlich des Mordes an Gerd Schragen wissen wir, dass Eschweiler äußerst wütend auf ihn war, weil er ihm die fälligen Rechnungen noch nicht bezahlt hatte. Aber ist das Grund genug, jemanden zu ermorden und sogar zu foltern?« Seibold schaute seine Zuhörer abwartend an.

»Zumal«, gab Vornhagen zu bedenken, »die Chance, von einem toten Schragen Geld zu bekommen, noch geringer ist als von einem lebenden.«

Seibold nickte.

»Als belastendes Indiz kann man jedoch anführen ...«, fuhr Vornhagen fort, »... dass Eschweiler den Bunker kannte. Er war dabei, als er gebaut wurde.« Auch diesmal stimmte Seibold zu.

»Und wie sieht es mit Schwind aus?«, warf Raaf ein.

»In seinem Fall könnte das Motiv Eschweilers mit Schwinds Schwarzarbeit zusammenhängen. Beides ...«, konstruierte Vornhagen, »... säumige Zahler und Schwarzarbeiter, verursachte die Insolvenz der Baufirma Eschweilers.«

»Nimmt uns das ein Haftrichter ab?«, fragte Seibold und schüttelte zweifelnd den Kopf.

»Die Morde sind vielleicht auch aus dem Charakter des Verdächtigen zu erklären«, sagte Manfred Raaf. »Werner Eschweiler ist bekannt für sein cholerisches und gewalttätiges Verhalten. Er ist immerhin wegen Körperverletzung vorbestraft. Außerdem habe ich erfahren, dass er vor ein paar Tagen in seiner Stammkneipe *Rheinbacher Hof* lautstark diejenigen bedroht hat, die seines Erachtens an seinem Unglück schuld sind.«

Raaf redete inzwischen schneller.

»Er nannte ausdrücklich Schragens Namen. Er sei jemand, der sich mit den feinen Pinkeln in Rheinbachs Tennisclub vergnüge, aber noch nicht einmal in der Lage wäre, seine Rechnungen zu bezahlen. Aber, so soll Eschweiler wörtlich von sich gegeben haben, man werde schon bald sehen, wie Schragen sein Fett wegbekomme. Als schließlich Schwind die Kneipe betrat, eskalierte die Situation. Eschweiler bezeichnete ihn als Verbrecher, der anderen die Existenzgrundlage wegnähme. Schließlich ging er Schwind an die Gurgel. Das Eingreifen mehrerer Gäste war nötig, um Eschweiler davon abzuhalten, ihn zu verprügeln. Als man ihn vor die Tür setzte, drohte er, Schwind beim nächsten Aufeinandertreffen umzubringen.«

»War Eschweiler alkoholisiert?«, wollte Seibold wissen.

Bevor Raaf antworten konnte, wurde die Gesprächsrunde von Traudel Henrich unterbrochen. »Darf ich einen Moment stören?«, fragte sie und wandte sich an Vornhagen. »Toni, da ist Hildegard Koll am Telefon. Sie hätte dich gerne gesprochen.«

Vornhagen stand auf und ging ins Sekretariat.

»Herr Seibold«, fuhr die Sekretärin fort, »ich soll Ihnen von Dr. Schmitt ausrichten, er würde die Obduktion heute um vierzehn Uhr vornehmen.«

Seibold nickte dankend.

»Ich habe übrigens auch Frau Eschweiler erreicht. Sie sagte, ihr Mann läge noch im Bett. Aber sie würde ihm ausrichten, dass Sie heute Morgen noch vorbeikommen.«

»Bestimmt wieder mal besoffen«, murmelte Raaf.

Vornhagen kam zurück und setzte sich auf seinen Platz. Er holte sein Feuerzeug aus der Hosentasche und zündete sich erneut eine Zigarette an.

Dann fixierte er seine Gesprächspartner und sagte: »Wir haben einen weiteren Hinweis, der die Täterschaft Eschweilers erhärtet. Frau Koll hat ausgesagt, dass sie und ihre Schwester gestern am späten Nachmittag den Lieferwagen Eschweilers auf dem Parkplatz an der Waldkapelle gesehen haben.«

Donnerstag, 12. Februar 1953, 10 Uhr 35

Als Vornhagen und Seibold die Polizeiwache verließen, war es zwar immer noch bitterkalt, aber die Sonne schien. Sie verabschiedeten sich von Manfred Raaf, der die Aufgabe übernommen hatte, die Mutter Schwinds in Todenfeld aufzusuchen. Außerdem sollte er dem *Waldhotel*, das sich nur wenige hundert Meter vom Tatort befand, einen Besuch abstatten. Vielleicht gab es dort jemanden, dem etwas aufgefallen war.

Als Seibold und Vornhagen von der Grabenstraße in die Schweigelstraße abbogen, wurde Seibold wieder daran erinnert, dass am heutigen Tag Weiberfastnacht war, denn sie begegneten einer Schar kostümierter Frauen, die über die Neustraße in Richtung Innenstadt unterwegs war.

Als sie das Haus Werner Eschweilers in der Kriegerstraße erreichten, blieben sie einen Moment stehen. Vornhagen wollte die Zigarette, die er sich unterwegs angezündet hatte, in Ruhe zu Ende rauchen.

Seibold hatte Zeit, das zweistöckige Gebäude genauer in Augenschein zu nehmen. Es machte auf Seibold einen ungepflegten Eindruck. Auch das angrenzende Hofgelände, auf dem er alte Baumaschinen und einen Lieferwagen entdeckte, sah ziemlich verwahrlost aus.

»Na, dann wollen wir mal«, sagte Vornhagen und warf den glimmenden Zigarettenstummel auf den Boden und trat ihn aus. Er stieg die kleine Treppe zum Hauseingang empor. Seibold folgte ihm. Vornhagen betätigte die Schelle.

Nach wenigen Augenblicken wurde die Haustür einen Spalt geöffnet. In der Türspalte erschien ein kleiner Junge mit blassem Gesicht und rotem Haarschopf. Als er die Uniform Vornhagens sah, drehte er sich um und rannte davon. »Mama, da kommt die Polizei«, hörten sie ihn rufen.

Vornhagen wartete eine Weile. Aber niemand erschien. Schließlich drückte er die Haustüre auf und ging in das Hausinnere. Seibold folgte ihm durch einen dunklen Flur, der zur Küche führte. Als Vornhagen die angelehnte Tür öffnete, konnte Seibold eine Frau erkennen, die auf der Küchenbank saß und einem Säugling die Flasche gab. Der kleine Junge drückte sich ängstlich an sie. Bei diesem Anblick stieg ein Gefühl des Bedauerns in ihm auf. Schon des Öfteren war er bei Ermittlungen solchen Frauen begegnet, die das schlimme Schicksal hatten, mit alkoholsüchtigen und gewalttätigen Männern verheiratet zu sein. Sie hob den Blick und schaute die Polizisten an.

»Es tut mir leid, dass ich Sie nicht an der Tür empfangen konnte«, sagte sie und setzte die Flasche ab. »Mein Mann ist gerade im Schuppen Brennholz holen. Er muss jeden Moment zurück sein. Nehmen Sie bitte solange Platz.«

Seibold zog einen Stuhl heran und setzte sich an den Küchentisch. Vornhagen zögerte einen Moment, dann ging er auf eine Glastür zu, die von der Küche zu einer Veranda führte, und schaute nach draußen. »Da kommt er ja schon«, sagte er und öffnete die Tür.

Werner Eschweiler, der in seinen Armen einige Holzscheite trug, trat ein. Er war trotz der kühlen Temperaturen nur mit einem Unterhemd und einer speckigen Arbeitshose bekleidet. Seine verfilzten Haare schienen schon lange keinen Friseur mehr gesehen zu haben. Als Seibold seine rot geränderten Augen und sein aufgedunsenes Gesicht sah, wusste er, dass das Gerücht über sein Alkoholproblem nicht aus der Luft gegriffen war.

»Was verschafft mir die Ehre dieses hohen Besuches?«, fragte Eschweiler spöttisch.

Alkoholgeruch machte sich in der Küche breit.

»Herr Eschweiler«, begann Vornhagen, »mein Kollege, Herr Seibold von der Kripo Bonn, leitet die Ermittlungen im Mordfall Gerd Schragen. Er möchte Ihnen einige Fragen stellen.«

Seibold fiel auf, dass Eschweiler die erste Person in Rheinbach war, die Vornhagen nicht duzte. Eschweilers Augen weiteten sich.

»Was soll ich mit einem Mordfall zu tun haben?«, fragte er barsch. Mit einem mürrischen Gesicht ging er zum Herd und legte die Holzscheite auf den Boden.

»Vielleicht wäre es besser«, übernahm Seibold das Gespräch, »wenn wir uns alleine unterhalten könnten.«

Dabei nickte er mit dem Kopf zur Küchenbank, wo der Junge seinen Kopf in dem Schoß seiner Mutter vergraben hatte.

»Ich habe nichts zu verbergen. Meine Familie kann ruhig zuhören.«

»Wie Sie meinen«, entgegnete Seibold.

»Aber Sie wollen doch nicht allen Ernstes andeuten, dass ich verdächtigt werde, Schragen umgebracht zu haben?«, brummte Eschweiler gereizt.

»Wir wollen gar nichts andeuten«, versuchte Seibold das Gespräch zu entschärfen, »es handelt sich um Routinefragen, die wir jedem stellen, der in der letzten Zeit mit Schragen zu tun hatte.«

Vornhagen machte es kurz. »Wir wissen, dass Schragen Ihnen Geld schuldete und dass Sie ihn deswegen in aller Öffentlichkeit bedroht haben.«

Eschweiler schlug mit der Faust auf den Tisch.

»Aha, daher weht der Wind!« Er starrte Vornhagen mit einem durchdringenden Blick an. »Ich gebe ja zu, dass ich diesem arroganten Schreiberling die Pest an den Hals gewünscht habe. Aber ...«, er lachte hysterisch auf, »... ich bin doch nicht verrückt und bringe denjenigen um, von dem ich noch eine Menge Geld bekomme.«

»Wo waren Sie am Montag zwischen sechzehn und siebzehn Uhr?«, fragte Seibold.

»Am Montag?« Eschweiler machte ein übertrieben nachdenkliches Gesicht und kratzte sich am Hinterkopf. »Da war ich hier zu Hause und habe den Hof aufgeräumt.« Er drehte sich um und starrte seine Frau an. »Das stimmt doch, Elvira?«

Frau Eschweiler zögerte einen Moment. Dann nickte sie energisch mit dem Kopf.

»Sehen Sie, meine Herren«, sagte Eschweiler triumphierend. »Sonst noch Fragen?«

»Wo wir schon mal bei Alibis sind«, mischte sich Vornhagen ein. »Wo waren Sie denn gestern am späten Nachmittag?«

»Warum? Ich weiß nicht, was das mit dem Mord zu tun haben soll?«

»Antworten Sie bitte nur auf die Frage«, sagte Seibold.

Eschweiler holte tief Luft, bevor er weitersprach. »Da war ich auch hier zu Hause. Ich habe einem Freund in Houverath bis circa sechzehn Uhr beim Bau einer Garage geholfen. Anschließend bin ich direkt nach Hause gefahren.« Wieder ging Eschweilers Blick zu seiner Frau. »War es nicht so, Elvira?«

Auch diesmal nickte die Angesprochene, ohne lange zu überlegen.

»Wie kommt es dann ...«, Vornhagen hielt inne, um seinen folgenden Worten Nachdruck zu verleihen, »... dass Ihr Wagen um diese Zeit auf dem Parkplatz vor der Waldkapelle gesehen worden ist?«

»Das kann nicht sein«, platzte Eschweiler heraus, »und wenn schon! Ist es verboten, dort zu parken?«

»Das nicht, aber man kann in Schwierigkeiten kommen, wenn genau zu dieser Zeit in der Kapelle ein Mord begangen wird«, sagte Vornhagen gereizt.

In diesem Moment achtete Seibold, der sich bewusst in dem Verhör zurückhielt, sehr genau auf die Mimik Eschweilers. Er meinte, erkannt zu haben, dass Eschweilers überraschter Gesichtsausdruck nicht gespielt war.

»Noch ... noch ein Mord?«, fragte er zögerlich.

»Leider wurde jemand getötet ...«, Vornhagens Tonfall wurde schärfer, »... der ebenfalls Ihrem Geschäft geschadet hat und dem Sie vor einigen Tagen mit dem Tode gedroht haben.«

Eschweiler riss erstaunt den Mund auf und überlegte einen Augenblick. »Schwind?«, fragte er zögernd und schaute die Polizisten ungläubig an.

Vornhagen nickte.

»Das gibt es doch nicht! Das glaub ich einfach nicht. Da will mir jemand was anhängen!«

Seibold bemerkte, dass Eschweiler seine Selbstsicherheit verlor.

»Klar habe ich mich über diesen verdammten Schwarzarbeiter geärgert«, polterte er los, »das kann man doch in meiner Situation verstehen? Aber ich bringe doch niemanden deshalb um!«

Eschweilers Stimme überschlug sich fast.

»Als ich Schwind im *Rheinbacher Hof* ans Leder wollte und ihm gedroht habe, war ich total besoffen.« Er blickte die Polizisten flehend an. »Das kann man doch nicht ernst nehmen!«

»Herr Eschweiler«, sagte Seibold, »ich darf Sie bitten, in den nächsten Tagen Rheinbach nicht zu verlassen. Halten Sie sich bitte jederzeit zur Verfügung.« Er gab Vornhagen mit einem Kopfnicken zu verstehen, dass er das Verhör beenden wollte.

»Einen Moment noch«, sagte Werner Eschweiler leise. »Es stimmt, ich bin gestern zur fraglichen Zeit an der Waldkapelle gewesen. Aber ...«, seine Stimme wurde dringend, »... ich habe nur Holz aufgeladen. Ich habe es eben nur nicht zugegeben, weil es verboten ist. Es befindet sich noch immer auf der Ladefläche meines Lieferwagens. Sie können sich davon überzeugen. Er steht im Hof.«

»Das werden wir«, antwortete Seibold und stand auf. »Auf Wiedersehen allerseits!«

Als die Polizisten das Haus verließen, blieb ein kleinlauter, nachdenklicher Eschweiler zurück. Auf dem Hof warfen sie noch einen Blick auf die Ladefläche des Lieferwagens. Sie fanden etliche Holzbündel, die mit Lederriemen zusammengebunden waren. Seibold erkannte sofort, dass es sich um die gleiche Art von Lederriemen handelte, mit denen Gerd Schragen an die Wasserrohre gefesselt worden war.

»Dem geht ja ganz schön der Arsch auf Grundeis«, sagte Vornhagen, als sie die Kriegerstraße verließen.

»Da hast du recht«, erwiderte Seibold. »Aber ich glaube nicht, dass er es war!«

Donnerstag, 12. Februar 1953, 16 Uhr 10

Der Kommissar saß auf einem Sessel vor der Tafel in der Polizeiwache. Seine Ellenbogen hatte er auf die Tischplatte gestützt. Die linke Hand hielt seinen Kopf, mit der rechten massierte er seine rechte Kopfhälfte. Seit dem Mittag hatten sich seine Beschwerden wieder bemerkbar gemacht.

Sein Blick fixierte seine Aufzeichnungen auf der Tafel. Die Statistik und seine bisherige Erfahrung hatten ihn gelehrt, dass die Aufklärung von Tötungsdelikten bei fast neunzig Prozent aller Fälle nichts Spektakuläres, sondern Alltägliches enthüllte. Die Täter waren zumeist im Umfeld des Opfers zu suchen, und der Anlass zu einer Tat war fast immer ein banales Motiv wie Habgier oder Eifersucht.

Auch der Mordfall Schragen schien der Statistik wieder recht zu geben. Doch Seibold hatte arge Zweifel. Sein Instinkt sagte ihm, dass Eschweiler nicht der Täter war. Die Vernehmung der Geschwister Koll, denen Seibold nach der Befragung Eschweilers noch einen Besuch abgestattet hatte, bestärkte ihn in seiner Annahme. Sie waren sich zwar sicher, dass sie den Lieferwagen Eschweilers vor dem Besuch der Kapelle gesehen hatten, aber ob er auch noch auf ihrem Nachhauseweg dort gestanden hatte, konnten sie nicht mehr eindeutig bezeugen.

Die Obduktion, die Dr. Schmitt um vierzehn Uhr vorgenommen und an der er teilgenommen hatte, ergab keine neuen Erkenntnisse. Da der Tote keine weiteren Verletzungen aufwies, musste man davon ausgehen, dass der Mörder ihm in der Kapelle aufgelauert und die Tat auch dort begangen hatte. Die Tatzeit legte der Arzt auf circa siebzehn Uhr fest.

Seibold stand auf, schritt zur Tafel und fügte neben den Namen Eschweilers zwei weitere große Fragezeichen hinzu.

»Sie scheinen ja sehr unsicher zu sein, ob Eschweiler der Täter ist«, sagte Manfred Raaf, der Seibold beobachtet hatte.

»Das bin ich allerdings«, antworte Seibold und legte die Stirn in Falten.

»Aber wer sollte sonst als Täter in Frage kommen?«, fragte Raaf.

Der Kommissar zuckte mit den Schultern.

»Ich weiß es nicht. Aber glauben Sie mir, ich bekomme es heraus«, sagte er trotzig. Seine Augen lösten sich vom Tafelbild und schauten Raaf an.

»Was haben übrigens Ihre Ermittlungen ergeben?«

»Nichts Brauchbares«, antwortete Raaf. »Die Mutter Schwinds ist so verstört, dass eine Befragung momentan noch völlig sinnlos ist, und die Gäste und Angestellten des *Waldhotels* konnten ebenfalls nichts zur Klärung des Falles beitragen.«

In diesem Moment klingelte das Telefon. Raaf ging in das Sekretariat. Er hatte am Nachmittag die Stallwache in der Polizeistation übernommen. Traudel Henrich hatte sich wegen Weiberfastnacht freigenommen, und Vornhagen musste einen Termin mit dem Rheinbacher Ordnungsamt wahrnehmen, um Verkehrssicherheitsmaßnahmen für den Rheinbacher Karnevalszug zu besprechen.

Raaf kehrte wieder in den Wachraum zurück.

»Für Sie«, sagte er. Als Seibold in den Nebenraum ging, flüsterte Raaf ihm ins Ohr: »Es ist Herr Hausschildt.«

Seibold nickte, denn er hatte den Anruf erwartet. Nach der Obduktion hatte Seibold seinen Vorgesetzten in Bonn angerufen und ihn über die Situation in Rheinbach unterrichtet. Hausschildt wollte die Sachlage mit dem Staatsanwalt besprechen und ihn dann zurückrufen. Seibold nahm den Telefonhörer vom Bürotisch.

»Walter«, hörte er Hausschildts Stimme.

Seibold meldete sich.

»Brandt will, dass Eschweiler morgen früh um neun Uhr dem Haftrichter vorgeführt wird.«

»Hast du ihm nicht gesagt, dass ich an seiner Schuld zweifele?«, entgegnete Seibold aufgebracht.

»Das habe ich, aber er meint, die Indizien wären zu eindeutig, als dass man Eschweiler frei herumlaufen lassen könne.«

Typisch, dachte Seibold. Die Aversion des Staatsanwalts ihm gegenüber war so groß, dass er ihm zutraute, Eschweiler trotz seiner Bedenken vorzuladen, nur um ihm eins auszuwischen.

»Er war sowieso nicht gut auf dich zu sprechen«, fuhr Hausschildt fort, »weil du ihm keine Gelegenheit gegeben hast, den Tatort zu besichtigen. Obwohl ich den Eindruck hatte, dass er heilfroh war, nicht noch mal anreisen zu müssen.«

»Das ist gut so«, antwortete Seibold, »der soll mir nur vom Hals bleiben.«

»Es ist aus einem weiteren Grund erforderlich, dass du morgen früh in Bonn erscheinst.« Hausschildt machte eine kleine Pause. »Die Presse. Ich habe mit Müh und Not verhindern können, dass heute noch jede Menge Journalisten bei dir in Rheinbach auftauchen. Ich habe ihnen versprochen, morgen früh eine Pressekonferenz hier in Bonn über die Vorfälle in Rheinbach abzuhalten.«

Bevor Hausschildt das Telefonat beendete, wies er Seibold noch darauf hin, dass er den Stand der Ermittlungen sowohl dem Staatsanwalt als auch dem Haftrichter morgen früh in schriftlicher Form vorlegen müsse. Das bedeutete noch sehr viel Arbeit für ihn.

Donnerstag, 12. Februar 1953, 18 Uhr 55

»*Heidewitzka Herr Kapitän, me 'm Möllemer Böötche fahren wir su jähn.*«

Schon von Weitem schallte Seibold das gängige Karnevalslied aus dem *Hotel Burrenkopf* entgegen. Als er den Gastraum betrat, fiel es ihm schwer, sich nach den Geschehnissen des Tages auf karnevalistisches Treiben einzustellen. Er hatte fast drei Stunden über den Ermittlungsberichten gesessen, die er morgen früh mit nach Bonn nehmen musste, und fühlte sich so müde, dass er am liebsten gleich zu Bett gegangen wäre. Aber er musste noch dringend mit Toni Vornhagen sprechen. Die Kneipe war bis auf den letzten Platz gefüllt, und die meisten Gäste schienen dem Alkohol reichlich zugesprochen zu haben. Als er zur Theke ging, bildete er sich ein, dass er von allen Seiten beobachtet wurde. Der Kommissar aus Sachsen schien immer noch ein beliebtes Gesprächsthema in Rheinbach zu sein.

Er stellte sich auf die Zehenspitzen und versuchte, Vornhagen durch die rauchgeschwängerte Luft an der Theke zu entdecken. Dort war das Gedränge so groß, dass es die Bedienung schwer hatte, sich einen Weg durch die Gästeschar zu bahnen. Am linken hinteren Ende fiel ihm eine

Gruppe von Männern in roter Gardeuniform auf. Seine Überraschung war groß, als er Vornhagen unter ihnen erkannte. Er ging auf ihn zu und sagte lächelnd: »Du wechselst ja die Uniform wie andere ihre Unterwäsche.«

»Hatte ich dir noch nicht erzählt, dass ich Kommandant der Prinzengarde in Rheinbach bin?«, fragte Vornhagen.

»Nein«, grinste Seibold, »aber du scheinst ja immer für eine Überraschung gut zu sein.«

»Wir hatten eben einen Auftritt bei den Damen im Saal«, fuhr Vornhagen fort, »ab neunzehn Uhr ist dort Herreneinlass. Dann wollte ich mich mit Traudel treffen.«

Einer der Gardisten drängte sich mit einem Tablett Kölsch durch die Menge und verteilte die Gläser an seine Kameraden. Er drückte auch Seibold ein Glas in die Hand. Nachdem man sich zugeprostet hatte, gab Seibold Vornhagen zu verstehen, dass er ihn unter vier Augen sprechen müsse. Vornhagen nickte und deutete mit dem Kopf zur Garderobe, die einzige Stelle in der Gaststätte, in der man sich ungestört unterhalten konnte.

Seibold kam gleich zur Sache. »Ich habe mit Bonn telefoniert. Der Staatsanwalt möchte, dass wir Eschweiler morgen früh um neun Uhr dem Haftrichter vorführen.«

»Mein Gott«, stöhnte Vornhagen, »so früh? Weiß der denn nicht, dass wir heute bis spät in die Nacht Weiberfastnacht feiern?«

Seibold zuckte mit den Schultern.

»Einen Vorteil hat das Ganze wenigstens«, grinste Vornhagen gequält, »dann wird Eschweiler noch so besoffen sein, dass er uns keine Schwierigkeiten machen wird.«

Vornhagen wurde mit lauten Rufen von seinen Gardisten aufgefordert, an die Theke zurückzukehren. Eine neue Runde war angekommen.

»Gut, dann treffen wir uns morgen früh um acht an der Wache«, sagte er ungeduldig und machte Anstalten zu gehen.

»Noch eins«, Seibold hielt ihn auf, »Riesenkönig hat heute Nachmittag die Fotografien nicht vorbeigebracht. Ich brauche sie dringend morgen früh.«

»Ich werde mich darum kümmern«, versprach Vornhagen, »er wird wie gewöhnlich hier im Laufe des Abends auftauchen. Aber komm jetzt ...«, er nahm Seibold am Arm und versuchte ihn hinter sich herzuziehen, »... lass uns einmal auf andere Gedanken kommen und einen draufmachen!«

»Danke für die Einladung«, wehrte sich Seibold und entwand sich Vornhagens Griff, »ich bin hundemüde. Ich lege mich lieber einige Stunden aufs Ohr.«

»Wie du willst, du sturer Sachse«, sagte Vornhagen mit einem gespielt säuerlichen Gesichtsausdruck, »man kann keinen zu seinem Glück zwingen.«

Dann sah er den Kommissar mit einem offenen Grinsen an und verschwand in der Menge.

Seibold wurde gegen dreiundzwanzig Uhr wach. Es dauerte eine Weile, ehe er einen klaren Gedanken fassen konnte. Er hatte vor dem Zubettgehen noch ein Bad genommen und lag jetzt fröstelnd in seinem Morgenmantel auf dem Bett. Er war so müde gewesen, dass er noch nicht einmal daran gedacht hatte, sich zuzudecken. Außerdem lagen ihm die Käsebrote, die ihm Burrenkopf als Abendbrot aufs Zimmer hatte bringen lassen, schwer im Magen.

Lautes Gelächter und Gesang drangen von der Gaststätte nach oben. Einen Moment lang überlegte, ob er liegen bleiben sollte. Dann entschied er sich doch, aufzustehen und nach unten zu gehen. Er redete sich ein, dass er bei dem

Lärmpegel sowieso nicht wieder einschlafen konnte. In Wirklichkeit musste er sich eingestehen, dass es eher die Erwartung war, Traudel Henrich zu sehen, die ihn veranlasste, sein Zimmer zu verlassen.

Er ging zu seinem Koffer und zog sich frische Wäsche und ein sauberes Hemd an. Danach wusch er sich im Bad das Gesicht mehrmals mit kaltem Wasser. Als er sein Haar kämmte, betrachtete er sein Gesicht im Spiegel.

»Langsam sieht man doch, dass du auf die vierzig zugehst«, dachte er, als er kleine Falten um seine Augen wahrnahm.

Schon auf der Treppe hörte er Traudel Henrichs lautes Lachen. Sie war also noch da, stellte er erfreut fest. Als er die Gaststube betrat, stand sie mit dem Rücken ihm zugewandt an der Theke und hatte sich bei Toni Vornhagen eingehakt. Neben ihr stand eine Gruppe Frauen, die sich ebenfalls als Japanerinnen verkleidet hatte. Vornhagen sah ihn als Erster.

»Sieh einmal an«, rief er, »unser Kommissar ist wieder von den Toten auferstanden.«

Seibold musste schreien, um den Lärm zu übertönen. »Bei dem Radau, den ihr macht, fällt es sogar einem Toten schwer, zu schlafen.«

»Kommen Sie, Herr Seibold! Seien Sie kein Miesepeter, und feiern Sie ein wenig mit uns!«, bettelte Traudel Henrich und hakte sich mit ihrem freien Arm bei ihm unter.

Seibold wusste nicht, ob er es sich nur einbildete. Sie schien sich wirklich zu freuen, ihn zu sehen.

In der nächsten Stunde schunkelte er sich so heftig durch sämtliche rheinischen Karnevalslieder, dass ihm allmählich Rücken und Hüften schmerzten.

Gegen null Uhr gab es einen Zwischenfall.

»Du Schwein, das Geld hebst du mir auf!«

Seibold war der Erste der Thekenrunde, der den anstehenden Tumult am Tisch hinter ihm bemerkte. Als er sich umdrehte, sah er einen Kellner, der sich drohend zu einem bulligen Mann hinabbeugte, der ein blaues Ringelhemd und ein Matrosenkäppchen trug. Der Gast richtete sich schwankend auf.

»Du Merzbacher Dorftrottel«, brüllte er, »halt dein ungewaschenes Maul und heb dein Scheißgeld selber auf!«

Die Auseinandersetzung drohte handgreiflich zu werden, als sich Vornhagen zwischen die beiden Streithähne drängte und sie mit beiden Armen auf Distanz hielt. »Macht nur ja keinen Ärger, Männer«, raunzte er die Streithähne an.

»Fuchs hat absichtlich das Wechselgeld auf den Boden geworfen«, rechtfertigte der drahtige Kellner sein Verhalten.

»Das ist nicht wahr. Was habe ich mit deinem blöden Wechselgeld zu schaffen«, blaffte der Beschuldigte wütend zurück.

Es wurde still im Gastraum. Auch die übrigen Gäste hatten den Streit inzwischen mitbekommen.

»Heb es auf«, sagte Vornhagen drohend zu dem Gast in der Matrosenkluft.

»Wieso ich?«

Der Angesprochene machte ein Gesicht, als traue er seinen Ohren nicht.

Ehe er weiter protestieren konnte, wiederholte der Polizist seine Aufforderung und fixierte ihn mit einem stechenden Blick. »Heb es auf!«

In diesem Moment wurde Seibold klar, welche Autorität der Polizeichef in Rheinbach besaß. Der Beschuldigte sah sich langsam um, als suche er jemand, der ihm in dieser Situation helfen könne, dann bückte er sich schwankend, hob das Geld vom Boden auf und knallte es auf den Tisch.

»Jetzt setz dich wieder hin und halte Ruhe!«

Vornhagen wartete, bis Fuchs Platz genommen hatte. Dann blickte er den beiden Streithähnen noch einmal tief in die Augen und ging zur Theke zurück.

Kaum hatte er Fuchs den Rücken zugekehrt, als sich dieser mit einem Wutschrei auf den Kellner warf.

Diesmal griff Seibold ein. Er bekam Fuchs am Arm zu fassen. Mit seiner linken Hand drehte er ihn blitzschnell auf den Rücken des Angreifers. Mit der anderen Hand fasste er den Ruhestörer am Nacken und drückte ihn mit dem Oberkörper auf den Tisch.

»Du hast ja wirklich etwas auf der Polizeischule gelernt, Walter«, hörte Seibold Vornhagen sagen.

Er schritt auf den wehrlosen Störenfried zu, übernahm den Polizeigriff und führte den vor Schmerzen Stöhnenden aus der Gaststätte.

Vor der Eingangstür gelang es Fuchs, sich noch einmal umzudrehen. Er blickte den Kellner hasserfüllt an. »Du Dreckskerl«, schrie er, »ich erwisch dich auch noch einmal alleine!« Weiter kam er nicht.

Vornhagen beförderte ihn mit einem kräftigen Stoß nach draußen. Einen Moment lang herrschte betretenes Schweigen in der Kneipe. Dann schwoll der Geräuschpegel allmählich wieder an. Der Zwischenfall lieferte genügend Gesprächsstoff für die verbliebenen Gäste.

Traudel Henrich blickte Seibold an, als wollte sie sich für das Geschehene entschuldigen.

Inzwischen war Vornhagen wieder in die Gaststätte zurückgekehrt. Er ging auf den Kellner zu und klopfte ihm auf die Schulter. »Robert, die Sache ist erledigt«, sagte er beruhigend, »ich habe ihm draußen noch ein paar passende Worte gesagt.«

Der Kellner nickte. Als der junge Mann Vornhagen ansah, glaubte Seibold in seinem Blick Dankbarkeit, aber auch eine gehörige Portion Angst zu sehen.

In diesem Moment drängte sich Burrenkopf, der sich anscheinend Sorgen um die gute Stimmung in seiner Gaststätte machte, durch die Anwesenden. In den Händen trug er ein Akkordeon. »Komm Toni, spell noch jet op dr Quetsch«, sagte er bittend.

Vornhagen zögerte einen Moment, dann streifte er die Haltegurte des Akkordeons über seine Schultern. »Na klar, Hein«, sagte er bestimmend, »von so was lassen wir uns doch nicht den Abend verderben.«

Er zog das Akkordeon auseinander und entlockte dem Instrument die ersten Töne. Er wartete, bis Ruhe eingekehrt war.

Dann intonierte er: *Im Winter do schneit et em Winter es et kalt ...*

Es dauerte nur eine Zeile, bis alle im Gastraum kräftig mitgrölten. Nach jedem Lied, das mit einem Beifallssturm der Anwesenden endete, blickte Vornhagen Seibold und Traudel Henrich mit einem breiten Lachen an. Seibold konnte nicht umhin, diesen Menschen wegen seines rheinischen Charmes zu bewundern. Er gestand sich ein, dass es ihm guttat, mit diesem Burschen befreundet zu sein.

Gegen ein Uhr dreißig schaute er auf die Uhr und erschrak. Normalerweise müsste er längst im Bett liegen. Er hatte zwar nur in Maßen getrunken, aber er war es einfach nicht gewohnt, so spät ins Bett zu gehen.

Vornhagen hatte gerade sein letztes Lied gespielt und war dabei, das Akkordeon abzulegen, als ihn die Gäste baten, noch das *Ostermann-Lied* zu spielen. Er erklärte sich nach einigem Drängen bereit. Dann begann er mit ausdrucksvoller Stimme: »*Wenn ich su an ming Heimat denke ...*«.

Seibold kannte das Lied, er hatte es schon einige Male in den Schützengräben Russlands gehört, wenn es heimwehgeplagten Rheinländern Trost gespendet hatte, »... *und sin dr Dom su vör mir ston* ...«

Er versuchte leise mitzusingen und beobachtete dabei die Szenerie. Er schüttelte innerlich den Kopf. Die meisten Anwesenden wischten sich Tränen von den Wangen. Ein merkwürdiges Völkchen, diese Rheinländer! Er hatte noch nie Menschen kennengelernt, bei denen Lachen und Weinen so nah beieinanderlagen.

5. Kapitel

Freitag, 13. Februar 1953, 7 Uhr 58

Walter Seibold war müde und unausgeschlafen. Daher hatte er sich entschlossen, den Weg zur Polizeiwache zu Fuß zurückzulegen.

Vornhagen stand schon rauchend neben dem Polizeiauto und wartete auf ihn. Es würde Seibold ein ewiges Geheimnis bleiben, wie man zu so früher Morgenstunde schon eine Zigarette genießen konnte. Wenigstens verrieten Vornhagens gerötete Augen, dass auch er noch nicht ganz fit war.

»Brauchen wir Handschellen?«, fragte er.

»Ich denke, das wird nicht nötig sein«, erwiderte Seibold.

»Gut, dann kann es meinetwegen losgehen.«

Vornhagen öffnete die Fahrertür.

Als Seibold einstieg, sah er ein großes Couvert auf dem Rücksitz liegen.

»Die Fotos?«, fragte er.

Vornhagen nickte. Seibold war zufrieden. Nach anfänglichen Schwierigkeiten erwies sich Rheinbachs Polizeichef mittlerweile als kooperativ und verlässlich. Er nahm den Schnellhefter mit den Ermittlungsberichten aus der Innentasche seines Mantels und legte sie dazu. Als sie losfuhren, konnte er durch das Rückfenster Traudel Henrich erkennen, die gerade angekommen war, um ihren Dienst anzutreten. Es begann wieder leicht zu schneien.

In der Rathausstraße begegnete ihnen der kleine Rotschopf, der ihnen gestern die Tür geöffnet hatte. Ein Mädchen mit blonden langen Haaren und einem Schulranzen auf dem Rücken hatte ihn an die Hand genommen und zog ihn hinter sich her.

»Das ist Sylvia«, sagte Vornhagen. »Die Älteste von Eschweilers. Die Kinder können einem leid tun. Gut, dass sie zur Schule gehen und die Festnahme ihres Vaters nicht mitbekommen.«

Als Seibold daran dachte, dass er ihren Vater ins Gefängnis brachte, obwohl er glaubte, dass er unschuldig war, bekam er ein mulmiges Gefühl.

Vornhagen parkte den Wagen nicht vor der Haustür, sondern in einer kleinen Nebenstraße. »Wegen der Nachbarn«, sagte er, als er ausstieg und sich seine Polizeimütze auf den Kopf setzte.

Die beiden Polizisten gingen so unauffällig wie möglich auf das zweistöckige Haus zu. Als sie an der Haustür angelangt waren, wurden im Nachbarhaus die Rollläden hochgezogen. Seibold betätigte die Schelle. Die Haustür öffnete sich so schnell, dass er den Eindruck hatte, dass sie schon erwartet wurden. Elvira Eschweiler trug einen braunen Morgenmantel und sah aus, als hätte sie die ganze Nacht kein Auge zugetan.

»Ich habe mir gedacht, dass Sie ihn heute holen kommen«, sagte sie mit schleppender Stimme und machte einen apathischen Eindruck. Seibold nahm an, dass sie Schlafmittel zu sich genommen hatte.

»Mein Mann ist heute Morgen erst um vier nach Hause gebracht worden und in einem Zustand, dass er Ihnen keine Schwierigkeiten machen wird«, flüsterte sie mit einem Unterton der Erleichterung. »Seien Sie aber bitte so leise wie möglich. Der Kleine ist gerade erst eingeschlafen.«

Sie zeigte mit dem Finger auf eine Tür auf der rechten Seite des Flures. »Er liegt im Wohnzimmer auf der Couch. Ich packe ihm gerade ein paar Sachen zusammen.«

Vornhagen öffnete die Wohnzimmertür und betätigte den Lichtschalter. Starker Alkoholgeruch schlug ihnen entgegen.

An der gegenüberliegenden Seite des Zimmers sahen sie Eschweiler auf dem Sofa liegen. Er schnarchte und war vollständig angezogen, hatte es aber wohl noch geschafft, sich die Tischdecke des Wohnzimmertisches als Bettdecke über den Körper zu ziehen.

Als die beiden Männer ihn an den Armen packten und aufrichteten, schlug er kurz die Augen auf und brabbelte protestierend einige unverständliche Worte.

»Kommen Sie, Herr Eschweiler«, sagte Seibold beruhigend, »wir machen einen kleinen Ausflug.«

Mit einem stieren Blick schaute sich Eschweiler noch einmal im Zimmer um, dann ließ er sich mit schwankenden Schritten widerstandslos abführen. Seibold war sich sicher, dass er nicht mitbekam, was mit ihm geschah. Es dauerte eine Weile, bis sie es geschafft hatten, ihn zum Auto zu transportieren. Als sie ihn auf den Rücksitz des Wagens gesetzt hatten, legte er sich gleich auf die Seite und schlief wieder ein.

»Ich gehe ins Haus zurück und hole seine Sachen.«

Seibold wollte Elvira Eschweiler die Peinlichkeit ersparen, ihrem Mann an das Polizeiauto zu folgen. Als er an der Haustüre angelangt war, kam sie ihm schon mit einem kleinen Koffer entgegen. Seibold verspürte das Bedürfnis, die Frau zu trösten. »Frau Eschweiler, es wird alles gut werden«, waren die einzigen banalen Worte, die ihm in diesem Moment einfielen.

»Es ist sowieso besser, wenn er in der momentanen Verfassung einmal einige Tage nicht zu Hause ist«, sprach sie sich Trost zu und kämpfte mit den Tränen.

Seibold beschloss, sie nach seiner Fahrt nach Bonn noch einmal aufzusuchen.

Als er zum Auto zurückkehrte, hatte der Schneefall zugenommen. »Hoffentlich kommen wir bei diesem Wetter überhaupt um neun in Bonn an«, empfing ihn Vornhagen und wischte mit seinem Ärmel den Schnee von der Rückscheibe.

»Es ist mir scheißegal, wann wir in Bonn ankommen«, machte Seibold seiner Verärgerung Luft. »Fahr bloß vorsichtig!«

Als sie sich in langsamer Fahrt auf der Straße nach Meckenheim befanden, war der Alkoholgeruch im Auto so stark, dass sie trotz des dichten Schneetreibens ein Fenster öffneten.

Sie ahnten nicht, was sich in diesen Minuten einige Kilometer entfernt von ihnen abspielte.

Freitag, 13. Februar 1953, 8 Uhr 20

Robert Hörnig hatte gerade den Schwanenweiher hinter sich gelassen und schwenkte in den kleinen Waldweg ein, der zum Frischen Brünnchen führte. Er wusste, wenn er diese kleine Quelle erreicht hatte, die im Jahre 1885 vom Verschönerungsverein Rheinbach, einem Vorläufer des Eifelvereins, zu einem Rastplatz ausgebaut worden war, hatte er die größte Strecke des Waldweges zwischen Rheinbach und Merzbach zurückgelegt.

Burrenkopf hatte ihn überredet, nicht mehr tief in der Nacht den Nachhauseweg anzutreten. Das Argument, dass sich im Augenblick ein Verrückter in Rheinbach rumtrieb, der scheinbar wahllos Menschen umbrachte, hatte ihn schließlich überzeugt. Da er zu Hause kein Telefon besaß, hatte er noch in der Nacht seinen Nachbarn angerufen, er möge Ilse Bescheid geben, dass er erst am anderen Morgen nach Hause komme. Seine Frau wusste, dass sein Nebenjob hart genug war, und würde sicherlich Verständnis zeigen.

Ilse erwartete nächsten Monat ihr zweites Kind. Deshalb wurde es Zeit, dass sie endlich aus der Baracke herauskamen und sich ein größeres Zuhause zulegten. Dafür benötigten sie jede Mark. Wenn er zu Hause ankäme, würde er sich zunächst noch einmal einige Stunden hinlegen, bevor er um zwölf Uhr seinen Dienst im Zuchthaus anzutreten hatte.

Muss es denn jetzt kurz vor dem Ziel auch noch anfangen zu schneien?, dachte er ärgerlich und schlug seinen Mantelkragen noch etwas höher. Als er die Umrisse der mit Basaltsteinen grottenähnlich überbauten Quelle schon erkennen konnte, hob er den Kopf und verharrte einen kurzen Moment. Er glaubte jemanden gesehen zu haben, der in der kleinen Tannenschonung, die sich rechts vom Weg befand, verschwunden war. Er ging weiter und war keinesfalls beunruhigt. Es war sicherlich ein Reh. Schon oft hatte er auf seinem Heimweg Wild beobachten können, das seinen Weg kreuzte.

Als er an der Quelle ankam, war das Schneetreiben so dicht, dass man kaum die Hand vor Augen sah. In diesem Augenblick bemerkte er, dass sich etwas hinter ihm bewegte. Als er sich erschrocken umblickte, spürte er einen so harten Schlag gegen die Stirn, dass er glaubte, sein Schädel explodiere.

Das Letzte, was er sah, bevor alles um ihn herum in tiefe Dunkelheit fiel, war ein schwarzer Ledermantel.

Freitag, 13. Februar 1953, 10 Uhr 45

Das Polizeiauto hatte Mühe, die kleine Anhöhe auf der glatten Straße zwischen Röttgen und Meckenheim hinaufzukommen.

Vornhagen hatte seine Zigarette im Aschenbecher ausgedrückt und nahm jetzt beide Hände ans Steuer, um den schlingernden Wagen besser unter Kontrolle zu haben. Der

Schneefall hatte aufgehört, und ab und zu bahnte sich sogar die Sonne ihren Weg durch die aufgelockerte, hellgraue Wolkendecke. Seibold hatte sich auf dem Beifahrersitz zurückgelegt und die Augen geschlossen. Er war so sehr in Gedanken vertieft, dass er keinen Blick für die herrliche Winterlandschaft hatte, die der Kottenforst dem Betrachter nach dem neuerlichen Schneefall bot.

Noch einmal ließ er die Geschehnisse der letzten beiden Stunden Revue passieren. Als sie kurz nach neun in Bonn angekommen waren, hatte der Staatsanwalt entschieden, Eschweiler zunächst einige Stunden in die Ausnüchterungszelle zu stecken, bevor er dem Haftrichter vorgeführt wurde. Dann mussten er und Vornhagen zugegen sein, als Brandt die Pressekonferenz abhielt. Seine Vermutung, dass der Staatsanwalt diese Gelegenheit zur reinen Selbstdarstellung nutzen würde, bestätigte sich. Brandt hielt den Fall, dank der schnellen und effektiven Arbeit der Bonner Ermittlungsbehörden, für so gut wie aufgeklärt.

Anschließend hatte Seibold Hausschildt in einem Vieraugengespräch noch einmal seine Bedenken hinsichtlich der Täterschaft Eschweilers geschildert und ihn dazu überreden können, dass er noch einige Tage in Rheinbach ermitteln durfte.

Jetzt suchte er immer wieder nach neuen Ansätzen, um die Ermittlungen in eine andere Richtung zu lenken. Schließlich konzentrierten sich seine Gedanken auf seine Überzeugung, dass der Mörder Schragen nicht aus reinem Sadismus misshandelt hatte, sondern dass er eine Information aus ihm herauspressen wollte. Eine Information, von der auch Schwind Kenntnis hatte.

Hier war der Punkt, wo er ansetzen musste.

Als sie vor der Polizeiwache in Rheinbach anhielten, stand Traudel Henrich schon an der Tür und erwartete sie. Seibold sah ihren sorgenvollen Gesichtsausdruck und wusste sofort, dass irgendetwas passiert sein musste.

»Ihr müsst sofort nach Merzbach fahren«, sagte sie aufgeregt, als die Polizisten ausstiegen.

Bevor sie weiterreden konnte, fasste Vornhagen sie beruhigend am Arm und sagte: »Lass uns zunächst einmal hineingehen, Traudel!«

Als sie sich in der Wache befanden, platzte sie heraus: »Es ist scheinbar schon wieder ein Mord passiert!«

Vornhagen starrte sie fassungslos an und setzte sich. Dann polterte er los. »Was ist denn hier auf einmal los? Spielt denn hier alles verrückt?«

Traudel Henrich zögerte einen Moment, dann sagte sie sichtlich betroffen: »Es ist Robert Hörnig.«

»Oh ... mein Gott«, stammelte Vornhagen, »Fuchs ... dieser Idiot. Ich habe nicht damit gerechnet, dass er so weit gehen würde.«

»Sind Sie sicher, dass es kein Unfall war?«, schaltete sich Seibold ein.

Die Sekretärin schüttelte den Kopf. »Es hörte sich nicht danach an!«

»Von wem hast du es erfahren?«, fragte Vornhagen.

»Der Wirt von der *Gaststätte Pütz* in Merzbach hat angerufen. Irgendjemand, der heute Morgen zur Arbeit ging, hat Robert am Frischen Brünnchen gefunden.«

Vornhagen starrte einen Moment ins Leere, dann gab er sich einen Ruck. »Komm, Walter! Wir fahren sofort hin.«

Seibold nickte nachdenklich.

Als sie in den Wagen stiegen, kam ihnen die Sekretärin nach und sagte: »Manfred ist übrigens schon da. Ich habe außerdem Riesenkönig und Dr. Schmitt Bescheid gesagt.«

»Das hast du gut gemacht«, entgegnete Vornhagen und schlug die Wagentür zu. Dann fuhren sie los.

Als sie den Wilhelmsplatz passiert hatten und auf der Martinstraße Richtung Merzbach fuhren, musste Vornhagen so heftig niesen, dass er den Wagen fast gegen die Bordsteinkante lenkte.

»Verdammt noch mal«, sagte er und kramte ein Taschentuch aus der Hosentasche. »Jetzt bekomme ich zu allem Überfluss auch noch eine Erkältung.« Nachdem er sich heftig geschnäuzt hatte, schaute er zur Seite und sah Seibold an.

»Du bist so nachdenklich, Walter«, sagte er. »Was ist los?«

»Toni, ich habe den Streit gestern Abend mitbekommen«, entgegnete Seibold. »Eine Auseinandersetzung, wie sie in Kneipen immer einmal vorkommt. Besonders wenn jede Menge Alkohol im Spiel ist.« Seibolds Stimme wurde eindringlich. »Aber deswegen tötet man doch keinen Menschen. Rheinbach ist doch nicht der Wilde Westen.«

Vornhagen verstaute sein Taschentuch in der Hosentasche. »Hinter dieser Angelegenheit steckt etwas mehr, Walter.«

Der Polizist drehte das Autofenster zu. Er schien zu frösteln.

»Eine langjährige Rivalität zwischen den Junggesellen von Merzbach und Rheinbach.«

»Solche Rivalitäten kommen auf dem Land doch überall vor«, schüttelte Seibold den Kopf, »ohne dass es gleich zu Mord und Totschlag kommt.«

»Um die Angelegenheit zu verstehen, muss ich dir eine Geschichte erzählen, die sich kurz nach dem Krieg ereignete«, begann Vornhagen. »Damals, als man sich gerade von den Folgen der schrecklichen Kriegsjahre erholte, war man für jede kleine Abwechslung dankbar. Mitglieder des Fußballvereins Schwarz-Weiß Merzbach, deren Spieler auch dem Junggesellenverein angehörten, kamen auf die Idee, Kontakt mit der Präfektur der englischen Besatzungsmacht in Bad Godesberg aufzunehmen. Man vereinbarte ein Fußballspiel gegen eine Auswahl englischer Soldaten. Die Merzbacher hatten aber keinen eigenen Sportplatz. So wurde das Spiel in Rheinbach ausgetragen. Das Ganze wurde ein Großereignis für die Region. Viertausend Zuschauer haben dem Spektakel beigewohnt. Der Tag endete mit einer rauschenden Ballnacht.«

Vornhagen machte eine kleine Pause, da er die Fahrt extrem verlangsamen musste, um ein Pferdegespann zu überholen.

»Viele Rheinbacher Mädels halfen den Merzbachern bei der Organisation und Durchführung der Veranstaltung. Dabei bändelten einige von ihnen mit Merzbacher Fußballern an. Du kannst dir vorstellen, wie das auf die Rheinbacher gewirkt hat. Die Merzbacher waren die großen Stars in der Gegend, und die Rheinbacher Jungs standen daneben wie die Trottel. Bei dieser Gelegenheit spannte Robert Hörnig Theo Fuchs seine damalige Freundin Ilse Walgenbach aus. Bald darauf haben Robert und Ilse geheiratet. Seit dieser Zeit besteht ein abgrundtiefer Hass zwischen Hörnig und Fuchs und zwischen den beiden Junggesellenvereinen. Auf jeder Veranstaltung hier in der Gegend warten die beiden Gruppen nur darauf, kräftig aufeinander loszuschlagen. Die Schlägereien werden zunehmend brutaler. Auf der letzten Merzbacher Kirmes mussten einige Streithähne mit schlimmen Verletzungen in das Rheinbacher Krankenhaus eingeliefert werden. Für mich war es nur eine Frage der Zeit, bis etwas Schlimmeres passieren würde.«

Seibold schüttelte wieder langsam den Kopf. Er schien nicht überzeugt.

»Walter«, sagte Vornhagen, »du als Großstädter kennst nicht die Mentalität der Leute auf dem Land. In dieser Hinsicht ist die Voreifel wirklich noch der Wilde Westen.«

Sie hatten jetzt die Rechtskurve erreicht, die die Landstraße aus dem Wald herauskommend, in Richtung Merzbach macht. Als die ersten Häuser des Dorfes über der Bergkuppe zu sehen waren, kam ihnen ein schwarzer Opel entgegen. Sie erkannten Riesenkönig, der mit blassem Gesicht hinter dem Steuer saß.

»Oje, da wird uns ja wieder ein schöner Anblick erwarten«, bemerkte Vornhagen und parkte das Polizeiauto am Waldrand.

Die Polizisten folgten einem abschüssigen Waldpfad.

Nach zwei Minuten Fußweg konnten sie das Frische Brünnchen sehen. Seibold machte die Kuppel einer Basaltsteingrotte aus, mit der man die Quelle überbaut hatte. Das beliebte Wanderziel wurde von beiden Seiten von zwei großen Tischen flankiert, deren Tischplatten aus mächtigen Mühlsteinen aus der nahen Öl-Mühle bestanden.

Es hatten sich einige Schaulustige eingefunden, die von Raaf daran gehindert wurden, sich dem Tatort zu nähern. »Gut, dass ihr kommt«, rief er und deutete mit einer Kopfbewegung auf den Bereich, der sich unterhalb der Quelle befand.

Als sie um das Steinmonument herumgegangen waren, hatten sie freien Blick. Robert Hörnig lag mit ausgestreckten Armen bäuchlings vor der Quelle. Sein Gesicht lag in einem kleinen Wasserbecken am Fuße der Grotte.

Hier wurde das Wasser der Quelle zunächst aufgefangen, bevor es in einen kleinen Bachlauf geleitet wurde. Dr. Schmitt beugte sich gerade über den Toten und hob dessen Kopf aus dem blutgetränkten Wasser. Deutlich war die klaffende Wunde am Kopf des Toten zu erkennen. Vornhagen und Seibold stiegen die kleine Treppe zur Quelle hinunter.

Als sie den Arzt erreichten, nahm er seine Brille ab und wischte sich mit dem Handrücken über die Augen. Seibold traute seinen Augen nicht. Der alte Arzt weinte. Stockend und sichtlich nach Fassung ringend sagte er: »Er ... er hat einen Schlag gegen die Stirn bekommen, bevor man ihn hierhin geschleift und ersäuft hat!«

Der Kommissar erkannte eine deutliche Schleifspur, die von dem Waldweg zur Quelle hinabführte. Vornhagen und Seibold gingen der Spur nach. Sie endete nach wenigen Metern auf dem Weg vor der Tannenschonung.

»Hier muss es passiert sein«, sagte Vornhagen. »Der Täter hat ihm wohl hier aufgelauert.«

Dabei deutete er auf Fußspuren im Schnee, die in die kleine Schonung hineinführten. Der Schneefall hatte sie leider so zugedeckt, dass man nicht erkennen konnte, welche Größe sie hatten. Die Polizisten suchten erfolglos die Umgebung des Tatortes nach weiteren Spuren ab.

Als sie zur Quelle zurückkehrten, fasste Vornhagen Seibold am Arm. Er hatte das Erstaunen des Kommissars über das Verhalten des alten Arztes bemerkt.

»Er ist Roberts Patenonkel«, flüsterte er, »außerdem ist er ein großer Anhänger und Förderer des Merzbacher Fußballvereins. Robert war der überragende Spieler der Mannschaft.«

Seibold nickte kurz. Dann untersuchte er den Toten. Außer einer Geldbörse in der Gesäßtasche konnte er weiter nichts finden.

»Ob er weitere Verletzungen hat, untersuche ich im Rheinbacher Krankenhaus«, sagte Dr. Schmitt und erhob sich stöhnend.

»Hat Riesenkönig Fotos gemacht?«, fragte Seibold.

Dr. Schmitt nickte.

»Gut, dann holen wir ihn nach oben.«

Die beiden Polizisten und der Arzt trugen den Toten vorsichtig die Treppenstufen hinauf und legten ihn oberhalb der Quelle in den Schnee.

Dr. Schmitt zog trotz der Kälte seinen Mantel aus und bettete Hörnigs Kopf behutsam darauf. Dann blickte er die Polizisten mit leeren Augen an. »Ich bleibe bei ihm, bis man ihn abholt.«

Seibold legte dem Arzt tröstend die Hand auf die Schulter. Dann ging er auf Manfred Raaf zu, der noch immer damit beschäftigt war, die Schaulustigen zu beruhigen und davon abzuhalten, sich dem Tatort zu nähern.

»Wer hat ihn gefunden?«, fragte ihn Seibold.

»Drüsch Bruts Pitter«, antwortete Raaf und zeigte mit dem Finger auf einen unrasierten Mann, der auf dem Kopf eine gefütterte Lederkappe trug. Unter seinem blauen Arbeitsanzug kam ein schmutziger roter Pullover zum Vorschein.

Als Vornhagen Seibolds fragenden Gesichtsausdruck sah, erklärte er: »Der Mann heißt Peter Henseler und wohnt in Merzbach.«

Der Zeuge hatte wohl nur darauf gewartet, seine Aussage zu Protokoll geben zu können, denn kaum hatte er bemerkt, dass man von ihm sprach, näherte er sich eiligst den Polizisten. Raaf ließ ihn passieren.

»Guten Tag, Peter«, empfing ihn Vornhagen. »Erzähl uns einmal, wann und wie du ihn gefunden hast.«

Dem folgenden Gespräch konnte Seibold nur mit Mühe folgen, denn der Bericht war eine Mixtur aus Voreifeler Dialekt und einigen Brocken Hochdeutsch. Im Grunde bestätigte Henseler das, was sie schon von Traudel Henrich wussten. Er war gegen acht Uhr fünfundvierzig auf dem Weg zur Arbeit am Frischen Brünnchen vorbeigekommen und hatte Hörnig gefunden. Nachdem er sich vergewissert hatte, dass er tot war, war er sofort zum nächsten Telefon in der *Gaststätte Pütz* gelaufen. Der Wirt hatte dann sofort die Polizeiwache informiert. Vornhagens Frage, ob er irgendjemand in der Nähe des Tatortes gesehen hätte, verneinte er zunächst. Dann fiel ihm jedoch ein, dass er einen gewissen Schmecke Michelche am Waldrand getroffen hatte, der mit seinem Holzkarren und seinem Hund unterwegs war.

Nachdem Seibold die Personalien des Zeugen aufgenommen hatte, trafen die Sanitäter mit einer Bahre ein. Die Polizisten überwachten den Abtransport der Leiche. Dann verabschiedeten sie sich von Dr. Schmitt, der Seibold versprach, den Obduktionsbericht so schnell wie möglich fertigzustellen.

Die Polizisten vereinbarten, dass Manfred Raaf Ilse Hörnig die Nachricht vom Tod ihres Mannes überbringen sollte. Seibold und Vornhagen machten sich derweil auf den Weg, den mutmaßlichen Zeugen, den Henseler gesehen hatte, zu vernehmen.

Auf dem Rückweg zum Auto wollte Seibold wissen, was es mit den seltsamen Namen von Henseler und dem anderen Mann auf sich hatte.

»Henseler«, begann Vornhagen, »bekam von seiner Frau in der schlechten Zeit kurz nach dem Krieg nur trockenes Brot zur Mittagspause mit. So hatte er sehr schnell bei seinen Arbeitskollegen den Namen Drüsch Bruts Pitter weg.«

Seibold verzog sein Gesicht.

»Schmecke Michelche«, fuhr Vornhagen fort, »ist ein altes Original hier in der Gegend. Er ist geistig zurückgeblieben und wohnt alleine in einer alten Hütte in Scherbach, einem kleinen

Weiler oberhalb von Merzbach. Er heißt mit Vornamen Michael, in Kurzform Michel. Seinen Nachnamen kennt er vermutlich selber nicht. Sein einziger Gefährte ist ein struppiger Schäferhund. Wo er den aufgetrieben hat, weiß niemand. Michel geht täglich in den Wald und schneidet Weidenruten. Daraus stellt er Körbe und Besen her. Ab und zu zieht er mit seinen Produkten durch die Dörfer, um sie zu verkaufen.«

Vornhagens Erkältung hatte jetzt auch seine Stimmbänder erreicht, denn seine Stimme klang zusehends belegter. Er räusperte sich und fuhr fort: »In früheren Zeiten gebrauchte man Weidenruten als Peitsche, die man zum Hüten von Vieh benutzte. Der Voreifeler Ausdruck für Peitsche ist Schmeck, daher der Name Schmecke Michelche.« Vornhagens Erklärung endete mit einem heftigen Niesanfall.

Seibold reichte ihm sein Taschentuch und sah den Rheinbacher Polizisten amüsiert an. Dann sagte er: »Na, dann wollen wir uns dieses Original doch einmal näher ansehen.«

Freitag, 13. Februar 1953, 12 Uhr 25

Die letzten zweihundert Meter nach Scherbach legten die beiden Polizisten zu Fuß zurück, denn der Schnee lag so hoch, dass sie mit dem Auto nicht mehr weiterkamen. Als sie die Behausung erreicht hatten, konnte Seibold zunächst nicht glauben, dass jemand überhaupt in einer so verfallenen Hütte wohnen konnte. Doch Rauch, der aus einem schwarzen Kaminschlot emporstieg, und ein wild kläffender Hund, der an einer rostigen Kette festgemacht war, bewiesen, dass das kleine Fachwerkhäuschen doch bewohnt sein musste.

Nachdem Vornhagen den Hund beruhigt hatte, klopfte er an einen kleinen Bretterverschlag, der schief in den Angeln hing und anscheinend die Eingangstür darstellte. Als auch nach wiederholtem Klopfen niemand öffnete, stieß er die Tür auf und trat ein. Dabei musste er sich tief hinabbeugen, damit er nicht mit dem Kopf an den oberen Türrahmen stieß.

Seibold folgte ihm und erschrak heftig. Er hatte ein Huhn aufgeschreckt, das nun wild gackernd durch seine Beine den Weg ins Freie suchte. Als er das Innere der Hütte betrachtete, musste er unwillkürlich an die armseligen Bauernkaten in den unendlichen Weiten Russlands denken, die er im Krieg kennengelernt hatte. Sie bestand aus einem niedrigen, stickigen Raum mit einem alten Ofen, der sowohl als Herdstelle als auch als Wärmequelle diente. Von der Decke hingen Weidenruten, die zum Trocknen aufgehangen waren. In den Ecken stapelten sich Reisigkörbe und Besen. Der Geruch, ein Gemisch aus Rauch, verbrauchter Luft, Schweiß und Urin, war so penetrant, dass es Seibold den Atem verschlug. Als sich seine Augen an die Dunkelheit gewöhnt hatten, sah er eine kleine Gestalt, die gekrümmt auf einem Holzbock saß und ihn an ein Bild in einem seiner Kinderbücher erinnerte, das Robinson Crusoe darstellte. Schmecke Michelche ließ sich durch das Eintreten der Männer nicht stören und flocht weiter an einem Reisigkorb. Dabei sang er leise ein Lied.

»Hallo Michel«, sprach ihn Vornhagen an.

Das alte Männlein reagierte nicht.

»Herr Seibold, ein Kriminalkommissar aus Bonn, und ich möchten dir ein paar Fragen stellen. Drüsch Bruts Pitter hat uns gesagt, dass er dich heute Morgen im Wald gesehen hat. Dort ist heute ein Verbrechen passiert«, fuhr Vornhagen fort.

Seibold bemerkte, dass das Männlein seine Tätigkeit kurz unterbrach und zusammenzuckte.

»Hast du irgendetwas gehört oder gesehen?«

Schmecke Michelche öffnete seinen Mund, der nur noch wenige Zahnstümpfe enthielt, sagte aber nichts. Dann drehte er den Besuchern den Rücken zu. Nach einer Weile konnten sie eine brüchige Stimme vernehmen. »Michelche hat nix jesehen ... janz bestimp nix.«

Jede weitere Frage, die Vornhagen stellte, wurde monoton mit den gleichen Worten beantwortet.

»Michelche hat nix jesehen ... janz bestimp nix.«

Vornhagen sah Seibold an und zuckte mit den Schultern.

Der Kommissar ging langsam um den alten Mann herum und blickte ihm ins Gesicht. »Michel«, sagte er freundlich, »wenn dir doch noch etwas einfällt, komm ruhig auf die Polizeiwache in Rheinbach und erzähl es mir!«

Der alte Mann wich dem Blick des Kommissars aus und starrte unruhig auf den Boden. Seibold sah ihm noch eine Weile fest ins Gesicht, dann nickte er Vornhagen zu und verließ den Raum.

Als er draußen vor der Tür stand, genoss er erst einmal die klare Winterluft und atmete mehrere Male tief durch.

»Das hätte ich dir gleich sagen können«, sagte Vornhagen, als sie auf dem Rückweg zum Auto waren. »Den Weg hätten wir uns sparen können. Der ist so durch den Wind, dass er uns wirklich nicht weiterhelfen kann.«

Da war Seibold anderer Ansicht. Er war sich fast sicher, dass der alte Mann etwas gesehen hatte. Außerdem hatte er gespürt, dass er vor irgendetwas große Angst hatte.

Auf dem Rückweg nach Rheinbach entschied Seibold, als Nächsten Theo Fuchs aufzusuchen.

Vornhagen, dessen Erkältung seiner Stimme immer mehr zu schaffen machte, erklärte krächzend, dass Fuchs noch immer Junggeselle war und im Souterrain des Hauses seiner Stiefeltern auf der Bahnhofstraße wohnte. Rheinbachs Polizeichef nutzte die Fahrt, Seibold weitere Details über den Verdächtigen zu berichten. Theo Fuchs hatte seine Mutter früh verloren. Sein Vater, der in einer Druckerei in Rheinbach gearbeitet hatte, verstarb drei Jahre später. Die Besitzer der Druckerei, ein kinderloses Ehepaar mit dem Namen Kristen, hatten den kleinen Jungen schließlich adoptiert. Vor zwei Jahren war der Stiefvater in den Ruhestand gegangen und hatte Theo, der den Namen seines leiblichen Vaters behalten hatte, das Geschäft übergeben.

Die Polizisten fuhren zunächst zur Druckerei, da sie annahmen, dass Fuchs sich um diese Zeit dort aufhielt. Von einem Angestellten erfuhren sie, dass Fuchs den ganzen Tag noch nicht erschienen war. Sie hinterließen die Nachricht, dass er sich sofort mit der Polizeiwache in Rheinbach in Verbindung setzen solle, falls er noch erscheinen sollte.

Dann fuhren sie zur Wohnung seiner Stiefeltern. Gegen vierzehn Uhr hielten die Polizisten vor dem Haus Nummer einundzwanzig auf der Bahnhofstraße an. Das dreistöckige Bürgerhaus und die mit Schnitzereien verzierte schwere Eichenholztür verrieten Seibold, dass die Stiefeltern vermögend sein mussten.

Vornhagen schnäuzte sich noch einmal heftig, bevor er die Klingel der Souterrainwohnung betätigte. Als sich auch nach mehrmaligen Versuchen niemand meldete, drückte Seibold den Klingelknopf darüber. Schon nach wenigen Augenblicken wurde die Tür von einer älteren, sehr gepflegten Dame geöffnet.

»Ja, bitte?«, fragte sie leise.

Wegen seiner zunehmenden Heiserkeit gab Vornhagen Seibold mit einem Blick zu verstehen, dass es besser wäre, wenn er das Gespräch führte.

»Guten Tag«, sagte der Kommissar, »mein Name ist Seibold. Ich bin Polizist. Herr Vornhagen und ich hätten gerne ein Gespräch mit Ihrem Stiefsohn geführt.«

»Hat er denn irgendetwas verbrochen?«, fragte Frau Kristen ängstlich.

»Es handelt sich nur um eine Routineuntersuchung«, versuchte Seibold die alte Frau zu beruhigen.

»Sind Sie denn noch nicht in der Druckerei gewesen? Normalerweise müsste er sich um diese Uhrzeit dort aufhalten.«

»Da waren wir schon«, antwortete Seibold, »doch er war nicht da. Wir haben auch schon mehrere Male in seiner Wohnung geklingelt. Leider vergebens. Haben Sie die Möglichkeit, einmal nachzuschauen, ob er doch zu Hause ist?«

»Wenn er da wäre, hätte er bestimmt aufgemacht«, entgegnete die Frau irritiert.

»Vielleicht schläft er noch fest und hört die Klingel nicht. Wir wissen, dass er gestern bis tief in die Nacht gefeiert hat«, krächzte Vornhagen.

Der Polizist wurde langsam ungeduldig. Die Frau schüttelte den Kopf. »Theo lebt sein eigenes Leben. Wir achten schon lange nicht mehr darauf, wann er in der Nacht nach Hause kommt und wann er wieder aufsteht. Aber ich habe nie erlebt, dass er so lange im Bett bleibt, wenn er zur Arbeit muss. Aber meinetwegen, ich werde einmal nachschauen.«

»Haben Sie etwas dagegen, wenn wir Sie begleiten?«, fragte Seibold. Die alte Dame überlegte einen Moment, dann antwortete sie: »Bitte schön, wenn Sie möchten.«

Die beiden Polizisten folgten der Frau durch den Flur zu einer kleinen Treppe, die zur Tür der Souterrainwohnung führte. Frau Kristen nahm einen Schlüsselbund aus der Tasche ihres Kleides und schloss auf. Sie betätigte den

Lichtschalter, da die Vorhänge in der Wohnung noch zugezogen waren. Ein kleiner Flur führte in eine Wohnküche.

»Theo, bist du da?«, rief sie ängstlich.

Als sie keine Antwort erhielt, ging sie in das Schlafzimmer. Das Bett war leer und zerwühlt. Seibold ging auf die Schlafstätte zu und befühlte die Bettwäsche. Sie war kalt. Als sie wieder in den Wohnbereich zurückkehrten, kam Vornhagen gerade aus dem Bad, das sich neben dem Schlafzimmer befand. Er schaute Seibold an und schüttelte den Kopf.

»Sie sehen ja, meine Herren«, sagte Frau Kristen, »er ist nicht zu Hause.« Auf ihrem Gesicht zeigte sich Beunruhigung. »Allmählich mache ich mir doch etwas Sorgen.«

»Er wird schon wieder auftauchen«, antwortete Seibold und streckte der alten Frau die Hand hin. »Wenn Sie ihn sehen, sagen Sie ihm bitte, dass er sich bei der Polizei melden möchte.«

Als die Polizisten das Auto bestiegen, kam ein älterer Herr die Bahnhofstraße herauf. Er blieb einen Moment stehen, als er das Polizeiauto bemerkte. Sein Blick verfinsterte sich. Er grüßte Vornhagen mit einem Kopfnicken.

»Das ist Theos Stiefvater«, sagte Vornhagen leise. Seine Stimme war kaum noch zu verstehen. »Möchtest du ihn noch sprechen?«

»Im Augenblick nicht«, antwortete Seibold.

»Unser Vögelchen ist wohl ausgeflogen«, krächzte Vornhagen, bevor er den Wagen startete und losfuhr.

Seibold bemerkte jetzt das erste Mal ein Hungergefühl. Er hatte am Morgen nicht gefrühstückt. Es war jetzt allmählich an der Zeit, etwas essen zu gehen.

Freitag, 13. Februar 1953, 15 Uhr 25

Manfred Raaf stand hinter dem Tresen der Polizeiwache und verschlang mit großen Bissen ein Butterbrot.

»Gut, dass Sie kommen, Herr Kommissar«, sagte er, als Seibold die Wache betrat, »jede Menge Pressefritzen standen schon auf der Matte und wollten Sie oder Toni sprechen.« Er goss aus einer Thermoskanne Kaffee in einen roten Becher ein. »Wo ist übrigens Toni?«, fragte er kaum verständlich, da ihn der volle Mund am Reden hinderte.

»Den habe ich nach Hause gefahren«, antwortete Seibold.

Raaf blickte erstaunt auf.

»Ihm ging es gar nicht gut. Er wollte sich ins Bett legen und seine Erkältung auskurieren.«

»Wirklich?«, fragte Raaf ungläubig. »Das ist das erste Mal, dass Toni krank ist, seitdem ich mit ihm zusammenarbeite. Aber kein Wunder, bei dem, was letzte Zeit hier los ist.«

Seibold musste Raaf recht geben. Die Belastung für die beiden Rheinbacher Polizisten war in den letzten Tagen enorm, da sie neben den Ermittlungen in den Mordfällen ja auch noch ihre üblichen Dienstgeschäfte zu verrichten hatten. Er überlegte, ob er Hausschildt bitten sollte, ihm noch einen Kollegen aus Bonn abzustellen.

»Traudel ist nicht da«, fuhr Raaf fort, als er sah, dass der Kommissar einen Blick über den Tresen in das Sekretariat warf. »Sie ist mit ihrer Tochter zum Arzt gegangen.«

»Ist Maria krank?«, fragte Seibold besorgt.

Raaf nahm einen Schluck aus seiner Plastiktasse. »Nein, ich glaube, es geht um irgendeine Impfung.«

Seibold nickte erleichtert. Dann ging er in das Sekretariat und setzte sich auf Traudel Henrichs Stuhl. Er nahm den

Telefonhörer ab und wählte die Nummer Hausschildts. Seine Sekretärin meldete sich.

»Herr Hausschildt ist gerade in einer Besprechung mit dem Kollegen Jungbluth im Nebenzimmer«, sagte sie.

»Holen Sie ihn bitte«, bat Seibold, »es ist äußerst dringend.«

Der Kommissar hörte, wie die Sekretärin den Hörer ablegte und sich entfernte. Seibold nutzte die Pause, um das Gespräch mit Raaf fortzuführen.

Er deckte mit einer Hand die Sprechmuschel des Telefons ab und rief: »Herr Raaf, falls noch einmal Anfragen von der Presse kommen, verweisen Sie sie an die Pressestelle der Kriminalpolizei in Bonn. Sollen die sich doch mit denen rumschlagen.«

Als Seibold bemerkte, dass er Hausschildt noch immer nicht am anderen Ende der Leitung hatte, fuhr er fort:

»Wie hat übrigens Frau Hörnig den Tod ihres Mannes aufgenommen?«

»Ich bin gar nicht bei ihr gewesen«, hörte er Raaf antworten. »Dr. Schmitt fragte mich, ob er das übernehmen könnte. Er hat ja einen engen Kontakt zur Familie. Ich war natürlich sehr erleichtert, dass er mir diese unangenehme Aufgabe abgenommen hat.«

Seibold hörte jetzt, wie der Telefonhörer am anderen Ende aufgenommen wurde.

»Hausschildt ... hallo, Walter?«

»Entschuldige bitte ...«, begann Seibold, »... dass ich dich aus einer Besprechung raushole. Aber wir haben einen weiteren Mord hier in Rheinbach.«

»Was ist denn da los bei euch?«, entgegnete Hausschildt aufgebracht. »Haben wir es mit einem Serienmörder zu tun?«

»Das weiß ich nicht. Aber es sieht so aus, als stünden die Morde dieses Mal in keinem Zusammenhang«, antwortete Seibold.

Dann schilderte er dem Leiter der Mordkommission die bislang bekannten Erkenntnisse und Umstände im Mordfall Hörnig.

»Na, dann scheint der Fall ja klar zu sein«, äußerte sich Hausschildt. »Gib mir die Daten des Tatverdächtigen. Ich werde ihn zur Fahndung ausschreiben.«

Nachdem Seibold die Daten von Theo Fuchs übermittelt hatte, fragte er: »Was ist mit Werner Eschweiler?«

»Wir haben ihn eben dem Haftrichter vorgeführt. Er war wieder einigermaßen nüchtern und hat rumgetobt. Er beteuerte immer wieder, mit der Sache nichts zu tun zu haben.«

Hausschildt machte eine Pause. »Wie du dir denken kannst, ist der Haftrichter dem Antrag Brandts gefolgt und hat ihn in Untersuchungshaft genommen.«

»Wie gesagt«, entgegnete Seibold, »ich bin trotzdem der Meinung, dass er nichts mit den Morden zu tun hat.«

»Gut, dann bleib dran«, ermunterte ihn Hausschildt. »Übrigens, wir haben die Lederriemen auf Fingerabdrücke untersucht. Das Ergebnis ist leider negativ.«

»Das war anzunehmen ...«, Seibold wollte das Gespräch beenden, »... ich halte dich weiterhin auf dem Laufenden, und du halte mir bitte die Presse vom Hals!«

Nachdem Seibold sich von Hausschildt verabschiedet hatte, legte er nachdenklich den Hörer auf die Gabel. Er blieb sitzen und versuchte seine Gedanken zu ordnen. Ihm fiel ein, dass er vergessen hatte, Hausschildt zu fragen, ob es möglich wäre, ihm Verstärkung zu schicken. Er entschied sich schließlich, zunächst einmal die weitere Entwicklung abzuwarten, ehe er seinen Chef darauf ansprechen würde.

Er stand auf, verabschiedete sich von Raaf und verließ die Polizeiwache. Als er vor der Tür von der strahlenden Wintersonne empfangen wurde, nahm er sich vor, mit seiner NSU nach Oberdrees zu fahren.

Er wollte noch einmal mit Anita Schragen sprechen.

Als Seibold gegen halb fünf das Wohnzimmer betrat, saßen Anita Schragen und ihre Eltern am Wohnzimmertisch und waren in Beerdigungsformalitäten vertieft.

Die Witwe machte einen wesentlich gefassteren Eindruck als bei ihrer ersten Begegnung und bat Seibold in die Küche, wo sie sich ungestört unterhalten konnten. Als der Kommissar am Küchentisch Platz nahm, warf er einen Blick durch das Fenster und sah Kinder, die im Garten spielten.

»Sie haben die Nachricht vom Tod ihres Vaters gefasster aufgenommen, als ich erwartet habe«, sagte Frau Schragen und zündete sich eine Zigarette an.

»Kinder können Gott sei Dank schnell vergessen«, erwiderte Seibold. Anita Schragen nickte und starrte auf den Boden.

Dann hob sie den Kopf und blickte dem Kommissar fest in die Augen. »Ich dachte, man hat den Mörder von Gerd gefasst. Warum haben Sie noch weitere Fragen an mich?«

»Es stimmt«, antwortete Seibold mit gelassener Stimme. »Eschweiler steht unter dem dringenden Verdacht, die Taten begangen zu haben, und sitzt in Untersuchungshaft. Ehrlich gesagt habe ich persönlich aber arge Zweifel, dass er der Täter ist.«

»Ich bin im Augenblick in einer Stimmung, in der es mir eigentlich egal ist, wer ihn ermordet hat«, sagte die Frau. Seibold bemerkte, dass sie kurz davor war, die Fassung zu verlieren. »Es bringt ihn mir ja doch nicht mehr zurück.«

»So sollten Sie nicht denken«, erwiderte Seibold. »Mit ein bisschen Abstand wünschen Sie sich, dass derjenige, der

Ihnen und Ihrer Familie das angetan hat, auch zur Rechenschaft gezogen wird.« Seibolds Stimme wurde lauter. »Vor allen Dingen darf es nicht sein, dass ein Unschuldiger für diese Tat büßen muss.«

Frau Schragen hatte, während Seibold sprach, auf die Tischplatte gestarrt. Sie zögerte einen Augenblick. Dann hob sie ihren Blick und fragte: »Was möchten Sie wissen?«

»Sie haben Toni Vornhagen erzählt, dass Hans-Georg Schwind an Ihrem Haus gearbeitet hat. Dabei hat er sich doch sicherlich mit Ihrem Mann unterhalten. Haben Sie vielleicht gehört, worüber sie redeten?«

Frau Schragen schüttelte langsam den Kopf.

»Gerd war mit Hans-Georg meistens außerhalb des Hauses, sodass ich nichts mitbekommen habe.«

»Überlegen Sie bitte genau«, sagte Seibold eindringlich. »Jedes Wort könnte wichtig sein.«

Anita Schragen zog an ihrer Zigarette und überlegte. »Ja, das könnte vielleicht ...«, sie blies den Rauch aus und hob die Stimme.

»Sagen Sie es ruhig«, forderte Seibold sie auf.

»Am letzten Samstag, als Hans-Georg hier gearbeitet hat, fuhr er nicht gleich nach Hause.«

»Sondern?«

»Mein Mann lud ihn zu einer Flasche Bier ein. Sie gingen in den Keller. Aus der einen Flasche wurde schließlich fast ein ganzer Kasten. Ich hörte sie ausgelassen erzählen und lachen. Schwind war am Ende so angetrunken, dass Gerd ihn kurz vor der Dämmerung nach Hause gefahren hat.«

Sie beugte sich vor und drückte die Zigarette aus.

»Worüber sie sich unterhalten haben, wissen Sie nicht?«

Anita Schragen schüttelte den Kopf.

»Aber«, fuhr sie fort, »ich wunderte mich darüber, dass er erst nach anderthalb Stunden zurückkam. Ich hatte mir schon Sorgen gemacht, da Gerd auch angetrunken war. Auf meine Frage, warum es so lange gedauert hatte, gab er mir keine Antwort. Anschließend verhielt er sich irgendwie sonderbar.«

»Was meinen Sie mit sonderbar?«

Die Frau zuckte mit den Schultern.

»Irgendwie ... irgendwie nachdenklich und abwesend.«

Seibold ließ die Worte auf sich wirken. Dann stand er ruckartig auf. Er war sich sicher, dass Schwind Gerd Schragen an diesem feuchtfröhlichen Abend etwas erzählt haben musste, was den beiden den Tod bringen sollte.

»Noch eine Frage«, Seibold ging unruhig hin und her. »Sie haben vorgestern ausgesagt, dass Ihr Mann Ihnen erklärt habe, dass er bald seine Schulden zurückbezahlen würde. War das vor oder nach dem Umtrunk mit Schwind?«

»Nachher ...«, sie kniff die Augen zusammen und überlegte, »doch, ich bin mir ganz sicher. Es war nachher. Aber, ehrlich gesagt, große Bedeutung habe ich dem nicht beigemessen. Das hatte er mir schon mehrere Male versprochen.«

Der Kommissar verharrte und nickte. Er wusste jetzt, dass sich die erneute Fahrt nach Oberdrees gelohnt hatte.

Freitag, 13. Februar 1953, 17 Uhr 12

Als Seibold die Schienen der Bahnstrecke Bonn-Euskirchen am Ortseingang Rheinbachs überqueren wollte, musste er anhalten, da die Schranken herabgelassen waren. Sein Blick schweifte nach links zum Bahnhof in Richtung Kriegerstraße. Da fiel ihm ein, dass er sich am Morgen vorgenommen hatte, auch Frau Eschweiler noch einen Besuch abzustatten. Als sich die Schranke wieder hob, lenkte er seine NSU nicht in Richtung Stadtmitte, sondern schwenkte nach links über die Ladestrasse in Richtung Bahnhof.

»Bitte, was möchten Sie?«

Das Mädchen mit den langen, blonden Zöpfen, das Seibold am Morgen auf dem Schulweg mit ihrem jüngeren Bruder gesehen hatte, öffnete ihm die Tür.

»Ich hätte gerne deine Mutter gesprochen«, sagte Seibold.

»Meine Mutter hat sich einen Moment hingelegt«, antwortete das Mädchen.

»Dann komme ich lieber ein anderes Mal vorbei. Sag ihr bitte ...«, weiter kam Seibold nicht.

»Nein, nein! Sylvia, ich bin wach.«

Seibold hörte die Stimme Frau Eschweilers aus der Richtung des Wohnzimmers. Wenig später stand sie an der Tür. Sie hatte sich eine Stola um die Schultern gelegt. Blass und mit verschlafenen Augen schaute sie den Kommissar an.

»Kommen Sie ruhig herein, Herr Seibold!«

In diesem Augenblick war das Weinen des Babys aus dem Kinderzimmer zu hören.

»Sylvia, würdest du dich bitte einen Moment um Thomas kümmern? Ich habe etwas mit Herrn Seibold zu besprechen.«

Wortlos drehte sich das Mädchen um und verschwand im Kinderzimmer.

Als sie am Wohnzimmertisch Platz nahmen, hatte das Weinen des Kindes aufgehört.

»Sie ist ein prächtiges Mädchen«, begann Seibold das Gespräch. »Wie alt ist sie?«

Frau Eschweiler war noch etwas verschlafen und wusste zunächst nicht, wen Seibold meinte.

»Ach ja ... Sylvia«, sagte sie schließlich, »da haben Sie recht. Sie geht mir gut zu Hand. Sie wird im Juni zwölf.«

Seibold rückte mit seinem Sessel näher an sie heran.

»Frau Eschweiler, ich habe Sie noch einmal aufgesucht, um Ihnen zu sagen, dass ich Ihren Mann für unschuldig halte.«

Elvira Eschweiler stutzte. »Und warum haben Sie ihn heute Morgen mitgenommen?«

»Das war nicht meine Entscheidung«, gab Seibold zurück, »der Staatsanwalt war der Meinung, dass die belastenden Indizien ausreichten, um Ihren Mann in Untersuchungshaft zu nehmen. Ich kann Ihnen aber versprechen, alles Menschenmögliche zu tun, die Unschuld Ihres Mannes zu beweisen und den wahren Täter zu finden.«

Der Kommissar machte eine Pause. »Wenn ich Ihnen helfen soll, müssen Sie aber ehrlich zu mir sein. Ihr Mann hat schon zugegeben, dass er sich zum Zeitpunkt des Mordes an Schwind doch in der Nähe der Waldkapelle aufhielt.«

Seibold schaute der Frau fest in die Augen. »Wie steht es mit dem Alibi des ersten Mordes? War er wirklich zur fraglichen Zeit am letzten Montag zwischen sechzehn und siebzehn Uhr zu Hause?«

Elvira Eschweiler zögerte einen Moment mit der Antwort. Dann schüttelte sie den Kopf. »Er war erst gegen siebzehn Uhr dreißig hier. Er sagte, er hätte Holz in einem Waldstück in der Nähe von Loch, einem kleinen Weiler in der Nähe von Rheinbach, gesammelt. Im Augenblick geht es uns finanziell nicht besonders gut. Wir haben einen sehr strengen Winter. Sie wissen ja, dass das Abholzen im Wald ohne Genehmigung verboten ist.«

»Hat ihn vielleicht jemand dabei gesehen?«, fragte Seibold.

»Das glaube ich nicht. Das hätte Werner doch sicherlich zu seiner Entlastung vorgebracht.« Elvira Eschweiler schwieg eine Weile. Seibold sah Tränen in den Augen der Frau aufsteigen.

»Ich kenne Werner besser als jeder andere«, begann sie schluchzend. »Er ist gar nicht imstande, einen Mord zu begehen.«

»Um ehrlich zu sein«, entgegnete Seibold, »so gewalttätig und unbeherrscht, wie er in der letzten Zeit aufgetreten ist, fällt es mir schwer, das zu glauben.«

»Der Alkohol ist an allem schuld«, sie holte ein Taschentuch aus der Schürze, »glauben Sie mir! Mein Mann ist im Grunde seines Wesens ein sensibler und gutmütiger Mensch. Er ist auch noch nie grob gegen mich und die Kinder geworden. Nicht nur der Alkohol, sondern auch seine Gutgläubigkeit den Kunden gegenüber haben das Geschäft kaputtgemacht.«

Frau Eschweiler machte eine Pause. »Früher war er ganz anders.«

»Was meinen Sie mit früher?«, unterbrach Seibold.

»Bevor er im Krieg war und in russische Gefangenschaft geriet. Er ist erst im Jahre neunundvierzig zurückgekommen. Von da an war er völlig verändert. Aber ...«, wieder stiegen ihr Tränen in die Augen, »... er spricht nicht mit mir darüber. Ich bekomme nur etwas davon mit, wenn seine Albträume ihm zu schaffen machen.«

Seibold nickte verständnisvoll. Er war in den letzten Jahren vielen Menschen begegnet, die die Erlebnisse des Krieges nicht verarbeiten konnten und innerlich daran zugrunde gingen.

»Ihr Mann ist sehr krank«, sagte Seibold, »wenn Sie das hier überstanden haben, muss er dringend einen Arzt aufsuchen. Nur so kann Ihre Familie wieder ins Lot kommen.«

Frau Eschweiler atmete tief ein: »Sie haben wohl recht.«

»Morgen früh fahre ich nach Bonn«, Seibold blickte die Frau aufmunternd an. »Wenn Sie wollen, nehme ich Sie mit und fahre Sie zum Untersuchungsgefängnis. Ihr Mann braucht Sie jetzt. Gegen Nachmittag kann ich Sie auch wieder mit zurücknehmen.«

»Das würden Sie tun?«

»Natürlich, warum nicht?«, entgegnete Seibold und stand auf.

Als er sich an der Haustüre von ihr verabschiedete, sagte er: »Ich hole Sie dann morgen früh gegen zehn Uhr ab.«

Dann drehte er sich um und ging die Eingangstreppe hinunter. Kurz bevor er sein Motorrad erreicht hatte, rief ihm Frau Eschweiler hinterher: »Herr Seibold, ... vielen Dank für alles. Sie sind sehr nett.«

Der Kommissar zuckte mit den Schultern und lächelte. Dann schwang er sich auf sein Motorrad und fuhr davon.

Seibold wälzte sich von der einen Seite des Bettes auf die andere. Er schaute auf den Wecker. Es war schon weit nach dreiundzwanzig Uhr.

Obwohl es ein ereignisreicher Tag gewesen war und er sich hundemüde fühlte, konnte er einfach nicht einschlafen. Er war ein Mann, der das Gefühl brauchte, den Gang der Dinge zu durchschauen und sie im Griff zu haben. Vielleicht war das eine Charaktereigenschaft, die einen guten Kriminalbeamten auszeichnete. Aber im Augenblick hatte er rein gar nichts im Griff. Er musste immer wieder an Traudel Henrich denken.

Das erste Mal seit Karins Tod glaubte er, eine Frau kennengelernt zu haben, für die er echte Zuneigung empfand. Aber selbst wenn sie seine Gefühle erwidern würde, stand Toni Vornhagen zwischen ihnen.

Zum anderen kam er mit seinen Mordfällen nicht so recht weiter. Bei den Morden an Schragen und Schwind war er sich sicher, dass derjenige, den alle Welt für den Mörder hielt, unschuldig war. Aber bislang hatte er noch keine konkrete Spur gefunden, die zum wahren Täter führte. Im Mordfall Hörnig hatte er zwar einen dringend Tatverdächtigen, dieser war aber flüchtig. Und solange er nicht gefasst war und gestanden hatte, war auch dieser Fall für ihn alles andere als geklärt.

Noch eine andere Sache machte ihm zu schaffen. Er wurde die Ahnung nicht los, dass auch der Mordfall Hörnig in einem Zusammenhang mit den beiden anderen Verbrechen stand.

Mit diesen Gedanken schlief Seibold schließlich doch ein. Kurz darauf schlug die Turmuhr der nahen Kirche St. Martin Mitternacht.

6. Kapitel

Samstag, 14. Februar 1953, 6 Uhr 42

Walter Seibold wachte mit rasenden Kopfschmerzen auf. Er hatte versucht, aufzustehen, aber es schwindelte ihn so sehr, dass er sich sofort wieder ins Bett fallen ließ. Der Druck in der rechten Schädelseite wurde so stark, dass er den Kopf hart gegen das Bettgestell presste.

Nein, nicht heute! »Lieber Gott«, flehte er, »gib mir die Zeit, dass ich diese Sache hier in Rheinbach zu Ende bringen kann.«

Aber er wusste, dass ihm nichts anderes übrig blieb, als heute noch Professor Zeidler in der Universitätsklinik in Bonn aufzusuchen, wenn sich sein Zustand nicht besserte. Er legte sich auf den Rücken, schloss die Augen und massierte die schmerzende Stelle. Er versuchte sich zu beruhigen und dachte an das Lächeln Traudel Henrichs.

Nach einer halben Stunde, als im Gastraum Geschirrklappern ertönte – die Serviererin deckte die Frühstückstische für die Hotelgäste ein –, ließen die Schmerzen und der Schwindel allmählich nach.

Seibold ging langsam und mit unsicheren Schritten ins Badezimmer und schaute in den Spiegel. Er glaubte, einen veränderten Ausdruck in seinen Augen zu erkennen. Es machte ihm Angst. Wie lange würde das noch gut gehen? Nachdem er mit Mühe seine Morgenwäsche hinter sich gebracht hatte, packte er seinen Koffer und zog sich an.

Als er am Frühstückstisch saß, fühlte er sich schon wesentlich besser.

»Herr Kommissar, wollen Sie uns schon verlassen?«

Hein Burrenkopf kam mit einem Tablett, auf dem sich das Frühstück befand, auf den Tisch Seibolds zu.

»Ach so, Sie meinen wegen des Koffers ...«, sagte Seibold irritiert, »... nein, nein ich fahre heute nur nach Bonn und gehe neue Wäsche holen. Heute Abend bin ich wieder zurück.«

»Haben Sie eigentlich das Schwein schon geschnappt?«, fragte der Wirt, als er den Brötchenkorb auf den Tisch stellte.

Seibold tat so, als würde er zunächst nicht wissen, von wem Burrenkopf sprach.

»Ach, Sie meinen Theo Fuchs«, antwortete er, »bis jetzt noch nicht. Der Tatverdächtige ist zur Fahndung ausgeschrieben. Es ist aber noch nicht erwiesen, dass er der Täter ist.«

»Dann sehen Sie zu, dass Sie ihn bald bekommen, sonst haben wir den nächsten Toten hier in Rheinbach.«

Seibold, der sich gerade Kaffee einschüttete, hielt inne. »Wie meinen Sie das?«, fragte er verwundert.

Der Wirt beugte seinen Kopf und flüsterte: »Ich habe läuten hören, dass auch Roberts Freunde aus Merzbach hinter Fuchs her sind. Und wenn die ihn erwischen ...« Der Wirt zog eine Grimasse und wiegte seinen Kopf hin und her.

»Glauben Sie wirklich, die könnten einen Lynchmord begehen?«, fragte der Kommissar ungläubig.

Hein Burrenkopf zuckte nur mit den Schultern und entfernte sich in Richtung Küche. Vor der Tür blieb er stehen und drehte sich noch einmal um. »Ich habe Robert sehr gemocht, er war ein netter Kerl«, sagte er, »vor allen Dingen: Wo bekomme ich jetzt zu Karneval einen so guten, neuen Kellner her?«

Wenn du sonst keine Sorgen hast, dachte Seibold und biss herzhaft in sein Marmeladenbrötchen. Er hatte Appetit. Seibold war erleichtert. Das war ein Zeichen, dass es ihm wieder besserging.

Der Kommissar ließ sein Motorrad im Hinterhof des Hotels zurück und ging über die Hauptstraße zu Fuß zur Polizeiwache. Er hatte schon gestern mit den Rheinbacher Polizisten abgeklärt, dass er deren Dienstwagen für die Fahrt nach Bonn benutzen durfte. Seibold warf einen Blick zum Himmel. Es herrschte nicht mehr das schöne, sonnige Winterwetter wie am Vortag. Es war bewölkt und sah danach aus, als könnte es wieder Schnee geben. Es war immer noch bitterkalt, und die Menschen, denen der Kommissar auf seinem Weg begegnete, hasteten dick vermummt an ihm vorbei.

Seibold traf gleichzeitig mit Toni Vornhagen an der Polizeiwache ein. Der Polizist hatte sich einen Schal um den Hals gewickelt.

»Na, wie gehts dir?«, fragte Seibold, als sie die Wachstube betraten.

»Schon wesentlich besser.«

Vornhagens Stimme klang zwar noch angeschlagen, aber gut verständlich. »Ich habe eine Rosskur gegen Erkältungskrankheiten, die hilft immer.«

»Die kannst du mir mal gleich verraten«, meldete sich Raaf zu Wort, der schon an der Sitzgarnitur Platz genommen hatte. »Ich glaube, mich hats auch erwischt.« Um dies zu unterstreichen, hüstelte er gekünstelt und schlug sich leicht mit der Faust gegen die Brust.

»Du musst mir ja nicht gleich alles nachmachen«, grinste Vornhagen, ging hinter den Tresen und warf einen Blick in die Ablage.

Dabei grüßte er Traudel Henrich, die gerade einen Kaffee aufbrühte, mit einem Augenzwinkern. Dann kam er zurück und setzte sich.

Seibold war an der Tafel stehen geblieben und hatte ein Stück Kreide in die Hand genommen. Auf die rechte obere

Seite zeichnete er neben die umkreisten Namen der Mordopfer Schragen und Schwind einen weiteren Kreis und schrieb den Namen Hörnig hinein. Darunter setzte er den Namen des Verdächtigen: Theo Fuchs. Dann zog er eine dicke Linie von oben nach unten, die die Aufzeichnungen zu den Mordfällen Schragen und Schwind von jenen zu dem gestrigen Mord trennte.

Er wandte sich den Rheinbacher Polizisten zu. »Habt ihr eine Vorstellung, wo sich Theo Fuchs befinden könnte?«

Die beiden Polizisten sahen sich an und überlegten. In diesem Moment betrat Traudel Henrich den Raum und stellte das Kaffeeservice auf den Tisch. Sie trug ein zweiteiliges, zitronenfarbiges Kostüm, dessen enger Rock ihren Körper besonders vorteilhaft betonte. Sie sah so hinreißend aus, dass es Seibold schwerfiel, seinen Blick von ihr zu lösen.

»Äh ... Toni«, der Kommissar hatte Schwierigkeiten, den Faden wiederzufinden, »du bist doch mit den Rheinbacher Verhältnissen am besten vertraut. Hast du eine Idee?«

Vornhagen schüttelte den Kopf.

»Ich hatte mit Fuchs eigentlich bislang sehr wenig zu tun. Das, was ich über ihn weiß, habe ich dir gestern schon erzählt. Aber Manfred ist Mitglied im Rheinbacher Fußballverein und hat jahrelang mit ihm zusammengespielt. Vielleicht weiß er mehr?«

»Ich spiele selber nicht mehr aktiv«, erklärte Raaf, während er sich Kaffee einschenkte, »und habe daher keinen großen Kontakt zur Mannschaft. Fuchs spielt immer noch im Tor. Ich weiß, dass sie ein eingeschworener Haufen sind. Es könnte ohne Weiteres sein, dass er bei einem seiner Mannschaftskameraden Unterschlupf gefunden hat.«

»Gut«, sagte Seibold, »dann stattet denjenigen Spielern einen Besuch ab, zu denen Fuchs die engsten Kontakte hatte, während ich nach Bonn fahre. Toni, wenn einer von ihnen außerhalb von Rheinbach wohnt, stelle ich dir gerne mein Motorrad zur Verfügung. Schaut aber bitte zuerst noch einmal bei ihm zu Hause und in der Druckerei vorbei. Vielleicht ist er ja dort wieder aufgetaucht.«

Die beiden Polizisten nickten und machten Anstalten aufzustehen.

»Einen Moment noch«, sagte Seibold und wartete, bis die Polizisten wieder Platz genommen hatten. »Ich bin gestern noch einmal bei Anita Schragen gewesen. Sie hat ausgesagt, dass ihr Mann einige Tage vor seinem Tod eine längere Unterredung mit Schwind in seinem Keller hatte. Dabei soll jede Menge Bier im Spiel gewesen sein. Außerdem bestätigte sie, dass ihr Mann anschließend davon sprach, alle Schulden bald zurückzahlen zu können.«

Seibold drehte sich wieder zur Tafel.

»Gehen wir einmal von der These aus, dass Eschweiler nicht der Mörder ist, dann könnte sich die Sache folgendermaßen abgespielt haben.«

Der Kommissar nahm wieder das Stück Kreide zur Hand. Damit zeigte er auf den Namen Schwind.

»Schwind gibt im angetrunkenen Zustand eine Information an Schragen weiter, die eine Person X«, Seibold schrieb den Buchstaben X neben den Namen Eschweilers, »in hohem Maße in Schwierigkeiten bringen könnte. In so einem Maße, dass sie dafür sogar einen Mord begeht. Gerd Schragen, in großen finanziellen Schwierigkeiten, erpresst X mit dieser Information und muss dafür sterben. X foltert Schragen vor seinem Tod, um den Namen seines Informanten zu bekommen. Als ihn Schragen preisgibt, ist auch Schwinds Schicksal besiegelt.«

Vornhagen nickte zustimmend.

»Durchaus nachvollziehbar«, sagte er, »nur: Wie können wir herausbekommen, um welche Information es sich hierbei gehandelt hat?«

»Das weiß ich auch noch nicht. Wir müssen auf jeden Fall das Umfeld und die Vergangenheit Schwinds unter die Lupe nehmen. Das könnte der Schlüssel zur Lösung sein.«

Seibold rieb sich die Hände, um den Kreidestaub zu entfernen. »Noch etwas«, er nahm den Tafelschwamm von der Ablage und wischte den dicken Trennstrich weg, »besteht nicht auch die Möglichkeit, dass alle Mordfälle in einem Zusammenhang stehen?«

Die Rheinbacher Polizisten starrten Seibold ungläubig an.

»Wenn man bedenkt, dass Rheinbach jahrelang ein friedliches Städtchen war und jetzt schon innerhalb von wenigen Tagen drei Morde geschehen sind, sollte man die Option nicht außer Acht lassen, dass da ein Zusammenhang bestehen könnte.«

Der Kommissar schaute seine Zuhörer abwartend an.

»Oder es kann auch nur reiner Zufall sein«, gab Raaf zu bedenken. »Durchaus möglich«, antwortete Seibold.

»Ich glaube, du steigerst dich da in etwas hinein«, meldete sich Vornhagen zu Wort. »Ich kann dir ja noch folgen, wenn du berechtigte Bedenken an der Täterschaft Eschweilers bei den Morden an Schragen und Schwind hast. Aber bei Fuchs und Hörnig sind doch die Sachlage und das Motiv eindeutig. Außerdem, warum sollte Fuchs sich aus dem Staub machen, wenn er es nicht getan hat?«

»Vielleicht hat er Angst«, entgegnete Seibold. »Er weiß, dass ihn nach dem, was Weiberfastnacht in der Gaststube *Burrenkopf* vorgefallen ist, jeder für den Mörder hält. Ich habe eben von Burrenkopf gehört, dass die Fußballkameraden von Hörnig schon die Messer gewetzt haben.«

»Schragen und Schwind haben aber doch gar nichts mit Hörnig zu tun. Wie willst du da einen Zusammenhang herstellen?«

»Auch das weiß ich noch nicht, aber ich versuche ihn zu finden.«

»Na, dann mal viel Glück.«

Vornhagen lockerte seinen Schal und ließ sich tiefer in den Sessel sinken.

In diesem Augenblick mischte sich Traudel Henrich ein, die im Wachraum geblieben war und die Diskussion mitbekommen hatte. »Vielleicht hat Tante Lisa doch recht mit ihrem Spruch vom Februarblut«, sagte sie, »vielleicht steckt wahrhaftig der Teufel dahinter.«

»Das kann schon sein, Frau Henrich«, entgegnete Seibold und legte die Stirn in Falten, »aber dann ist es ein Teufel in Menschengestalt.«

Samstag, 14. Februar 1953, 10 Uhr 23

Der Kommissar hatte sich entschieden, dieses Mal den Weg über Flerzheim und Witterschlick nach Bonn zu nehmen. Der VW musste aufgetankt werden, und er hatte am Dienstag auf der Hinfahrt in Volmershoven eine Tankstelle gesehen.

Elvira Eschweiler hatte ihn pünktlich um zehn Uhr schon vor der Haustüre erwartet. Sie trug einen beigefarbenen Kamelhaarmantel und schwarze Lederstiefel. Als sie in den Wagen einstieg, fiel Seibold das erste Mal auf, dass sie, mit ihrer gepflegten Hochfrisur und dezent geschminkt, durchaus attraktiv war.

Während der Fahrt schilderte ihr der Kommissar seine Sichtweise der Mordfälle und fragte, ob ihr Anhaltspunkte einfielen, die seine These untermauern könnten. Sie verneinte mit dem Hinweis, dass sie seit vielen Jahren sehr zurückgezogen lebte und somit wenig mitbekam, was in Rheinbach vor sich ging.

Da ihre Fahrt nicht, wie Seibold eigentlich befürchtet hatte, durch neuerlichen Schneefall beeinträchtigt wurde, konnte er seine Mitfahrerin schon um zehn Uhr fünfundvierzig am Untersuchungsgefängnis absetzen.

Anschließend fuhr Seibold zu seiner Wohnung in der Colmantstraße.

Auf dem Weg dorthin hielt er an einem Kiosk und kaufte einen Blumenstrauß und eine Schachtel Pralinen für Frau Niewöhner, die unter ihm wohnte und sich während seiner Abwesenheit um seine Wohnung und seine Katze kümmerte.

Als er das Mehrfamilienhaus betrat, leerte er zunächst seinen Briefkasten. Dann klingelte er bei Frau Niewöhner, bedankte sich für ihre Mühe und überreichte ihr die Geschenke.

Nachdem er sie gebeten hatte, in seiner Wohnung auch weiterhin nach dem Rechten zu sehen, da er doch noch einige Tage in Rheinbach ermitteln müsse, stapfte er die Treppe hinauf und öffnete seine Wohnungstür.

Er hatte sein Zuhause am Dienstagmorgen überstürzt verlassen und erkannte sofort, dass Frau Niewöhner aufgeräumt und geputzt hatte. Zunächst überkam ihn ein schlechtes Gewissen. Aber der Gedanke, dass die alte Frau, die seit vielen Jahren alleine lebte, diese Aufgabe sehr gerne übernahm, beruhigte ihn wieder.

Sein Kater Purzel sprang von der Couch und lief ihm entgegen. Als Seibold ihn streicheln wollte, wich er zunächst seinen Händen aus. Er schien zeigen zu wollen, dass er beleidigt war, weil Seibold ihn so viele Tage alleine gelassen hatte.

Schließlich machte er einen Buckel und schlawenzelte schnurrend um Seibolds Beine. Nachdem Seibold den Futternapf aufgefüllt hatte, ging er ins Schlafzimmer. Er öffnete seinen Koffer und holte die schmutzige Wäsche heraus. Dann setzte er sich an den Wohnzimmertisch, machte das Radio an und erledigte die Post. Um elf Uhr dreißig schaute er auf seine Uhr. Die letzte Woche in Rheinbach war anstrengend gewesen, und er fühlte sich müde und abgespannt. Er legte sich auf die Wohnzimmercouch, um etwas zu schlafen. Am Nachmittag hatte er noch genügend Zeit, die nötigen Besorgungen in der Innenstadt zu machen.

In diesem Moment spielte der Radiosender *In the mood*. Er stand auf und machte das Radio aus. Er wollte jetzt nichts hören, was ihn an Rheinbach erinnerte. Es war wichtig für ihn, einmal einige Stunden Abstand zu bekommen. Ursprünglich hatte er vorgehabt, erst am Sonntag wieder zurückzufahren. Aber Traudel Henrichs Einladung, sie und Vornhagen zum heutigen Karnevalsball in Rheinbach zu begleiten, hatte er einfach nicht abschlagen können.

Seibold wachte um dreizehn Uhr fünfzehn auf und fühlte sich nach anfänglicher Benommenheit erholt, obwohl er einen wirren Traum gehabt hatte, in dem fast alle Personen, die er in Rheinbach kennengelernt hatte, eine Rolle spielten. Als er unter der Dusche stand, versuchte er, sich an die Handlung des Traumes zu erinnern. Aber sein Unterbewusstsein hatte den Traum schon zugedeckt.

Er ging ins Schlafzimmer und verstaute die schmutzige Wäsche in einem Leinensack. Normalerweise wusch er seine Wäsche selber zu Hause, aber heute war dafür keine Zeit. Er verließ die Wohnung und fuhr zunächst zum Polizeipräsidium. Dort übergab er dem wachhabenden Kollegen die letzten Ermittlungsberichte mit der Bitte, sie Hausschildt so bald wie möglich zu übergeben.

Dann machte er sich auf den Weg in die Innenstadt. Ihm fiel angenehm auf, dass es in Bonn um einige Grade wärmer war als in der Voreifel. Als er Hunger verspürte, suchte er sein Stammlokal *Zum Stiefel* auf, wo er sich das Gericht Himmel on Ääd bestellte. Er musste jedoch feststellen, dass dieses Gericht hier geschmacklich bei Weitem nicht mit dem Tante Lisas auf der Polligstraße in Rheinbach konkurrieren konnte. Als er die Gaststätte verließ, traf er auf seinen Kollegen Dieter Jungbluth. Dieser wollte ihn überreden, auf ein paar Bier in das Lokal zurückzukehren. Seibold lehnte ab und sagte auch seine Teilnahme am Bonner Rosenmontagszug ab, mit der Begründung, dass ihn seine Aufgabe in Rheinbach zu sehr in Anspruch nehme.

Er schilderte seinem Kollegen kurz die Geschehnisse in Rheinbach und stellte in Aussicht, dass er je nach Entwicklung der Ereignisse noch einen Kollegen zur Unterstützung brauche.

»Aber bitte erst nach Karneval«, bat Jungbluth und war froh, in die Gaststätte verschwinden zu können.

Seibold sah ihm nach und konnte sich ein Grinsen nicht verkneifen. Anschließend machte er sich auf die Suche nach einem Waschsalon. Er fand schließlich einen in der Sternstraße. Dann ging er in den Kaufhof.

In der Kosmetikabteilung in Parterre fragte er eine Verkäuferin nach dem Stockwerk, in dem man Karnevalskostüme kaufen konnte. Traudel Henrich hatte ihm erklärt, dass es sich bei der heutigen Karnevalsveranstaltung um einen Preiskostümball handelte und dass er sich ja nicht trauen sollte, unverkleidet zu erscheinen. Als er in der Karnevalsabteilung angelangt war und die vielen unterschiedlichen

Möglichkeiten sah, sich zu kostümieren, wurde ihm erst klar, wie sich sein Leben innerhalb einer Woche verändert hatte. Hätte ihm vor wenigen Tagen jemand vorausgesagt, dass er heute eine Karnevalsabteilung aufsuchen würde, um ein Kostüm zu erstehen, er hätte ihn für verrückt erklärt.

Nach langer Suche entschied sich Seibold schließlich für ein Cowboykostüm mit Hut, Weste und Revolverhalfter samt Pistolen. Als er noch einen Sheriffstern erstand und schließlich die Sachen vor einem Spiegel anprobierte, fand er, dass er äußerst fesch darin aussah, und bildete sich ein, Traudel Henrich damit zu gefallen. Außerdem, rechtfertigte er seine Wahl, hatte diese Verkleidung wenigstens einen Bezug zu seinem Beruf.

Anschließend stattete er noch der Lebensmittelabteilung einen Besuch ab und kaufte einige Dosen Katzenfutter und Frischmilch. Dann fuhr er wieder zu seiner Wohnung in der Colmantstraße. Dort packte er seinen Koffer und verabschiedete sich von seinem Kater und Frau Niewöhner.

Als er gegen sechzehn Uhr Elvira Eschweiler am Untersuchungsgefängnis abholte, musste er sich eingestehen, dass er sich auf Rheinbach und den Abend freute.

Walter Seibold parkte gegen halb fünf vor der Polizeiwache in Rheinbach.

Als er sah, dass dort noch Licht brannte, stieg er aus und ging hinein. Manfred Raaf war gerade im Begriff, seine Sachen zusammenzupacken, um seinen Dienst zu beenden. An Raafs säuerlichem Gesichtsausdruck konnte Seibold erkennen, dass sein Erscheinen zu diesem Zeitpunkt gar nicht mehr willkommen war.

»Herr Raaf, ich weiß, Sie wollen jetzt nach Hause, und ich will Sie nicht länger aufhalten«, sagte der Kommissar mit einer entschuldigenden Geste. »Nur noch eine kurze Frage: Haben Sie Informationen über den Aufenthalt von Fuchs erhalten?«

»Leider nein«, antwortete der Polizist, »keiner seiner Fußballfreunde konnte oder wollte Angaben über seinen Verbleib machen. Morgen werden wir noch einige befragen, die wir heute nicht erreicht haben. Aber wenn Sie mich fragen ... ich glaube nicht, dass er sich noch in Rheinbach aufhält.«

Raaf schob Seibold sanft durch die Eingangstür nach draußen. »Aber Sie haben ihn ja zur Fahndung ausgeschrieben. Unsere Kollegen werden ihn bald schnappen.«

»Hoffen wirs«, sagte Seibold und schlug sich den Mantelkragen hoch, denn eine eisige Windböe wehte Schnee von den Dächern.

Raaf löschte das Licht und schloss die Tür zur Polizeiwache ab.

»Traudel hat mir erzählt, dass Sie heute Abend auch auf den Ball kommen«, sagte er keuchend, als er mit einiger Anstrengung sein Fahrrad bestieg, »ich freue mich schon darauf. Es wird Zeit, dass wir nach dieser verrückten Woche einmal auf andere Gedanken kommen.«

Seibold nickte.

»Dann bis nachher«, sagte er und blickte Raaf nach, wie er leicht schliddernd von der Grabenstraße in die Hauptstraße einbog.

In diesem Moment fiel dem Kommissar ein, dass er vergessen hatte, Raaf die Schlüssel für das geliehene Polizeifahrzeug zurückzugeben. Er blieb eine Weile unschlüssig stehen, dann schaute er auf seine Uhr. Als er sah, dass noch genügend Zeit bis zum vereinbarten Treffen mit Traudel und Vornhagen blieb, stieg er wieder ins Auto.

Er hatte sich entschlossen, noch einmal Schmecke Michelche in Scherbach aufzusuchen.

»Guter Hund! Sei ganz brav!« Seibold sprach beruhigend auf den Schäferhund ein, der wie wild an der Kette riss und ihn anbellte.

Es dämmerte schon, und er wunderte sich, dass durch die kleinen Fenster kein Lichtschein zu erkennen war, obwohl die Holzläden noch geöffnet waren. Er ging auf die Hütte zu und versuchte, hineinzuspähen. Er konnte nichts erkennen. Dann ging er zum Eingang und zog an dem Bretterverschlag, der als Haustüre diente. Er war nicht verschlossen.

Als er die Behausung betrat, heulte der Hund noch einmal laut auf und sprang den Eindringling wütend an. Der Kommissar betete, dass die Kette hielt. Dann tastete er sich langsam in den dunklen Raum und suchte vergebens nach einem Lichtschalter. Er schüttelte den Kopf. Er hätte wissen müssen, dass er hier kein elektrisches Licht erwarten durfte. Die einzige Lichtquelle, die den Raum ein wenig erhellte, war die Glut, die durch die Ritzen des Herdes schimmerte.

Nachdem er sich davon überzeugt hatte, dass sich Schmecke Michelche nicht im Wohnraum aufhielt, betrat er eine niedrige Kammer, die sich links vom Eingang befand. Er erkannte, dass er sich im Schlafzimmer befand. Der Raum war nicht möbliert. Nur ein klappriges Bettgestell, das mit einer alten Matratze und einem schmutzigen Federbett bedeckt war, stand an der hinteren Wand. Seibold tastete sich zur Eingangstür zurück und war froh, dem beißenden Gestank zu entkommen.

Als er draußen war, schlich er nah an der Außenmauer entlang, um an die Rückseite der Hütte zu gelangen. Dabei achtete er darauf, nicht in den Aktionsradius des Hundes zu gelangen.

»He, Sie da! Was haben Sie dort zu suchen?«

Seibold fuhr herum und erkannte einen stämmigen Mann in großen Gummistiefeln, der sich ihm von einer Wiese unterhalb der Hütte näherte.

»Mein Name ist Walter Seibold. Ich bin Kriminalbeamter und suche den Bewohner dieser Behausung hier«, rief der Kommissar dem Mann entgegen.

Als Seibold ihm den Polizeiausweis entgegenhielt, blieb er stehen und wurde freundlicher.

»Ich habe Michel vor ungefähr zehn Minuten gesehen. Er ging den Weg hinunter in Richtung Wald. Mich wunderte es, dass er ohne den Hund seine Hütte noch so kurz vor der Dämmerung verließ. Ohne Senta ist er eigentlich nie unterwegs. Ich habe ihm noch hinterhergerufen. Aber er hat nicht reagiert. Es kam mir vor, als würde er regelrecht in Panik vor mir fliehen.«

»Kennen Sie Michel näher?«

»Ich bin Landwirt, und mir gehören die angrenzenden Weiden hier.« Der Mann drehte sich um und nickte in Richtung der Wiesenflächen, die sich bis zum Fuße des Talgrundes erstreckten. »Da kommt es schon mal häufiger vor, dass ich Michel hier antreffe.«

»Aus welchem Grund sind Sie heute hier?«

»Ich repariere dort hinten die Weidenzäune.«

»Wie lange machen Sie das schon?«

»Seit ungefähr zwei Stunden.«

»Haben Sie jemanden in der Zeit in der Nähe der Hütte gesehen?«

Der Bauer schüttelte den Kopf. »Nein, aber mir fiel auf, dass Senta einmal sehr heftig anschlug. Gesehen habe ich aber niemanden. Ich war aber auch zu sehr mit meiner Arbeit beschäftigt.«

»Wie ist Ihr Name?«, fragte der Kommissar. »Für den Fall, dass ich Sie noch einmal kontaktieren muss.«

»Reuter«, sagte der Mann, »Hermann Reuter, mein Hof befindet sich in Klein-Schlebach.«

»Herr Reuter, vielen Dank für Ihre Auskünfte.«

Seibold holte seinen Notizblock aus der Manteltasche und notierte den Namen. »Falls Michel wieder auftauchen sollte, sagen Sie ihm bitte, dass ich hier war und ihn dringend sprechen möchte.«

»Ich gehe jetzt ebenfalls «, entgegnete Hermann Reuter. »Es ist zu dunkel, um weiterzuarbeiten. Aber wenn ich ihn treffen sollte, sage ich ihm Bescheid.«

Seibold nickte und verstaute seinen Notizblock wieder in der Manteltasche.

»Herr Kommissar, noch eine Frage. Wollten Sie mit Michel wegen der Sache sprechen, die sich gestern in der Frühe am Frischen Brünnchen abgespielt hat?«

»Ja, ich gehe davon aus, dass er irgendetwas gesehen hat. Außerdem hatte ich bei unserem Gespräch den Eindruck, dass er große Angst hatte. Sein seltsames Verhalten, das Sie eben geschildert haben, bekräftigt mich in dieser Annahme.«

»Wenn Sie mich fragen, ich glaube nicht, dass Ihnen der alte Mann wirklich weiterhelfen kann. Sein Geisteszustand hat sich in der letzten Zeit erheblich verschlechtert.«

Die Stimmlage des Bauern wurde lauter. »Ich kann Ihnen aber sagen, dass man kein großartiger Kriminologe sein muss, um diesen Fall zu lösen. Es waren die Dreckskerle aus Rheinbach.«

Er redete sich in Wut. »Die müssen Sie suchen. Bei dem Hass, der sich da aufgebaut hat, habe ich kommen sehen, dass so etwas irgendwann mal passieren würde.«

»Es wird wohl so sein«, antwortete Seibold beschwichtigend und reichte dem Bauern die Hand. »Ich wünsche Ihnen noch einen angenehmen Abend, Herr Reuter.«

Der Kommissar drehte sich um und ging wieder auf die Vorderseite der Hütte. Der Schäferhund knurrte ihn an und begann wieder zu bellen.

Zuerst wollte Seibold gehen. Doch dann entschied er sich umzukehren. Er ging langsam auf den Hund zu und sprach beruhigend auf ihn ein. Nur ja keine Angst zeigen, sagte sich Seibold. Das zornige Gebell ging langsam in ein unterwürfiges Gejaule über. Als Seibold ihm ganz nahe war, legte sich der Hund hin und wedelte mit dem Schwanz. Der Kommissar kniete sich neben ihn und kraulte ihn hinter den Ohren.

»Beruhige dich, Senta«, murmelte er, »Michel wird schon wieder zurückkommen.«

Er zweifelte selber an seinen Worten und dachte daran, was der Bauer ihm eben gesagt hatte. Schmecke Michelche würde niemals seine Hütte ohne seinen Hund verlassen. Als er aufstand und den Weg hinunter zum Auto nahm, hatte er die böse Vorahnung, dass mit Michel irgendetwas passiert sein musste.

Samstag, 14. Februar 1953, 19 Uhr

»Pünktlich wie die Maurer«, sagte Traudel Henrich, als sie Seibold die Tür in Tante Lisas Haus auf der Polligstraße öffnete. Sie machte einen Schritt zurück und betrachtete den Kommissar von oben bis unten. Seibolds Beine fühlten sich wie Gummi an. Wieder setzte sie ihr unwiderstehliches Lächeln auf. »Da haben wir aber einen ganz stattlichen Sheriff.«

Sie drehte sich nach Toni Vornhagen um, der am Küchentisch saß und rauchte.

Der konnte sich ein Lachen nicht verkneifen. »Ich bin eh der Meinung, dass man über Karneval den Verbrechern kostümiert zu Leibe rücken sollte. Traudel, male unserem Kommissar noch einen kleinen Schnauzbart an! Dann sieht er aus wie Erol Flynn.«

Seibold hatte den Kloß im Hals überwunden.

»Mach dich ruhig über mich lustig, Toni«, entgegnete er und trat ins Zimmer, »du glaubst gar nicht, welche Überwindung es mich gekostet hat, heute Abend hier so zu erscheinen. Ich hätte das nie gemacht, wenn ich dir nicht versprochen hätte, mich heute Abend um Frau Henrich zu kümmern.«

Seibold zog seinen Mantel aus und setzte sich an den Tisch.

»Daran sieht man wieder, dass du nicht aus dem Rheinland kommst. Damit haben wir hier überhaupt kein Problem.«

»Ist Tante Lisa nicht zu Hause?«, fragte Seibold und war froh, mit dieser Frage das Gespräch auf ein anderes Thema zu bringen.

»Nein, sie ist mit Maria in die Abendmesse gegangen«, antwortete Traudel Henrich, die den beiden Männern amüsiert zugehört hatte.

»Dann geben Sie ihr bitte das hier von mir!« Seibold legte eine Schachtel Pralinen und eine Tafel Schokolade auf den Tisch. »Bedanken Sie sich bitte in meinem Namen noch einmal für das leckere Essen vorgestern. Die Schokolade ist für Maria.«

»Oh, vielen Dank. Damit machen Sie den beiden sicherlich eine große Freude.«

Traudel Henrich nahm die Geschenke vom Tisch und verstaute sie in einer Schublade des Küchenschrankes. Dann öffnete sie die obere Schranktür, holte eine Flasche Korn und zwei Schnapsgläser heraus und stellte sie auf den Tisch.

»Damit ihr beide euch schon ein wenig aufwärmen könnt, während ich mich umziehe.«

Nachdem sie die beiden Gläser gefüllt hatte, schaute sie Toni Vornhagen an und sagte: »Nochmals vielen Dank für alles, Toni.«

»Ist schon okay, Traudel«, entgegnete Vornhagen und machte eine wegwerfende Handbewegung.

»Was hast du denn gemacht?« Seibold konnte sich die neugierige Frage einfach nicht verkneifen.

»Ich habe den Damen heute Nachmittag ein neues Waschbecken im Bad angeschlossen.«

Erst jetzt fiel Seibold auf, dass Vornhagen einen blauen Arbeitsanzug trug.

»Und so etwas kannst du?«

»Es gibt rund um das Haus nichts, was Toni nicht kann«, sagte Traudel Henrich und zwinkerte Vornhagen zu. Dann verschwand sie im Nebenzimmer. Vornhagen schaute ihr nach.

»Prost, Walter! Auf einen schönen Abend.«

Er nahm sein Glas und leerte es mit einem Schluck.

»Schnaps schon so früh am Abend«, sagte Seibold und trank ebenfalls sein Glas aus. »Das fängt ja gut an.«

»Es gibt viele hier in Rheinbach, die zu jedem Bier einen Korn trinken«, erklärte der Polizeichef.

»Um Gottes willen!« Seibold schüttelte ungläubig den Kopf.

»Und glaube mir, sie behaupten, dass man damit steinalt wird.« Vornhagen wollte noch etwas hinzufügen, aber er wurde von einem heftigen Hustenanfall unterbrochen. Er verzog sein Gesicht und drückte die Zigarette aus. »Ich glaube, die lasse ich heute mal besser aus dem Leib«, keuchte er und rang nach Luft. »Ich habe meine Erkältung wohl noch immer nicht ganz überwunden.«

»Mach jetzt bloß nicht schlapp, Toni! Ich brauche dich die nächsten Tage noch dringend.«

Seibold drohte Vornhagen spaßeshalber mit dem Finger. »Es sieht nicht danach aus, dass Hausschildt mir in den nächsten Tagen Verstärkung schicken kann.«

»Keine Bange, Walter! Unkraut vergeht nicht.«

Vornhagen füllte die Gläser noch einmal nach. »Das hier ist die beste Medizin.«

Seibold kramte die Schlüssel des geliehenen Polizeiwagens aus der Hosentasche und legte sie vor Vornhagen auf den Tisch.

»Raaf sagte mir, ihr habt nichts in Sachen Fuchs erreicht. Er glaubt, dass er sich nicht mehr in Rheinbach aufhält. Bist du der gleichen Ansicht?«

»Das ist anzunehmen«, antwortete Vornhagen und verstaute die Wagenschlüssel in seiner Hosentasche. »Aber wir werden ihn über kurz oder lang schon schnappen.«

Wieder prostete Vornhagen Seibold zu und leerte sein Glas.

Der Kommissar ließ seinen Blick durch den Raum schweifen. Erst jetzt fiel ihm eine Fotografie auf, die auf einer kleinen Kommode stand und einen jungen Mann in Landseruniform zeigte.

»Ist das Traudels Henrichs Mann?«

Vornhagen schaute auf und nickte.

Als Seibold merkte, dass dem Polizisten dieses Thema unangenehm war, sagte er: »Ich bin übrigens eben noch einmal bei Schmecke Michelchen gewesen.«

»Und? War er gesprächiger als gestern?« Vornhagens ironischer Unterton war nicht zu überhören.

»Er war nicht zu Hause.«

Toni Vornhagen blickte Seibold erstaunt an und zuckte mit den Schultern.

»Ich habe in der Nähe der Hütte einen Bauern getroffen, der seinen Weidenzaun reparierte. Hermann Reuter. Kennst du ihn?«

Vornhagen nickte.

»Er sagte mir, dass er Michel gesehen hätte und dass er sich seltsam verhalten habe.«

»Was meinte er damit?«

»Michel hätte kurz vor meinem Eintreffen die Hütte wie in Panik verlassen. Er hätte auch auf sein Zurufen nicht reagiert. Vor allen Dingen erstaunte ihn, dass er sich ohne seinen Hund noch so kurz vor der Dunkelheit auf den Weg in Richtung Wald begab.«

»Da würde ich mir nicht allzu große Sorgen machen«, wiegelte der Polizist ab. »Erst vor wenigen Wochen erschien ein Wanderer auf der Polizeiwache und erzählte, er habe einen halbnackten Mann im Wald gesehen, der durchs Gebüsch sprang und laut Selbstgespräche führte.«

Vornhagen stand vom Stuhl auf und streckte sich.

»Es war Michel. Ich habe ihn gefunden und wieder nach Hause gebracht. Da hatte er übrigens seinen Hund auch nicht dabei. Manfred Raaf und ich haben damals lange überlegt, ob es nicht langsam an der Zeit sei, ihn nach Bonn in die Landesklinik einzuweisen.«

In diesem Moment öffnete sich die Tür zum Nebenzimmer einen Spalt weit.

Zuerst kam eine große rote Feder zum Vorschein. Dann folgte der Kopf Traudel Henrichs. Sie trug eine lange schwarze Perücke.

Sie grinste die Männer erwartungsfroh an.

»Oh je«, sagte Toni Vornhagen und ließ sich wieder auf den Stuhl fallen. »Jetzt kommen auch noch Indianer. Walter, ich habe dir doch gesagt: Rheinbach ist der Wilde Westen.«

Der Blöser-Ball im Saale *Strengs Stuben* auf der Martinstraße gehörte zu den beliebtesten Karnevalsveranstaltungen in Rheinbach und Umgebung. Er hatte seinen Namen von den Glasbläsern aus dem Sudetenland, die sich, nachdem sie aus ihrer Heimat vertrieben worden waren, nach dem Kriege in Rheinbach niedergelassen hatten. Das Land Nordrhein-Westfalen hatte ihnen erlaubt, in Rheinbach ihre in ihrer Heimat aufgegebene Glasfachschule wieder zu errichten, in der junge Menschen die Kunst des Glasveredelns erlernen konnten.

Eine besondere Attraktion des Balles war die geschmackvolle Dekoration des alten Ballsaales durch die sudetendeutschen Glaskünstler. Auch Seibold war fasziniert, als er mit Traudel Henrich an dem für sie und ihre Kegelschwestern reservierten Tisch Platz genommen hatte. Er konnte sich gar nicht sattsehen an den bunten Girlanden, Luftschlangen und den mit Karnevalsmotiven bemalten Bildern, die von der Decke herabhingen oder an den Wänden und der Balustrade angebracht waren.

Außerdem war der Blöser-Ball in der ganzen Umgebung der Preismaskenball mit den höchsten Preisgeldern für das schönste Kostüm. Der Bonner Kommissar war verblüfft über den Einfallsreichtum der Rheinbacher, besonders wenn es darum ging, sich als einheitliche Gruppe kostümiert zu präsentieren.

So gaben Haremsdamen mit ihrem Pascha, ganze Hunnen- und Indianerstämme, mehrere Clownsgruppen und viele andere originelle Ideen dem Karnevalstreiben ein buntes Bild und konkurrierten um den ersten Preis in den Kategorien Originalität und Schönheit. Besonders eine Horde Menschenaffen mit zotteligem Fell und lebensechten Gorillamasken, die kurz nach Beginn der Veranstaltung in den Saal einbrach, sorgte für viel Gelächter und Spaß bei den Gästen. Die »Affen« rannten laut schnatternd über die Tische, neckten die Gäste und kletterten die Säulen der Balustrade hinauf. Einige hängten sich sogar an den Kronleuchter des Saales und schwangen daran herum, sehr zum Ärger des Wirtes, der unter lautem Gejohle der Anwesenden versuchte, sie davon abzubringen.

Pünktlich um zwanzig Uhr elf kündete ein Tusch der Musikkapelle den offiziellen Beginn der Veranstaltung an. Als das Stimmengewirr der Ballgäste allmählich verebbte, war von der Eingangstür Trommelwirbel zu hören. Dann setzten die Fanfaren eines Spielmannszuges ein.

Die Gäste erhoben sich von ihren Sitzen und begleiteten den Einzug der Musikanten mit rhythmischem Klatschen. Als Erster erschien Toni Vornhagen, der mit gezogenem Säbel den Einmarsch seiner Prinzengarde anführte. Am Ende des Zuges folgte das Rheinbacher Prinzenpaar, das unter großem Beifall und Gejohle den Ballsaal betrat. Freundlich winkend und Kusshändchen werfend, drehte der Zug eine Runde auf der Tanzfläche und versammelte sich wohlgeordnet auf der Bühne. Es folgten Reden und Ordensverleihungen, immer wieder unterbrochen von Hochrufen: »Rheinbach-drei-Mal-Alaaf.«

Am Ende der Eröffnungsveranstaltung führte die Prinzengarde einen Tanz auf, der Seibold doch etwas befremdete. Auf Befehl Vornhagens vollführten die Gardesoldaten unter eingängiger Marschmusik zunächst Schrittkombinationen, die Seibold an Exerzierübungen erinnerten. Dann stellten sie sich paarweise Rücken an Rücken und rieben ihre Hinterteile aneinander. Als Traudel Henrich den erstaunten Gesichtsausdruck des Kommissars sah, erklärte sie ihm den Ursprung dieser Tanzübung, die Stippeföttche genannt wurde.

Seibold schüttelte den Kopf und schaute wieder auf die Bühne. Dort bedankte sich Vornhagen gerade für den freundlichen Applaus, wünschte der Karnevalsgesellschaft noch einen schönen Abend und erklärte bedauernd, dass die Prinzengarde nun den Saal verlassen müsse, da sie noch weitere Veranstaltungen in Wormersdorf, Flerzheim und Oberdrees aufzusuchen hätte. Als der Gardekommandant beim Ausmarsch Traudel Henrich und Seibold unter den Gästen erkannte, rief er dem Kommissar augenzwinkernd zu: »Pass mir nur ja gut auf Traudel auf!«

»Ich tue mein Bestes«, gab Seibold zur Antwort und winkte Vornhagen und der Karnevalsgesellschaft nach, bis sie den Saal verlassen hatten.

Seibold hatte gerade wieder Platz genommen, als die Musikkapelle das beliebte Lied vom *Lehrer Welsch* anspielte. *In der Kaijass Nr. 0 steht en steenaal Schüll* ... Wie auf ein geheimes Kommando füllte sich die Tanzfläche.

Die Gäste des Tisches, an dem Traudel und Seibold saßen, hakten sich unter und begleiteten das Lied schunkelnderweise. Als die Kapelle anschließend das Lied *Wir sind die Eingeborenen von Tri-Zonesien* anspielte, schaute Traudel Henrich Seibold mit einem bittenden Gesichtsausdruck an. »Kommen Sie, Herr Kommissar! Das ist mein Lieblingslied. Das müssen Sie unbedingt mit mir tanzen.«

Seibold zögerte. Er hatte das letzte Mal mit Karin im Jahre vierundvierzig auf einem Offiziersball getanzt und hatte arge Bedenken, sich zu blamieren.

Aber Traudel ließ ihm keine Wahl. Sie war schon aufgestanden und zog ihn auf die Tanzfläche. Schon nach wenigen

Tanzschritten erkannte er, dass Traudel eine ausgezeichnete Tänzerin war. Auch hierin ähnelte sie sehr seiner verstorbenen Frau. Sie hatte seine anfängliche Unsicherheit bemerkt und führte ihn geschickt durch die ersten Tanzschritte, indem sie bei den Drehungen sanft das Kommando übernahm. Dabei schaute sie ihn unentwegt mit ihrem strahlenden Lächeln an und begleitete das Lied, das so trefflich die Besatzungszeit im Rheinland auf die Schippe nahm, mit ihrer hellen Stimme.

Schon nach wenigen Takten löste sich seine Verkrampfung, und bald hatte er das Gefühl, noch stundenlang mit Traudel weitertanzen zu können.

Als das letzte Lied in der Tanzrunde, ein langsamer Walzer, gespielt wurde, hielt er einen Moment beim Tanzen inne. War es wirklich so oder bildete er sich nur ein, dass sich Traudel an ihn schmiegte?

»Mein Gott, das bringt einen doch ganz schön aus der Puste«, sagte Traudel Henrich, holte ein Taschentuch hervor und wischte sich damit über die Stirn. Schon mehr als zwei Stunden hatten die beiden keine Tanzrunde ausgelassen, besonders der letzte Swing hatte ihnen ganz schön den Schweiß ins Gesicht getrieben. Gerade wollte sich Seibold geschafft hinsetzen, als seine Tanzpartnerin vorschlug, die Sektbar aufzusuchen.

Seibold stimmte zu. Er hatte den Eindruck, dass sie mit diesem Vorschlag auch den neugierigen Blicken der Saalgäste entgehen wollte, denn es war augenscheinlich, dass die beiden unter besonderer Beobachtung standen. Vornhagens Bemühen um Traudel Henrich war schließlich in ganz Rheinbach bekannt.

Als sie die Treppe zur Balustrade hinaufstiegen, begegneten sie Manfred Raaf. Seibold hatte ihn zunächst nicht erkannt, da er sich als Pirat verkleidet hatte und eine Augenklappe trug. Im Arm hielt er eine junge, als Zigeunerin verkleidete Frau, die auf Seibold den Eindruck machte, schon reichlich angetrunken zu sein. Nachdem man einige Worte miteinander gewechselt hatte, ergriff Traudel Henrich Seibolds Arm und zog ihn ungeduldig hinter sich die Treppe hoch.

Obwohl die Sektbar von vielen Gästen umlagert war, hatten die beiden Glück, noch zwei unbesetzte Barhocker zu finden, auf denen sie Platz nahmen. Seibold bestellte zwei Gläser Sekt und prostete Traudel zu. Die Unterhaltung, die sie in der nächsten Stunde führten, wurde nach und nach vertraulicher.

Ließ man sich zunächst überwiegend über rein dienstliche Angelegenheiten aus, so bekam das Gespräch mehr und mehr eine persönliche Note und drehte sich schließlich um ihre augenblickliche Lebenssituation und die Trauer um ihre verstorbenen Ehepartner.

Endlich fasste sich Seibold ein Herz und sagte: »Frau Henrich, ich möchte Ihnen gerne das Du anbieten.« Fast entschuldigend fuhr er fort: »Ich glaube, das wäre auch in Tonis Sinne, denn es würde auch unsere kollegiale Zusammenarbeit verbessern.«

Traudel lächelte.

»Den gleichen Vorschlag wollte ich Ihnen auch gerade machen. Es ist doch unsinnig, dass man zusammen einen so schönen Abend verbringt und so förmlich miteinander umgeht.«

Traudel nahm ihr Glas in die Hand und drehte sich so zu Seibold hin, dass sie sich gegenübersaßen. »Aber nur unter der Voraussetzung«, sagte sie bestimmt, »dass wir das auf die rheinische Art machen.«

Seibold blickte ratlos.

»Wie sieht die aus?«

»Ganz einfach.«

Traudel führte ihr Glas um den Arm herum, mit dem der Kommissar sein Glas hielt.

»Man prostet sich mit verschränkten Armen zu«, erklärte sie, »und nennt sich beim Vornamen. Wenn das geschehen ist, gibt man sich einen Kuss.«

Traudel Henrich nippte an ihrem Glas.

»Ich heiße Traudel«, flüsterte sie.

Dann näherten sich ihre Lippen langsam dem Mund Seibolds.

Der Kommissar spürte ein heißes Kribbeln in seinem Bauch, als ihre weichen Lippen die seinen berührten, und er genoss es, dass die Länge des folgenden Kusses wohl weit über die des üblichen Zeremoniells hinausging. Als sich ihre Lippen trennten, blickten sie sich lange in die Augen. Als Seibold Traudels Blick sah, wurde ihm schlagartig klar, dass eingetroffen war, was er sich zwar in seinem Innersten gewünscht, aber nicht im Traum zu hoffen gewagt hatte. Mit dem gleichen Blick hatte Karin ihn an jenem Abend im Juni 1942 angesehen, als sie ihm ihre Liebe gestand. Einen Moment saß er still, wie vom Donner gerührt. Dann spürte er, wie ihm ein leichtes Frösteln durch den Körper lief und sein Puls schneller schlug. Ihm wurde bewusst, was dies für seine Freundschaft mit Toni Vornhagen bedeutete. Er war davon überzeugt, dass Toni ihn für einen Ehrenmann hielt, dem er Traudel an diesem Abend anvertraut hatte. Und jetzt sah es so aus, als nutze er diese Situation schamlos aus. Er fühlte sich schlecht und merkte leichte Übelkeit in sich aufsteigen. Traudel hatte seinen Zustand bemerkt und streichelte seine Wange. »Walter, was ist mit dir?«

»Traudel, ich ... ich«, stotterte er, »... ich glaube, ich muss einen Moment an die frische Luft.«

Er atmete tief durch. Dann drehte er sich um und drängte sich durch den Menschenpulk an der Sektbar. Er eilte kopflos die Treppe der Balustrade hinunter und stieß unten im Saal heftig mit einem Tanzpaar zusammen. Er entschuldigte sich und überquerte die Tanzfläche.

Als er auf dem Weg zum Ausgang war, vernahm er plötzlich einen markerschütternden Schrei. Er blieb stehen und versuchte die Richtung auszumachen, aus der der Schrei gekommen war. Als er zur Ausgangstür sah, erkannte er die Person, die ihn ausgestoßen hatte. Es war eine kleine, ältere Frau mit einer vor Schmutz starrenden, blauen Schürze, die die Aufgabe hatte, die Toiletten während der Veranstaltung sauber zu halten.

Seibold hatte sie bei einem Toilettengang vor gut anderthalb Stunden gesehen. Sie hatte an einem kleinen Tisch vor der Herrentoilette gesessen und sich freundlich bedankt, als er ihr ein Fünfzig-Pfennig-Stück in die Hand gedrückt hatte. Seibold blickte in ihr vor Entsetzen gezeichnetes Gesicht.

Wieder öffnete sie ihren Mund und schrie. Jetzt konnte er verstehen, was sie von sich gab. »Die Aap es dud! Die Aap es dud!«

Die übrigen Ballgäste in ihrer Nähe merkten erst allmählich, dass es sich nicht um einen Karnevalsscherz handelte, sondern dass das Entsetzen der Frau echt war. Langsam wurde es im Saal ruhig. Seibold stürzte an ihr vorbei und rannte hinaus.

Als er die Toilettentür erreichte, hatte wohl auch die Musikkapelle bemerkt, dass etwas Ungewöhnliches passiert war, denn sie hörte abrupt zu spielen auf. Er stieß die Tür auf und ging hinein.

Entsetzen stieg in ihm auf. Auf dem Boden vor den Urinierbecken lag, lang hingestreckt, eine Gestalt in einem Affenkostüm. Seibold erkannte sofort, dass es ein Mitglied der Affengruppe war, die die Karnevalsfestgäste zu Beginn der Veranstaltung so köstlich unterhalten hatte. Ein langes Messer mit einem schwarzen Griff war in Höhe des Herzens tief in den Rücken eingedrungen und ragte heraus. Eine schwarzrote Blutlache breitete sich auf den Fliesen des Toilettenbodens aus.

Seibold kniete nieder, schob das Affenkostüm am Unterarm nach oben und suchte den Puls. Als er ihn trotz intensiven Suchens nicht finden konnte, wusste er, dass es zu spät war. Er griff an den Hals des Toten und bekam den unteren Rand der Affenmaske zu fassen. Er streifte sie vorsichtig über das Gesicht.

Als er in die starren Augen blickte, erschrak er.

Er kannte den Mann.

Es war Theo Fuchs.

7. Kapitel

Sonntag, 15. Februar 1953, 0 Uhr 15

Seibold verabschiedete sich von Riesenkönig, der ihm versprach, die Fotos vom Tatort bis spätestens Sonntagmittag vorbeizubringen, und blickte den Sanitätern nach, die den Leichnam von Theo Fuchs abtransportierten.

Dann ging er in den Gastraum und setzte sich an einen der hinteren Tische. Er war nicht mit Traudel Henrich und Manfred Raaf nach Hause gegangen, denn er verspürte das Bedürfnis, einen Moment in Ruhe über die Geschehnisse der letzten Stunden nachzudenken. An der Theke diskutierte der Wirt, den alle Strengs Möb nannten, mit einigen Gäste über den Mord, während am Nebentisch die Veranstalter des Blöser-Balles versuchten, sich mit viel Alkohol über das unschöne Ende ihrer Veranstaltung hinwegzutrösten.

Seibold rührte ein Stück Zucker in seinen Kaffee. Er hatte nun auch das erste Mal nach der Entdeckung des Toten wieder Zeit, an das zu denken, was heute Abend zwischen ihm und Traudel Henrich geschehen war. Das Glücksgefühl, das ihn zunächst überkam, wurde sogleich von seinem schlechten Gewissen gegenüber Toni Vornhagen überschattet, besonders als er sah, dass dieser gerade den Schankraum betrat und auf seinen Tisch zusteuerte.

»Euch kann man ja wirklich keine Minute alleine lassen«, sagte Vornhagen sarkastisch. Seine Stimme war noch immer von der Erkältung angeschlagen. »Kaum ist man einen Moment nicht da, passiert schon wieder etwas.«

Als er Platz genommen hatte, fuhr er mit ernster Miene fort: »Ist es wirklich Theo Fuchs?«

Seibold nickte.

»Von wem hast du es erfahren?«

»Das Ereignis hat sich schon bis nach Oberdrees herumgesprochen. Einige Oberdreeser waren wohl auch Gäste hier auf dem Ball und haben die Geschichte sofort in Umlauf gebracht. Obwohl ich eigentlich vorhatte, den Rest des Abends mit einigen Oberdreeser Freunden zu verbringen, bin ich sofort rübergekommen.«

Erst jetzt fiel Seibold auf, dass Vornhagen noch immer seine Gardeuniform trug. Er selber hatte seine Verkleidung direkt nach der Entdeckung des Mordes ausgezogen und in einen Mülleimer geworfen. Der Mordfall am heutigen Abend hatte ihn drastisch daran erinnert, warum man ihn nach Rheinbach geschickt hatte.

»Wo ist Traudel?«

»Ich habe sie eben von Manfred Raaf nach Hause bringen lassen«, antwortete Seibold, »sie war fix und fertig. Sie und Raaf hatten die undankbare Aufgabe, alle Gäste im Saal festzuhalten und ihre Personalien aufzunehmen.«

»Was konntest du sonst noch in Erfahrung bringen?«, fragte der Rheinbacher Polizist und ließ seinen guten Vorsatz außer Acht, nicht mehr zu rauchen.

Seibold schilderte, wie er den Toten gefunden hatte.

»Hat die Klofrau jemanden gesehen?« Vornhagen blies den Zigarettenrauch leicht hüstelnd aus der Lunge.

»Nein, sie hatte ihren Platz vor der Toilettentür verlassen und sich in den Schankraum begeben, um sich eine Frikadelle zu kaufen. Dies scheint der Täter ausgenutzt zu haben. Ansonsten ist keinem der Ballgäste etwas Besonderes aufgefallen.«

Seibold schob Vornhagen den Aschenbecher zu.

»Wir haben aber zwei wichtige Hinweise, die uns weiterhelfen könnten«, fuhr er fort, »das Messer, das Fuchs getötet hat, stammt aus der hiesigen Küche.«

Der Kommissar zeigte auf eine Plastiktüte, in der sich das Beweisstück befand und die er neben sich auf einen Stuhl gelegt hatte.

»Des Weiteren hat eine Kellnerin mit dem Namen Elke Rottmann eine Person in einem Clownskostüm kurz vor der Tat aus der Küche kommen sehen. Dies kam ihr besonders verdächtig vor, weil die Küche schon seit einiger Zeit geschlossen hatte.«

»Das könnte eine heiße Spur sein«, sagte Vornhagen und pfiff durch die Zähne, »dann hat sich der Kreis der Verdächtigen ja schon auf die Ballbesucher mit Clownskostüm minimiert.«

»Nun mal langsam«, entgegnete Seibold, »erstens muss die Person im Clownskostüm nicht zwangsläufig auch die Tat begangen haben, und zweitens muss der Mörder nicht unbedingt ein Besucher des Blöser-Balles gewesen sein. Aber ich gebe dir recht. Wir sollten unsere Untersuchungen zunächst in diese Richtung konzentrieren.«

»Habt ihr ermitteln können, wie viele Personen in Clownskostümen anwesend waren?«

»Nach Aussage von Raaf waren es drei Gruppen und vier Einzelpersonen. Insgesamt dreiundzwanzig Ballgäste.«

Seibold führte die Kaffeetasse an den Mund und nahm einen Schluck. Er spürte, wie gut ihm das heiße Getränk tat.

»Interessant ist, dass eine Clownsgruppe aus Merzbach kam und sich darunter drei gute Fußballfreunde von Robert Hörnig befanden.«

»Sieh mal einer an«, Vornhagen hob die Augenbrauen, »welch ein Zufall! Dann sollten wir uns diese Brüder doch morgen einmal zuerst vornehmen!«

Vornhagen lächelte und signalisierte Strengs Möb, dass er noch ein Bier haben wollte.

Die Turmuhr der Kirche schlug ein Uhr, als sich Vornhagen und Seibold am Wilhelmsplatz voneinander verabschiedeten. Es war nicht mehr ganz so kalt wie in der Nacht zuvor, da der Himmel bedeckt war. So entschloss sich Seibold, den Weg zu seinem Nachtquartier gemächlich zurückzulegen. In der Hoffnung, dass die kalte Winterluft seinen Kopf klar machte, versuchte er, Ordnung in seine Gedanken zu bringen. Die Lösung der Mordfälle Hörnig und Fuchs schien für jedermann klar auf der Hand zu liegen.

Zu klar, sagte er sich.

Nein! Er schüttelte energisch den Kopf. Er wollte einfach nicht glauben, dass das Gewaltpotenzial dieser Menschen hier wegen einer bloßen Rivalität zwischen Junggesellen- und Fußballvereinen so groß werden kann, dass man einen Mord begeht.

Dann dachte er über sein Verhältnis zu Traudel Henrich nach.

Als er schließlich vor der Gaststättentür des *Hotel Burrenkopf* stand, hatte er sich entschieden. Er würde auf Traudel verzichten. Auch wenn es ihn noch so schmerzte. Das konnte er Toni Vornhagen einfach nicht antun. Als er hineinging, standen noch Gäste an der Theke. Jedermann wollte von ihm wissen, was sich auf dem Blöser-Ball abgespielt hatte.

Sonntag, 15. Februar 1953, 8 Uhr 47

Es schneite ganz kleine Flocken, die sehr schnell und fast senkrecht zu Boden fielen. Im Nu hatte sich im Innenhof des Hotels ein feiner Schneeteppich gebildet, über den Seibold seine NSU durch die Hoftür auf die Straße schob.

Als er den Blick zur Kirchturmuhr hob, wusste er nicht, ob es am diffusen Licht des grauen Schneehimmels lag oder ob er an Sehstörungen litt, denn die Zeiger der Uhr verschwammen vor seinen Augen. Er blieb stehen, senkte seinen Kopf und schloss eine Weile die Augen. Als er sie wieder öffnete, hatte sich sein Zustand nur unwesentlich gebessert, aber er erkannte, dass ein Auto direkt auf ihn zusteuerte. Hinter dem Lenkrad saß Vornhagen. Er hielt an und kurbelte das Fenster herunter.

»Walter, bring dein Motorrad wieder zurück und steig ein«, rief er und kniff die Augen zusammen, um sie vor den Schneeflocken, die in den Wagen rieselten, zu schützen.

»Wieso? Was ist denn passiert?«

»Wir müssen unsere Besprechung verschieben«, erwiderte der Polizist, »aber komm bei dem Mistwetter zuerst einmal ins Auto!«

Seibold drehte sich um und schob seine NSU wieder in den Hof.

Als er zurückkam und auf das Auto zusteuerte, wurden seine Sehstörungen so stark, dass er auf die Wagentür, die ihm Vornhagen aufhielt, zutaumelte.

»Ist es so glatt?«

Vornhagen hatte Seibolds Zustand bemerkt.

»Und ob«, log der Kommissar, »fahr vorsichtig!«

Dann legte er seine Handschuhe und seinen Hut auf den Rücksitz. »Aber sage endlich, was los ist!«

Vornhagen setzte den Wagen zurück. Dann bog er in die Bachstraße ein.

»Ich habe eben einen Anruf von Förster Münster erhalten. Er hat Schmecke Michelche gefunden.«

Vornhagen machte eine Pause. Seibold schaute ihn mit einem beunruhigten Blick an.

»Ist ihm was zugestoßen?«

»Er hat sich am Beuelskopf erhängt.«

»Nein, das darf doch nicht wahr sein!« Seibold schlug sich auf den Oberschenkel. »Ich habe es geahnt!«

Er machte sich bittere Vorwürfe. Er musste sich eingestehen, nicht genug unternommen zu haben, um dies zu verhindern.

Der Beuelskopf ist mit zweihundertzweiundneunzig Metern die höchste Erhebung im Rheinbacher Stadtwald und befindet sich südwestlich des Voreifelstädtchens auf den ersten Eifelhöhen in Richtung Merzbach. An dieser Stelle ließen der damalige Stadtförster Hans Wischeler und der Eifelverein im Jahre 1925 einen mehrstöckigen, zwölf Meter hohen Aussichtsturm neben ihrer Eifelhütte bauen. Da man von seiner obersten Plattform einen wunderschönen Blick über die Voreifel, die Ville und die Kölner Bucht genießen konnte, war er seit vielen Jahren ein beliebtes Ausflugsziel für Wanderer von nah und fern.

Vornhagen hatte den Wagen hinter dem Mercedes von Dr. Schmitt am Waldrand oberhalb von Klein-Schlebach geparkt. Der Schneefall hatte glücklicherweise nachgelassen. Die letzten dreihundert Meter zum Aussichtsturm konnten nur zu Fuß zurückgelegt werden. Bei ihrem Aufstieg, der an einigen mit Wasser gefüllten Bombentrichtern vorbeiführte, erzählte Vornhagen, dass er den Arzt schon in aller Frühe verständigt hatte. Außerdem hatte er Manfred Raaf veranlasst, die drei Fußballkollegen von Robert Hörnig, die gestern den Blöser-Ball besucht hatten, für eine Vernehmung um elf Uhr in der Polizeiwache vorzuladen.

Seibold hatte nur unkonzentriert zugehört. Seine Sehstörungen waren zwar nahezu verschwunden, aber noch immer bedrückten ihn der Tod Schmecke Michelchens und sein schlechtes Gewissen. Er warf sich vor, dass er sich in der letzten Zeit zu sehr von seinen eigentlichen Aufgaben hatte ablenken lassen. Es musste ihm gelingen, Traudel Henrich aus seinem Kopf zu verbannen.

Schon von Weitem war die Spitze des Aussichtsturmes, der sich über die Wipfel der Bäume erhob, zu erkennen. Am Fuße des Turmes hatte sich eine kleine Menschenmenge angesammelt. Als sie nahe genug herangekommen waren, um einzelne Personen identifizieren zu können, erkannte Seibold Dr. Schmitt. Der Arzt sah müde und fahl im Gesicht aus. Man merkte ihm an, dass die Ereignisse der letzten Tage auch bei ihm Spuren hinterlassen hatten.

Daneben stand ein hoch aufgeschossener Mann in einer grünen Jägertracht, an dessen Füßen sich ein Jagdhund niedergelassen hatte.

Die übrigen Personen waren anscheinend Wanderer, die an diesem Morgen den Beuelskopf aufgesucht hatten.

Vornhagen schritt auf den Förster zu und reichte ihm die Hand. »Guten Morgen, Herr Münster! Danke, dass Sie mich sofort informiert haben. Darf ich Ihnen Herrn Seibold vorstellen? Er ist von der Mordkommission Bonn nach Rheinbach abkommandiert, um die Mordfälle der letzten Tage zu untersuchen.«

»Eine schreckliche Geschichte«, entgegnete Münster und schüttelte Seibold die Hand. »Aber bei Michel scheint es sich doch wohl um einen Selbstmord zu handeln. Warum ist das für euch interessant?«

»Wir können vielleicht davon ausgehen, dass er Zeuge des Mordes an Robert Hörnig war. Außerdem erfordert auch jede Selbsttötung eine polizeiliche Untersuchung«, entgegnete Seibold.

»Ah, ich verstehe ...«, der Förster nahm seinen Hut ab und kratzte sich am Kopf, »... unter diesen Umständen ziehen Sie also eine Selbsttötung in Zweifel?«

In der Erwartung einer Antwort auf diese Feststellung richteten die Umstehenden ihre Blicke auf Dr. Schmitt, der seine Untersuchung an der Leiche beendet hatte und sich mühsam aufrichtete. Seibold konnte jetzt den Kopf und den Oberkörper des Toten erkennen. Deutlich waren die Strangulationsmerkmale am Hals und die bläuliche Zunge, die der geöffnete Mund freigab, zu erkennen.

»Nach der ersten Untersuchung kann ich keine weitere Gewaltanwendung erkennen«, sagte der Arzt, der das Gespräch mitbekommen hatte, »ich würde davon ausgehen, dass er freiwillig aus dem Leben geschieden ist.«

»Oder man hat ihn dazu getrieben«, warf Seibold ein. »Menschen mit seinem Gemüt sind sehr leicht durch Angst zu so einer Tat zu verleiten.«

»Schon möglich«, antwortete Dr. Schmitt und zuckte mit den Schultern.

» Wann, meinen Sie, ist die Tat begangen worden?«, fragte Seibold den Arzt.

»Nach der Körperstarre zu urteilen, muss es wohl schon gestern Abend geschehen sein.«

»Wo hat er sich aufgehangen?«

Diesmal richtete sich der Kommissar an den Förster.

»Dort hinten!«

Münster zeigte auf einen schweren, breiten Balken, der als Querverstrebung die untere Etage des mächtigen Turmes stabilisierte.

»Die Reste des Seils sind noch zu erkennen«, fuhr er fort, »ich habe ihn mit Hilfe der ersten Wanderer, die hier oben ankamen, abgenommen.«

Dabei nickte er mit dem Kopf in die Richtung einer Wandergruppe, die im Begriff war, ihre Rucksäcke anzuziehen, um ihren Weg fortzusetzen.

»Es war kein schöner Anblick. Ich hoffe, Sie haben nichts dagegen, dass wir so verfahren haben.«

»Schon in Ordnung«, log Seibold, denn er ahnte, dass durch diese Aktion wichtige Spuren verwischt worden waren.

Vornhagen hatte sich zwischenzeitlich entfernt und ging einer Gruppe Wanderer entgegen, die auch einige Kinder mit sich führte, um ihnen zu erklären, dass der Besuch des Aussichtsturms wegen einer polizeilichen Ermittlung zurzeit nicht möglich sei. Enttäuscht drehten die Wanderfreunde ab und kehrten um. Dabei begegneten sie den Sanitätern, die mit einer Bahre kamen, um den Leichnam abzuholen.

»Es wäre mir sehr recht, wenn Sie den Toten im Rheinbacher Krankenhaus noch einmal gründlich untersuchen könnten«, richtete sich Seibold an Dr. Schmitt. »Wann, meinen Sie, kann ich den Bericht haben?«

»Ich denke, ich komme noch heute dazu«, antwortete der Arzt und seufzte laut hörbar, »spätestens morgen Mittag haben Sie ihn auf dem Tisch.«

»Übrigens, wer kümmert sich eigentlich um Michels Beisetzung?« Seibold schaute fragend in die Runde.

»Soviel ich weiß, hatte Michel keine Verwandten mehr«, antwortete Dr. Schmitt. »Ich nehme an, dass sich die Gemeindeverwaltung darum kümmert.«

»Das werde ich in die Hand nehmen«, meldete sich Vornhagen zu Wort, der gerade zurückgekehrt war.

Inzwischen hatten die Sanitäter die Leiche erreicht und hoben sie vorsichtig auf die Bahre. Seibold warf einen letzten Blick auf den Toten. Noch immer plagte ihn sein schlechtes Gewissen. Er drehte sich um und fasste Vornhagen am Arm.

»Komm, Toni«, sagte er, »wir schauen uns die Umgebung etwas näher an.«

Nach einer intensiven, aber ergebnislosen Untersuchung des umliegenden Geländes bestiegen die Ermittler die Holzleiter, die zur ersten Etage des Turmes führte. Von hier aus war der schneebedeckte Querbalken, an dem Michel gehangen hatte, gut zu erreichen.

»Ich nehme an, er ist darüber balanciert, hat das Seil befestigt und sich dann hinuntergestürzt«, mutmaßte Vornhagen, »denn von unten ist der Balken ohne eine Leiter nicht zu erreichen.«

»So wird es wohl gewesen sein«, stimmte Seibold zu, »leider haben der Förster und seine freundlichen Helfer den gleichen Weg benutzt und damit die Spuren auf dem Balken verwischt. Vielleicht wäre zu erkennen gewesen, ob er alleine war oder ob noch eine weitere Person den Weg genommen hat.«

»Glaubst du wirklich, dass man diesen glitschigen Balken mit einem um sein Leben Kämpfenden begehen kann? Das kann ich mir nicht vorstellen.«

»Oder Michel ist vorher kampfunfähig gemacht worden. Warten wir einmal ab, was die genaue Obduktion von Dr. Schmitt ergibt. Könntest du bitte die Reste des Seiles holen, Toni?« Seibold dachte an die noch immer nicht ganz überwundenen Sehstörungen vom frühen Morgen. »Ich muss gestehen, dass ich nicht ganz schwindelfrei bin.«

»Schade«, entgegnete Vornhagen, »ich dachte, ich könnte dir einmal den herrlichen Blick von der Spitze des Turmes präsentieren.«

»Das können wir ruhig machen«, wiegelte Seibold ab, »so schlimm ist es nicht.«

Vornhagen stieg über das Holzgeländer, das die kleine Plattform der ersten Etage sicherte, und schritt vorsichtig über den Balken. Er löste den Knoten, balancierte zurück und warf den Rest des Seiles Seibold zu.

»Findest du nicht, dass ich der geborene Seiltänzer wäre«, sagte Vornhagen mit einem schelmischen Blick, als er sich wieder über den obersten Balken des Geländers schwang. »Das ist mir schon seit Langem klar«, scherzte Seibold zurück, »du bist absolut zirkusreif.«

Walter Seibold bedauerte seine Entscheidung, die Spitze des Turmes zu besteigen, nur um sich vor Toni Vornhagen keine Blöße zu geben. Er litt tatsächlich unter einer kleinen Höhenphobie, die sich schon in seiner Jugendzeit bei Klettertouren im Erzgebirge bemerkbar gemacht hatte.

Die Verunsicherung durch seine gesundheitlichen Probleme in der letzten Zeit machte die ganze Sache noch schlimmer. So war er heilfroh, als er mit zitternden Knien die oberste Plattform des Aussichtsturmes erreicht hatte. Sorgsam darauf achtend, dass Vornhagen seine Angst nicht bemerkte, gab er sich Mühe, festen Schrittes an den mit Holzbrettern gesicherten Rand der Plattform zu gelangen.

»Ist das kein herrlicher Blick?«, fragte Vornhagen und zeigte auf das verschneite Rheinbach, das tief unter ihnen am Fuße der ersten Eifelhöhen lag. »Leider ist es heute zu diesig. Bei schönem Wetter kann man von hier sogar die Türme des Kölner Doms erkennen. Heute reicht der Blick gerade einmal bis nach Wesseling.«

Seibold, der einen Sicherheitsabstand zum Absperrgeländer hielt und sich bemühte, nicht nach unten zu schauen, folgte mit seinem Blick dem Zeigefinger Vornhagens. Am Horizont erkannte er die Rauchsäulen der in Wesseling ansässigen Ölraffinerien.

»Von dieser Seite hier kannst du das Siebengebirge und die Tomburg in der Nähe Wormersdorfs sehen«, sagte Vornhagen und schritt zur rechten Seite der Plattform. Vorsichtig folgte Seibold dem Polizisten.

Noch einige Zeit ließen die Männer das Panorama der verschneiten Ebene vor sich schweigend auf sich einwirken.

Dann sagte Vornhagen: »Ich bin heute Morgen schon bei Traudel gewesen und habe ihr gesagt, dass sie heute nicht in die Wache zu kommen braucht. Wir haben sie in der letzten Zeit zu sehr beansprucht. Ich weiß schon gar nicht mehr, wie sie die ganzen Überstunden abfeiern soll.«

Er schaute Seibold fest in die Augen.

»Außerdem muss sie sich wieder etwas mehr Zeit für Maria nehmen. Ich hoffe, du teilst meine Meinung.«

»Du hast absolut recht«, antwortete Seibold.

»Sie hat mir übrigens erzählt, dass du ihr das Du angeboten hast.« Seibold fühlte, dass ihm speiübel wurde.

»Das war längst überfällig«, fuhr Vornhagen gut gelaunt fort, »es gehört sich doch wohl, dass man die Zukünftige eines Freundes nicht siezt.«

Seibold nickte.

»Besonders, wenn sie so ... so sympathisch ist«, stotterte er und machte sich mit unsicheren Schritten auf den Weg zur Abstiegsluke.

Als er die erste Sprosse der Leiter, die zur nächsten Etage des Turmes führte, erreichte, um rückwärts abzusteigen, verschwamm alles vor seinen Augen. Ein ungeheurer Schmerz in seiner rechten Kopfhälfte ließ ihn einen Moment verharren. Dann überkam ihn ein heftiger Schwindel, und er spürte, wie er die Kontrolle über seinen Körper verlor. Seibold versuchte trotzdem, noch einen weiteren Schritt auf die nächste Sprosse zu machen. Er verfehlte sie, verlor das Gleichgewicht und rutschte die Leiter herunter. Als seine Füße heftig auf die Plattform der nächsten Etage prallten, taumelte er zurück und fiel mit voller Wucht auf den Rücken, wobei sein Kopf hart auf die Holzplanken aufschlug. Der Sturz war so heftig, dass er auf den Rand der Plattform zurollte, die im unteren Bereich nicht durch ein Holzgeländer gesichert war. Sein Oberkörper neigte sich bereits über den Abgrund, als eine starke Hand das untere Ende seines Mantels packte und ihn auf die Plattform zurückriss.

»Um Himmels willen, Walter«, Seibold hörte Vornhagens Stimme, als würde er in weiter Entfernung aus einem Tunnel sprechen, »was ist mit dir los? Willst du dich mit Gewalt in den Tod stürzen?«

Dann verlor Seibold das Bewusstsein.

Am Fuße des Aussichtsturmes hatte der Eifelverein zwei Bänke errichtet, die den Besuchern des Beuelskopfes Gelegenheit gaben, sich geschützt vor Regen und Wind auszuruhen. Auf eine dieser Bänke hatte Toni Vornhagen Seibold gelegt. Er hatte seinen Schal ausgezogen und ihn dem Kommissar unter den Kopf geschoben. Sie waren allein. Die letzten Wanderer hatten schon vor der Turmbesteigung der Polizisten den Beuelskopf verlassen, sodass niemand den Vorfall auf dem Turm bemerkt hatte. Langsam schlug Seibold die Augen auf. Er drehte seinen Kopf zur Seite und sah Vornhagen, der sich auf der gegenüberliegenden Bank niedergelassen hatte. Sein Blick war noch immer ein wenig verschwommen, aber der fürchterliche Druck in seiner rechten Kopfhälfte war einem Taubheitsgefühl gewichen. Er hatte das Gefühl, als sei er aus einer langen Narkose erwacht. Mit der rechten Hand betastete er seinen Kopf und richtete sich langsam auf. Trotz der Proteste Vornhagens, ruhig liegen zu bleiben, setzte er sich mit einem leisen Stöhnen auf. Dann nahm er seinen Kopf in beide Hände und massierte mit kreisenden Bewegungen seine Schläfen.

»Du meine Güte, Walter! Du hast mir ja eben einen schönen Schrecken eingejagt.«

Vornhagen rutschte unruhig auf der Bank hin und her.

»Ich glaube, es ist langsam an der Zeit, dass du mir erzählst, was mit dir los ist. Mit einer leichten Höhenphobie ist das, was eben passiert ist, nicht zu erklären. Meinst du denn, ich hätte nicht bemerkt, dass du schon die ganze Zeit Probleme hast?«

Seibold antwortete nicht. Er richtete sich auf, legte seinen Kopf in den Nacken und ließ sich gegen die Rücklehne der Bank fallen. Dann atmete er einige Male tief durch.

»Es ... es ist ein Granatsplitter«, sagte er mit belegter Stimme. »Es ist im Kessel von Halbe passiert.« Er räusperte sich. »Fünf Wochen habe ich im Feldlazarett gelegen. Als ich halbwegs wiederhergestellt war, eröffneten mir die Ärzte, dass meine Überlebenschance fünfzig zu fünfzig sei, wenn sie ihn mir herausoperieren.«

Seibold machte eine Pause und massierte sich wieder seine Schläfen.

»Sie sagten, ich könnte mit dem Fremdkörper noch einige Jahre, wenn auch mit Schwierigkeiten, weiterleben. Aber es wäre nur eine Frage der Zeit, dass sich das verfluchte Ding in meinem Kopf auf Wanderschaft macht und eine Operation unumgänglich wäre. Ich habe damals eine sofortige Operation abgelehnt, weil ich unbedingt meine Frau und mein Kind noch einmal wiedersehen wollte. Seitdem leide ich unter diesen Anfällen, die sich in der letzten Zeit in immer kürzeren Abständen einstellen. Noch vor vierzehn Tagen war ich in der Bonner Uniklinik. Man hat mir prophezeit, dass ich noch vor Ende des Jahres unters Messer muss. Aber ...«, trotzig presste Seibold die folgenden Worte heraus, »... ich will unbedingt diese Sache hier in Rheinbach noch zu Ende bringen.«

Vornhagen stand auf und setzte sich neben Seibold. Mitfühlend legte er seinen Arm um seine Schulter.

»Mensch, Walter. Das ist ja ein schöner Mist. Aber Kopf hoch! Ich kann mir einfach nicht vorstellen, dass dich so ein scheiß Russen-Splitter umbringen kann.«

Er klopfte Seibold auf die Schulter und sah ihn aufmunternd an. Der Kommissar lächelte gequält zurück. Dann stand er leicht schwankend auf.

»Komm, lass uns jetzt gehen ...«, sagte er, »... es geht schon wieder.«

»Wenn du meinst«, entgegnete Vornhagen und sah Seibold besorgt hinterher.

Auf dem Rückweg zum Auto besserte sich der Zustand Seibolds zusehends. Nur das taube Gefühl in der rechten Kopfhälfte machte ihm noch zu schaffen.

»Eine Frage noch, Walter«, sagte Vornhagen, als sie den Wagen erreichten. »Wie konntest du mit dieser Verletzung überhaupt die Eignungsprüfung zum Polizisten bestehen?«

»Ganz einfach«, entgegnete Seibold, »ich habe ihnen nichts davon erzählt.«

Die beiden Polizisten hatten Rheinbach schon fast erreicht, als Seibold Vornhagen bat, anzuhalten und wieder umzukehren.

»Senta«, sagte er, »wir haben Senta vergessen. Es gibt doch niemand, der sich jetzt um den Hund von Michel kümmert.«

Es hatte zweimal energisch geklingelt. Traudel Henrich war gerade damit beschäftigt, Wäsche zu bügeln. Ihr war es gar nicht recht, dass sie und ihre Tochter jetzt gestört wurden. Maria war nämlich gerade dabei, ihr etwas aus Erich Kästners *Das fliegende Klassenzimmer* vorzulesen, ein Buch, das sie ihr zu Weihnachten geschenkt hatte. Fräulein Priem, Marias

Volksschullehrerin, hatte ihr empfohlen, mit Maria täglich zu lesen, um deren Leseschwäche zu verbessern. Als sie etwas mürrisch die Haustür öffnete, stand Vornhagen vor ihr. Sein großer Körper nahm fast die ganze Tür ein.

» Äh ... Traudel«, sagte er verlegen, »wir ... wir haben da ein Problem.«

Vornhagen ging einen Schritt zur Seite und ließ den Blick auf den Hof frei.

Traudel sah Seibold, der einen großen Schäferhund kurz an der Leine hielt und mit der rechten Hand hinter den Ohren kraulte. Der Hund drehte seinen Kopf etwas zur Seite und schaute Traudel neugierig an.

»Das ist Senta«, sagte Seibold, »der Hund von Schmecke Michelchen. Wir brauchen eine Bleibe für sie.«

Als er sah, dass sich Traudel etwas überrumpelt fühlte und nicht sogleich antwortete, fuhr er fort, »... ganz bestimmt nur für einige Tage. Dann bringen wir sie in ein Tierheim. Sie ...«, seine Stimme wurde flehend, »... sie ist auch ganz brav.«

Um dies zu unterstreichen, packte Seibold Senta fest in das Nackenfell und schüttelte ihren Kopf. Der Hund ließ es sich gefallen und ließ ein wohliges Jaulen vernehmen.

»Oh bitte, Mama! Sie ist doch so süß.« Maria stürmte aus der Haustüre. Sie kniete sich neben den Hund und streichelte ihn.

Traudel Henrich wollte gerade antworten, als die Stimme von Tante Lisa aus dem Küchenfenster zu vernehmen war: »An der Tür der Familie Michels ist noch nie einer abgewiesen worden, der eine Bleibe suchte, Herr Seibold. Das ist auch heute so.«

Damit hatte sich das Problem erledigt.

»Du kannst mir doch nicht erzählen, ihr hättet den Blöser-Ball besucht, nur um einmal schön Karneval in Rheinbach zu feiern.«

Manfred Raaf war ungeduldig von seinem Stuhl aufgesprungen und ging auf einen kleinen, gedrungenen Mann mit roten Haaren zu, der sich mit verschränkten Armen gegen die Wand der Polizeiwache gelehnt hatte und zur Decke schaute. Sein Name war Hans Herzogenrath, und er gehörte zu den drei Merzbachern, die am Vorabend den Blöser-Ball besucht hatten.

Die beiden anderen Verdächtigen, die Gebrüder Willi und Herbert Kolb, hatte Raaf am Morgen nicht angetroffen, da sie schon in aller Frühe zu Verwandten nach Walberberg gefahren waren, um dort den Karnevalszug zu besuchen.

»Jahrelang lasst ihr euch auf keiner Karnevalsveranstaltung in Rheinbach blicken, und auf einmal taucht ihr hier mir nichts dir nichts auf.« Raafs Stimme überschlug sich fast.

Herzogenrath antwortete nicht und schaute gelangweilt zu Seibold hinüber, der etwas abseits rittlings auf einem Stuhl saß und scheinbar teilnahmslos dem Verhör der Rheinbacher Polizisten zuhörte.

»Es pfiffen doch die Spatzen von den Dächern, dass ihr hinter Fuchs her wart und gedroht habt, ihn kaltzumachen, wenn ihr ihn erwischt«, sagte Vornhagen beherrscht.

Dieses Mal gab Herzogenrath eine Antwort.

»Das mag sein, dass dies einige vorhatten, aber wir nicht. Wir sind nur dem Wunsch unserer Frauen gefolgt, die einmal den Blöser-Ball besuchen wollten.«

Er schlug provozierend lässig die Beine übereinander.

»Ich verhehle aber nicht die Genugtuung darüber, dass man diesem Schwein den Garaus gemacht hat.«

Herzogenrath machte eine Pause und schaute Vornhagen mit festem Blick an. »Außerdem sind wir doch nicht so verrückt, wegen so was jahrelang in den Knast zu gehen. Da vertrauen wir lieber ganz der Polizei und der Justiz, solche Mörder der gerechten Strafe zuzuführen.«

Den letzten Satz begleitete Herzogenrath mit einem süffisanten Lächeln.

Raaf sah so aus, als wollte er Herzogenrath jeden Moment an die Gurgel springen.

»Du glaubst doch nicht im Ernst, dass wir Euch das abnehmen?«, ereiferte er sich.

Bevor er weiterreden konnte, mischte sich Seibold in das Gespräch ein. »Herr Herzogenrath«, sagte er freundlich und stand von seinem Stuhl auf, »kommen Sie bitte mit Ihren Sportskollegen morgen um neun Uhr zu einer weiteren Befragung. Sorgen Sie dafür, dass einer von Ihnen in dem Clownskostüm erscheint, das Sie gestern Abend auf dem Ball getragen haben.«

Herzogenrath starrte den Kommissar ungläubig an.

»Wollen Sie mich auf den Arm nehmen, oder veranstalten Sie hier morgen einen Polizeiball?«

»Tun Sie bitte nur, worum ich Sie bitte«, antwortete Seibold gelassen. »Sie können jetzt gehen.«

Herzogenrath schaute einen Moment unsicher in die Runde, dann drückte er sich von der Wand ab und verließ grußlos den Wachraum.

»Diese Scheinheiligen«, polterte Raaf los, nachdem die Eingangstür ins Schloss gefallen war, »ich könnte wetten, dass die dahinterstecken.«

Seibold ging nicht auf die Anschuldigung ein und wandte sich an Vornhagen. »Könntest du bitte veranlassen, dass auch alle anderen, die auf dem Blöser-Ball als Clown verkleidet waren, morgen mit ihrem Kostüm hier antanzen? Wir machen eine Gegenüberstellung mit der Kellnerin. Mal sehn, ob das uns weiterbringt.«

»In Ordnung«, antwortete Vornhagen und ging hinter den Tresen des Wachraumes. »Manfred, bring die Liste mit den Verdächtigen rüber. Wir teilen uns die Arbeit auf.«

Seibold nickte zufrieden und verschwand in den Büroraum, um mit Hausschildt zu telefonieren. Er war bisher noch nicht dazu gekommen, die neuen Ereignisse nach Bonn weiterzuleiten. Er nahm den Telefonhörer in die Hand und wählte Hausschildts Privatnummer. Es war nicht anzunehmen, dass er am Sonntag im Präsidium zu erreichen war. Nach dreimaligem Klingeln meldete sich Hausschildts Tochter und sagte, dass ihre Eltern nicht zu Hause wären. Seibold wählte schließlich doch die Nummer des Präsidiums. Der wachhabende Polizist erklärte ihm, dass sich Hausschildt bis Dienstag abgemeldet hatte und dass alle Dienstgeschäfte über das Karnevalswochenende bis einschließlich Rosenmontag nur auf Sparflamme liefen. Er empfahl Seibold, alle Ermittlungen bis nach Karneval ruhen zu lassen.

Der Kommissar legte auf. Er wollte und konnte nicht ruhen. Dabei dachte er wieder an das taube Gefühl in der rechten Seite seines Kopfes.

Aber eins war ihm nun klar. Hilfe aus Bonn war bis nach Karneval nicht zu erwarten. Diese Sache hier musste er alleine durchstehen.

Als Seibold in den Wachraum zurückkehrte, hatten Vornhagen und Raaf gerade ihre Arbeit beendet und zogen sich ihre Mäntel an. »Walter, hast du Lust auf einen vorzüglichen Sonntagsbraten? Traudel hat mich eingeladen und mir ausdrücklich aufgetragen, dich mitzubringen.«

Seibold überlegte einen Augenblick.

»Nein danke, Toni! Ich habe beim besten Willen keinen Hunger«, log der Kommissar, »bestell den Damen aber schöne Grüße von mir und bedanke dich in meinem Namen für die Einladung.«

Vornhagen sah Seibold mit Unverständnis an. Dann zuckte er mit den Schultern. »Wie du willst, wann treffen wir uns das nächste Mal?«

»Ich brauche euch heute nicht mehr«, entgegnete Seibold. »Genießt den Sonntag!«

Er dachte daran, dass die Polizisten nach den Ereignissen der letzten Tage etwas Ruhe gut gebrauchen konnten.

»Wir sehen uns dann morgen früh um neun«, fuhr er fort, »lasst mir aber den Schlüssel von der Wache hier! Ich werde noch etwas arbeiten.«

Vornhagen wartete, bis Raaf den Raum verlassen hatte. Dann ging er auf Seibold zu. »Wenn ich dich so ansehe«, sagte er mit eindringlicher Stimme, »täte dir etwas Erholung auch gut. Besonders wenn ich an den Vorfall von heute Morgen am Beuelskopf denke.«

»Mach dir keine Sorgen, Toni! Es geht mir gut«, antwortete Seibold.

Vornhagen fixierte Seibold noch einmal mit einem besorgten Blick. Dann nickte er, griff in die Manteltasche und holte einen Schlüsselbund hervor. Er entfernte den Schlüssel der Polizeiwache und überreichte ihn dem Kommissar.

»Vergiss aber nicht, ihn morgen früh mitzubringen«, sagte er und verschwand durch die Tür.

Seibold blieb noch einen Moment stehen. Dann atmete er tief durch und setzte sich auf einen der Sessel der Eckgarnitur. Er blickte auf die Tafel und bemühte sich, nicht an das entgangene Wiedersehen mit Traudel Henrich zu denken. Er musste sich jetzt ganz auf die Ermittlungen konzentrieren.

Er starrte auf die Überreste der Trennlinie zwischen den Namen der Ermordeten Schwind und Hörnig, die er weggewischt hatte, um zu demonstrieren, dass er der Meinung war, dass diese Mordfälle miteinander in Verbindung standen. Er war sich sicher. Hier galt es anzusetzen. Das Motiv zur Tat musste in der Vergangenheit der beiden liegen.

Er stand auf und wusste, was er zu tun hatte. Seine nächsten Ermittlungsschritte würden ihn nach Merzbach und Todenfeld führen.

Aber zunächst wollte er noch die angefallene Schreibarbeit erledigen. Er ging in das Büro und setzte sich an den Schreibtisch. Als er ein Blatt in die Schreibmaschine einspannte und daran dachte, auf ihrem Platz zu sitzen, konnte er nicht umhin, wieder an Traudel zu denken. Er bildete sich sogar ein, hier an ihrem Arbeitsplatz den Duft ihres Parfüms riechen zu können. Dann fiel ihm ein, vor vielen Jahren gehört zu haben, dass Liebe ist, wenn man unentwegt an einen Menschen denken muss. Er fragte sich, was sie denken würde, wenn ihr Toni mitteilte, dass er der Einladung zum Mittagessen nicht folgen würde.

Seibold stützte seinen Kopf in die Hände und fuhr sich hart mit den Fingern durch die Haare. Er stöhnte laut auf. Dann riss er sich von den Gedanken los und tippte wie von Sinnen mit hartem Anschlag die ersten Buchstaben des Ermittlungsberichtes auf das Schreibpapier.

Kurz darauf hatte er seine Beherrschung wiedergefunden und schämte sich. Die Schreibmaschine konnte am wenigsten für seine verfahrene Situation.

Gegen dreizehn Uhr vierzig hatte er seine Arbeit beendet. Er las noch die Obduktionsberichte über Theo Fuchs und auch schon über Schmecke Michelchen, die Dr. Schmitt zwischenzeitlich vorbeigebracht hatte. Sie enthielten keine neuen Anhaltspunkte. Michel schien wirklich ohne Fremdeinwirkung seinem Leben ein Ende gemacht zu haben.

Seibold verstaute die Berichte und den Plastikbeutel mit der Tatwaffe im Mordfall Fuchs in einen Umschlag und legte alles in die Ablage, damit Traudel es am nächsten Morgen zur Post bringen konnte. Dann verließ er das Polizeigebäude. Als er die Tür zur Wache abgeschlossen hatte und sich umdrehte, stand eine junge Frau mit pelzbesetztem Mantel und modischem Hut vor ihm. Sie stellte sich als Redakteurin der *Bild-Zeitung* vor, die einen Bericht über die unheimliche Mordserie in Rheinbach schreiben wollte.

»Wissen Sie vielleicht, wo ich Kommissar Seibold finden kann?«, fragte sie mit zwitschernder Stimme.

»Herr Seibold ist über das Karnevalswochenende nach Bonn zurückgefahren«, log der Gefragte. »Versuchen Sie Ihr Glück an der Pressestelle des dortigen Polizeipräsidiums.«

Der Kommissar grüßte die Redakteurin freundlich und tippte mit seinem Finger an den Hut. Dann ging er in Richtung *Hotel Burrenkopf*, um sein Motorrad zu holen.

Sonntag, 15. Februar 1953, 14 Uhr 40

Seibold wurde allmählich ärgerlich. Mehrere Male war er schon an der Häuserfront der Bergstraße entlanggegangen und hatte noch immer nicht das Haus von Robert Hörnig gefunden. Hatte ihm Raaf die falsche Hausnummer aufgeschrieben?

Eindeutig hatte er die Häuser mit den Nummern fünfundzwanzig und neunundzwanzig identifiziert. Aber an der Stelle, wo sich das Gebäude mit der Nummer siebenundzwanzig befinden sollte, gab es nur einen großen Garten, an dessen hinterem Ende eine Baracke zu sehen war.

Da sich niemand auf der Straße befand, der ihm eine Auskunft geben konnte, entschloss er sich schließlich, in dem Haus mit der Nummer fünfundzwanzig nachzufragen. Unter der Türklingel war das Namensschild *Franz und Elfriede Beyer* zu lesen. Es öffnete ihm ein hagerer Mann mit einer Halbglatze, den Seibold auf Anfang vierzig schätzte.

»Guten Tag«, sagte Seibold, »spreche ich mit Herrn Beyer?« Der Mann musterte den Kommissar misstrauisch und nickte nur. »Entschuldigen Sie die Störung. Mein Name ist Walter Seibold von der Mordkommission Bonn. Ich suche das Haus der Familie Hörnig.«

Beyer schaute zunächst auf den Polizeiausweis, den ihm Seibold unter die Nase gehalten hatte. Dann zeigte er wortlos auf die Baracke am Ende des Nachbargrundstückes.

»Wie, dort wohnt jemand?«

»Dort wohnen Hörnigs«, sagte der Mann mit Nachdruck.

»Aber es ist niemand zu Hause«, fuhr er fort, »Ilse Hörnig ist vor einer Stunde abgeholt worden. Dr. Schmitt hat sie ins Krankenhaus gebracht. Sie hatte furchtbare Schmerzen, und es ist zu befürchten, dass sie eine Frühgeburt erleidet. Die Aufregung der letzten Tage war wohl zu viel für sie.«

»Sie sind ja gut informiert«, wunderte sich Seibold.

»Wir sind nicht nur Nachbarn, sondern auch gut befreundet«, erklärte Beyer, »außerdem ist meine Frau eine Cousine von Robert. Wir haben Elisabeth, ihre Tochter, zu uns genommen. Meine Frau ist mit ihr zum Spielplatz gegangen. Irgendwie muss man das Kind ja ablenken.«

Beyer machte eine Pause. »Es ist alles so furchtbar!«

Seibold merkte dem Mann an, dass auch er unter dem Schicksalsschlag, der die Familie Hörnig getroffen hatte, litt.

»Elisabeth ist völlig verstört«, sagte er.

»Wie alt ist die Kleine?« Seibold versuchte ihn abzulenken.

»Sie wird im Dezember sechs. Meine Frau und ich haben keine Kinder. Wir haben Elisabeth gerne zu uns genommen.« Beyer schien sich wieder gefasst zu haben. »Aber ... warum wollen Sie noch mit Ilse sprechen? Ich denke, die Sache hat sich erledigt, nachdem es Fuchs auch erwischt hat.«

»Es ist nicht eindeutig erwiesen, dass Fuchs der Mörder von Robert gewesen ist. Solange sind die Ermittlungen nicht abgeschlossen. Sagen Sie, Sie kennen doch die Burschen hier oben in Merzbach. Trauen Sie denen einen Lynchmord zu?«

»Dazu möchte ich nichts sagen«, antwortete der Mann schroff.

Seibold merkte, dass er mit dieser Frage zu weit gegangen war. Er riskierte, dass Beyer nicht mehr so bereitwillig Auskunft gab. Darum wechselte er das Thema.

»Haben Sie vielleicht einen Schlüssel von der Wohnung?« Seibold deutete mit dem Kopf in Richtung Baracke. »Ich würde mich dort gerne einmal umsehen.«

»Ich besitze einen Schlüssel, aber ich weiß nicht, ob es Ilse recht wäre, dass ich Sie einlasse, wenn sie nicht zu Hause ist.«

»Angenommen, Fuchs hat Robert nicht umgebracht«, sagte Seibold, »dann kann ich mir vorstellen, dass auch ihr daran gelegen ist, dass der Fall aufgeklärt wird und der wahre Mörder für seine Tat zur Verantwortung gezogen wird.«

Er sah, wie Beyer überlegte.

»Sie können selbstverständlich auch gerne bei der Durchsuchung anwesend sein.« Der letzte Satz schien seine Wirkung nicht verfehlt zu haben.

»Ich kann mir zwar nicht vorstellen, nach allem, was ich gehört habe, dass Fuchs nicht der Täter sein sollte, aber meinetwegen, ich ... ich gehe nur noch meinen Mantel holen.«

Beyer schlurfte mit seinen Pantoffeln davon. Seibold blieb an der Tür stehen und drehte sich um. Er konnte förmlich spüren, wie er von den benachbarten Häusern aus beobachtet wurde. Beyer kehrte mit einem Schlüsselbund in der Hand zurück. Er trug einen grünen Lodenmantel und hatte ein Jägerhütchen mit einer kleinen Feder auf dem Kopf. Die Pantoffeln hatte er angelassen. »Dann wollen wir mal«, sagte er und schloss die Haustüre hinter sich ab.

Auf dem Weg zur Baracke wurde Beyer immer gesprächiger. Seibold fragte ihn, wie es dazu kam, dass Ilse und Robert Hörnig in so einer Unterkunft wohnten.

Beyer blieb stehen und drehte sich um. »Kurz nachdem sie sich kennengelernt hatten, war Elisabeth schon unterwegs.«

Dann ging er weiter, sorgsam darauf achtend, dass kein Schnee in die Pantoffeln eindrang, und fuhr in seiner Erzählung fort.

»Die beiden mussten so schnell wie möglich heiraten, obwohl sie mittellos waren. Roberts Patentante überließ ihnen dieses Grundstück hier, und Roberts Vater besorgte den beiden eine alte Militärbaracke. Geld für ein richtiges Haus aus Stein war einfach nicht da. Der ganze Fußballverein hat damals mitgeholfen. Von der Elektroinstallation bis zur Wasserversorgung.«

Beyer hielt in seiner Erzählung inne, denn sie hatten die Baracke erreicht. »Robert wollte jetzt im Frühjahr mit dem Bau eines Einfamilienhauses beginnen.« Beyer steckte den Schlüssel in das Schloss der Eingangstüre. »Er hat verdammt hart dafür gearbeitet.«

Die beiden Männer betraten die Wohnung. Seibold war überrascht, wie akkurat der Raum eingerichtet war. Es handelte sich um eine Wohnküche, deren Einrichtung viel Geschmack erkennen ließ und die vor Sauberkeit strahlte.

»Donnerwetter«, entfuhr es Seibold, »das hätte ich vom Äußeren der Baracke her nicht erwartet.«

»Da kennen Sie aber unsere Ilse schlecht«, entgegnete Beyer. »Jeder wundert sich, was sie aus den Gegebenheiten hier gemacht hat.«

Seibold nickte anerkennend.

»Wo geht es dahin?«, fragte Seibold und zeigte auf eine Tür am hinteren Ende der Wohnküche.

»Das ist ein Raum, der erst im Nachhinein an die Baracke angebaut worden ist. Er dient als Schlaf- und Kinderzimmer.«

Seibold sah sich sorgfältig in der Wohnung um. Als Kriminalbeamter hatte er mit der Zeit ein Gespür dafür bekommen, wo er bei einer Hausdurchsuchung am ehesten suchen musste. Sein Blick fiel auf einen großen, zweiteiligen Eichenschrank, in dessen oberer Hälfte Geschirr aufbewahrt war. Er ging auf ihn zu, kniete sich hin und öffnete den unteren Teil des Schrankes. Beyer hatte sich an den Küchentisch gesetzt und beobachtete Seibold neugierig. Der Kommissar nahm zunächst einige Aktenordner heraus, die er kurz überflog und dann wieder zurückstellte.

Schließlich schien er gefunden zu haben, wonach er gesucht hatte. Es war ein dunkelrotes Fotoalbum, auf dem mit schwarzen Großbuchstaben *Robert* eingestanzt war.

Seibold stand auf und setzte sich neben Beyer an den Küchentisch. Er legte das Album vor sich und blätterte es langsam Seite für Seite durch.

Die letzten Aufnahmen zeigten Ilse und Robert mit ihrer kleinen Tochter. In der Art und Weise, wie die Bilder aufgenommen waren, mussten sie von einem professionellen

Fotografen gemacht worden sein. Anschließend folgten Fotografien von Roberts Fußballmannschaft. Ein Bild zeigte ihn auf den Schultern eines seiner Kameraden mit einem Siegerkranz um die Schultern. Darunter stand: *Schwarz-Weiß Merzbach, Fußball-Bezirksmeister 1951.*

Dann folgten Hochzeitsfotos, auf denen sowohl das Brautpaar als auch Szenen der Hochzeitsfeier abgelichtet waren. Als Seibold weiterblätterte, stieß er auf ein Bild, auf dem junge Burschen in kurzen Hosen und einheitlichen Hemden zu sehen waren. Sie waren fast militärisch in drei ansteigenden Reihen hintereinander aufgestellt und schauten mit ernstem Blick in die Kamera. An Form und Aussehen ihrer Kluft erkannte Seibold, dass es sich um eine Aufnahme von einer Schar Hitlerjungen handelte. Auf den nachfolgenden Seiten befanden sich Bilder aus der Schulzeit. Schließlich folgten Aufnahmen von Robert als Kleinkind und als Säugling.

Als der Kommissar auf der letzten Seite angelangt war, blätterte er wieder langsam Seite für Seite zurück. Sorgfältig betrachtete er noch einmal jedes Bild. Bei einer Fotografie ließ er sich besonders viel Zeit: Es war die Aufnahme der Hitlerjungen. Er ging von Reihe zu Reihe und betrachtete sorgfältig jedes Gesicht. Schließlich hatte er Robert Hörnig gefunden, der links außen in der hinteren Reihe stand. Als er den Jungen rechts neben Robert betrachtete, merkte er, dass ihm vor Aufregung ganz heiß wurde. Kein Zweifel, auch wenn er das Gesicht bislang nur einmal und im Tode verzerrt gesehen hatte.

Dieser junge Bursche hier war eindeutig Hans-Georg Schwind.

Die Tatsache, dass sie nebeneinander standen, deutete darauf hin, dass sie zu der Zeit, als die Aufnahme gemacht wurde, befreundet waren. »Herr Beyer, ich hoffe, Sie haben nichts dagegen, dass ich dieses Foto mitnehme.« Seibold blickte den Mann ernst an. »Es könnte uns bei den Ermittlungen entscheidend weiterhelfen.«

Der Kommissar wartete die Antwort nicht ab und begann vorsichtig, das mit Klebstoff befestigte Bild aus dem Album herauszulösen, sorgsam darauf achtend, dass das Foto dabei nicht zu Schaden kam. Er drehte es herum. Auf der Rückseite konnte Seibold das Entstehungsdatum ablesen: August 1944.

»Wie alt war Robert, als er starb?«, fragte Seibold.

Beyer überlegte einen Augenblick. Ihm war deutlich das Erstaunen anzumerken, was dieses Foto mit Roberts Tod zu tun haben könnte. »Er wäre im Mai fünfundzwanzig geworden.«

»Robert war also damals fast sechzehn Jahre alt«, sagte Seibold leise vor sich hin.

Er stand auf, legte das Fotoalbum in den Schrank zurück und steckte das Foto in seine Manteltasche. Dann ging er auf Franz Beyer zu. »Richten Sie bitte Frau Hörnig mein Beileid aus, und sagen Sie ihr, dass sie selbstverständlich das Foto so bald wie möglich zurückbekommt! Vielen Dank für Ihre Hilfe!«

Seibold schüttelte Beyer die Hand. Der wollte noch etwas sagen, aber Seibold war schon auf dem Weg zur Tür. Der Kommissar hatte es eilig. Er spürte, dass er der Aufklärung dieser Mordserie nahe war. Er setzte sich auf sein Motorrad und fuhr, für die winterlichen Verhältnisse viel zu schnell, in Richtung Todenfeld.

Niemand hätte bei den Wetterverhältnissen am Morgen daran gedacht, dass die Sonne am Nachmittag des Karnevalssonntags 1953 aus einem wolkenlosen Himmel herabscheinen würde. So konnte Seibold nicht umhin, zunächst einmal den herrlichen Blick von der Todenfelder Höhe über das Siebengebirge im Osten zu genießen. Dann schweifte sein Blick hinab in die Ebene der Ville und des Kottenforstes.

Nachdem er sein Motorrad auf der Todenfelder Straße abgestellt hatte, machte er sich auf die Suche nach der Wohnung von Hans-Georg Schwinds Mutter. Raaf hatte den Weg genau beschrieben. So hatte der Kommissar dieses Mal keine Mühe, sein Ziel ausfindig zu machen.

Schon von Weitem erkannte er das alte, zweistöckige Fachwerkhaus, das zwischen den Neubauten, die dort nach dem Kriege entstanden waren, fast schon exotisch wirkte. Als er sich dem Gebäude näherte, öffnete sich die Haustür, und eine männliche Gestalt erschien, die sich mit eiligen Schritten in entgegengesetzter Richtung fortbewegte. An seinem schwarzen Talar erkannte Seibold, dass es sich um einen Geistlichen handeln musste. Seibold überlegte zuerst ihm nachzugehen, um auch mit ihm zu reden.

Als er die Front des Fachwerkhauses erreicht hatte, entschied er sich jedoch anders. Er ging auf die Haustüre zu und suchte nach dem Klingelknopf. Er fand keinen. So entschied er sich, einige Male kräftig gegen die Haustür zu klopfen. Er wartete einige Zeit. Aber niemand öffnete ihm. Da bemerkte er, dass die Haustüre eine Klinke besaß. Er drückte sie vorsichtig nach unten. Die Tür öffnete sich, und er betrat das Gebäude. Zunächst befand er sich in einem kalten, mit Steinfliesen ausgelegten Flur, von dem eine steile Holztreppe in die obere Etage führte.

»Hallo, ist hier jemand?«, rief Seibold.

Als er keine Antwort erhielt, ging er auf eine Tür am Ende des Flures zu, durch deren Glaseinsatz Licht schimmerte. Der Kommissar verharrte einen Moment und lauschte. Er vernahm deutlich eine Stimme. Nach längerem Zuhören war er sich sicher. Kein Zweifel: An der Monotonie der Sprache erkannte er, dass jemand betete.

Er öffnete die Tür einen Spalt weit und streckte seinen Kopf in das Zimmer hinein. Der Raum war abgedunkelt, und seine Augen mussten sich zunächst an die Lichtverhältnisse gewöhnen.

Eine Kerze warf Licht auf eine große Madonnenstatue, die auf einem Sockel an der gegenüberliegenden Wand stand. Davor kniete eine ganz in Schwarz gekleidete Frau mit gefalteten Händen.

Seibold räusperte sich.

»Frau Schwind. Darf ich Sie einen Moment stören?«

Die Frau hielt in ihrem Gebet inne. Seibold wunderte sich, dass sie nicht erschrak. Langsam drehte sie sich um und sagte mit schleppender Stimme: »Herr Pastor, haben Sie etwas vergessen?«

»Nein, nein«, antwortete Seibold, »ich bin nicht der Pastor.« Er öffnete die Tür ganz und schob sich in den Raum.

»Entschuldigen Sie bitte, dass ich Sie in Ihrer Andacht störe. Ich habe mehrere Male geklopft, aber Sie haben mich nicht gehört.«

»Aber wer sind Sie denn?«, fragte die Frau und erhob sich schwerfällig von ihrem Betschemel.

»Mein Name ist Seibold. Ich bin Polizist«, sagte der Kommissar und ging langsam auf die Frau zu. »Haben Sie etwas dagegen, wenn ich etwas mehr Licht mache? Ich würde mich gerne einmal mit Ihnen unterhalten.«

Als die Frau nicht antwortete, ging Seibold zu einem Fenster und zog den Vorhang auf. Jetzt konnte er das Gesicht der Frau erkennen. Er erschrak. Obwohl er ihr Alter auf Anfang fünfzig schätzte, hatten Kummer und Gram sie frühzeitig altern lassen. Das schneeweiße Haar, das sie streng nach hinten gekämmt hatte, verstärkte diesen Eindruck noch.

»Haben Sie bitte keine Angst«, entfuhr es Seibold.

»Ich habe keine Angst«, entgegnete die Frau mit resignierter Stimme. »Wovor sollte ich noch Angst haben?«

Sie legte ein Heiligenbildchen, das sie zwischen den gefalteten Händen gehalten hatte, auf den Sockel der Statue.

»Der Pfarrer war eben hier und hat mir die heilige Kommunion gebracht«, fuhr sie fort, »er meinte, die Einnahme unseres Herrn würde mich trösten.«

»Gewiss«, antwortete Seibold, »das wird es bestimmt.«

Ihm wurde klar, welchen Trost der Glaube an Gott einem tiefreligiösen Menschen bei einem solchen Verlust geben konnte. Nach der Bombardierung Dresdens hatte er jedoch diesen Glauben verloren.

»Können wir uns vielleicht einen Moment setzen?«

Seibold zeigte auf einen Tisch mit schlichten Holzstühlen. Die Frau zögerte einen Moment. Dann nickte sie und setzte sich hin. Der Kommissar folgte ihr. Er zog seinen Mantel aus und hing ihn über die Stuhllehne.

»Frau Schwind, ich möchte Ihnen zunächst mein herzliches Beileid ausdrücken. Ich weiß, dass das schrecklich ist, was Ihnen da widerfahren ist«, sagte er, nachdem er Platz genommen hatte. Die Frau antwortete nicht und heftete ihren Blick auf die Madonnenfigur.

»Ich bin Kriminalkommissar und bin auf der Suche nach dem Mörder Ihres Sohnes. Vielleicht können Sie mir helfen, ihn zu finden?«

Wieder zeigte Frau Schwind keine Regung. Seibold spürte, dass er bei der Befragung mit Bedacht vorgehen musste. Raaf hatte ihn vorgewarnt. Er kramte die Fotografie aus der Manteltasche und hielt sie der Frau behutsam unter die Augen.

»Frau Schwind, kennen Sie vielleicht dieses Bild?«

Sie warf einen kurzen Blick auf die Aufnahme. Dann schüttelte sie den Kopf.

»Schauen Sie sich bitte einmal die Personen ganz links in der oberen Reihe genau an«, sagte er mit ruhiger Stimme. Dieses Mal betrachtete sie das Foto länger.

»Erkennen Sie Ihren Sohn?«

Seibold sah, dass ihr Tränen in die Augen stiegen. Sie nickte zweimal.

»Kennen Sie auch den Jungen, der links neben Hans-Georg steht?«

Wieder nickte sie.

»Es ist Robert Hörnig«, sagte sie leise.

»War Ihr Sohn mit Robert befreundet?«

»Sie waren mehr als das«, antwortete die Frau, »sie waren Blutsbrüder.«

Seibold glaubte den Anflug eines Lächelns in ihrem Gesicht zu erkennen. Er atmete auf. Er wusste, dass das Eis jetzt gebrochen war.

»Sie lebten in ihrer eigenen Welt. In der Welt der Figuren von Karl May.«

»Waren sie in den letzten Jahren keine Freunde mehr?« Wieder nickte die Frau.

»Gab es vielleicht einen Streit?«

»Nein, der Bruch in ihrer Freundschaft hatte einen ganz natürlichen Grund.«

Seibold registrierte zufrieden, dass Frau Schwind immer gesprächiger wurde.

»Nachdem mein Mann und mein älterer Sohn im Krieg gefallen waren, sind wir Ende fünfundvierzig von Merzbach zu meiner Mutter in dieses Haus nach Todenfeld gezogen. Außerdem entwickelte Robert andere Interessen. Er war verrückt nach Fußball. Hans-Georg hatte dagegen nichts mit Sport im Sinn. So haben die beiden sich mit der Zeit auseinandergelebt. Wie ich gehört habe, hat Robert ja auch sehr früh geheiratet.«

Seibold legte die Fotografie auf den Tisch.

»Aber ... aber warum wollen Sie das alles wissen?« Sie schaute Seibold das erste Mal in die Augen. Erst jetzt wurde dem Kommissar klar, dass sie nichts von Robert Hörnigs Tod wusste.

»Robert ist vor wenigen Tagen ebenfalls ermordet worden«, sagte Seibold.

Die Frau schaute den Kommissar entsetzt an.

»Ich glaube, dass die Morde an den beiden im Zusammenhang stehen. Beide müssen ein Geheimnis gehütet haben, dass ihnen den Tod gebracht hat.«

Wieder blickte ihn die Frau mit Unverständnis an.

»Welches Geheimnis?«

»Das weiß ich nicht. Ich habe gehofft, dass Sie mir vielleicht mehr darüber sagen können.«

Die Frau schüttelte energisch den Kopf.

»Wir können davon ausgehen, dass die beiden etwas wussten, was jemanden so kompromittieren konnte, dass er dafür mordet. Des Weiteren ist anzunehmen, dass sich der Vorfall vor Ihrem Umzug nach Todenfeld ereignet hat.«

Seibold machte eine Pause. Er spürte wieder einen leichten Druck in der rechten Kopfhälfte und hatte Mühe, sich zu konzentrieren.

»Denken Sie bitte noch einmal an diese Zeit zurück«, sagte er mit gepresster Stimme, »vielleicht fällt Ihnen etwas ein, das meine Annahme bestärken könnte.«

Langsam stand Frau Schwind auf und ging auf die Madonnenstatue zu. Sie blieb vor ihr stehen und blickte an ihr empor. Der Kommissar beobachtete sie und wartete geduldig. Nach einiger Zeit drehte sie sich um.

»Ich kann mich an einen Vorfall erinnern, der Ihnen vielleicht weiterhelfen könnte.«

Seibold hielt gespannt den Atem an. Sie kam zurück und nahm wieder auf dem Stuhl Platz.

»Es war kurz vor Kriegsende«, begann sie, »Hans-Georg und Robert hatten wieder einmal den ganzen Tag im Wald verbracht. Als mein Sohn am Abend nach Hause kam, habe ich ihm zunächst Vorwürfe gemacht, weil er sich trotz meines Verbotes so lange und so weit von zu Hause entfernt hatte. Es war die Zeit, in der fast täglich mit britischen und amerikanischen Flugzeugen zu rechnen war, die ihre Bombenlast auch im Wald abwarfen. Es fiel mir auf, dass er mir gar nicht richtig zuhörte und mit seinen Gedanken ganz woanders war. Er kam mir völlig verändert vor, als stände er unter Schock. Auf meine Frage, was denn geschehen wäre, reagierte er unwirsch. Ich erinnere mich noch, dass er an diesem Abend ohne etwas zu essen sehr früh ins Bett ging. Ich habe mir ernstliche Sorgen gemacht. Ich dachte, er würde krank, weil er mir sonst die Haare vom Kopf gegessen hat, wenn er aus dem Wald zurückkam.«

»Sind die beiden damals noch zur Hitlerjugend gegangen?«, fragte Seibold.

»Nein, so kurz vor Kriegsende war die nicht mehr aktiv.«

»Haben Sie mit den beiden später noch einmal über die Sache gesprochen?«

Frau Schwind schüttelte den Kopf.

»Schon am nächsten Tag hat sich Hans-Georg wieder ganz normal verhalten. So geriet der Vorfall schnell in Vergessenheit.«

»Können Sie sich noch an das genaue Datum erinnern?«

»Nein, ich weiß nur, dass es wenige Tage vor dem Einmarsch der Amerikaner war.«

»Glauben Sie, dass Robert vielleicht seinen Eltern etwas gesagt haben könnte?«

»Das weiß ich nicht. Sie können Ihnen aber keine Auskunft mehr geben. Roberts Mutter ist bei seiner Geburt gestorben, und soviel ich weiß, sein Vater vor zwei Jahren.«

Seibold überlegte, ob er noch etwas Bedeutsames vergessen hatte. Schließlich stand er auf und sagte: »Vielen Dank, Frau Schwind, ich habe zunächst keine Fragen mehr. Sie haben mir sehr geholfen.«

Der Kommissar zog seinen Mantel an.

»Ich bin sehr zuversichtlich, dass ich den Mörder Ihres Sohnes bald überführen kann.«

Der Kommissar versuchte, die trauernde Frau mit einem Lächeln aufzuheitern. Aber sie reagierte nicht. Als er den Raum verließ, vergaß er nicht, einen langen Blick auf die Madonnenstatue zu werfen. Er dankte ihr für die Eingebung, die sie Frau Schwind gegeben hatte.

8. Kapitel

Rosenmontag, 16. Februar 1953

Das Wetter hatte sich während der Nacht geändert. Tauwetter hatte eingesetzt. Der hellgraue, kalte Winterhimmel der letzten Tage war dunklen, fast schwarzen Regenwolken gewichen, die ein nasskalter Südwestwind in die Voreifel trieb. Die Wetteränderung war auch beim Frühstück hauptsächliches Gesprächsthema im Gastraum des *Hotel Burrenkopf*. Die Meinung darüber fiel höchst unterschiedlich aus.

Einige Gäste waren froh, dass die kalten Winterwochen endlich zu Ende gingen. Andere bedauerten, dass das Tauwetter gerade jetzt einsetzte, wo der Karnevalsumzug am morgigen Veilchendienstag in Rheinbach anstand. Es war zu befürchten, dass er zu einem nasskalten Vergnügen wurde. Nur Hein Burrenkopf hatte seine eigene Sicht der Dinge. »Schlechtes Wetter«, meinte er, »treibt über Karneval die Leute in die Kneipen und ist gut fürs Geschäft.«

Seibold verließ das Hotel gegen acht Uhr fünfzig.

Er war am Vorabend schon sehr früh ins Bett gegangen und hatte seit langer Zeit endlich einmal das Empfinden, richtig ausgeschlafen zu sein. Vor allen Dingen hatten die Probleme mit seinem Kopf, die ihm am Vortage so sehr zugesetzt hatten, deutlich nachgelassen.

So stieg er mit einiger Zuversicht die kleine Eingangstreppe des Hotels, die auf den Vorplatz führte, hinab und atmete zunächst mehrere Male kräftig durch.

Er spürte, dass die Temperatur gegenüber den letzten Tagen deutlich angestiegen war. Trotzdem war ihm das trockenkalte Winterwetter lieber gewesen als der unangenehme Tauwind, der ihn jetzt an allen Gliedern frösteln ließ. Als er sein Motorrad im Innenhof des Hotels bestieg, hielt er einen Moment inne, um den unterschiedlichen Klängen zu lauschen, die die Wassertropfen des tauenden Schnee verursachten, wenn sie auf den Boden fielen. Er erinnerte sich an die Worte seiner Mutter.

»Hör gut hin, Walter«, hatte sie gesagt und das Küchenfenster nach dem langen Winter weit geöffnet. »Das ist die Melodie des Frühlings!«

Nur ungern riss er sich von diesen Erinnerungen los und trat seine NSU an. Schon bald musste er feststellen, dass die Fahrt über den rutschigen Schneematsch wesentlich unangenehmer war als die über eine geschlossene Schneedecke. So war er heilfroh, die Wache ohne Schaden erreicht zu haben.

Als er das Motorrad abstellte und seinen Helm abnahm, hörte er lautes Stimmengewirr, das aus dem geöffneten Fenster des Wachraumes auf die Straße schallte. Ein als Clown verkleideter Mann betrat gerade das Gebäude. Er grüßte den Kommissar freundlich und hielt ihm die Türe zum Wachraum auf. Seibold bedankte sich und betrat den von Zigarettenqualm geschwängerten Raum.

Es war wirklich eine groteske Situation.

Er musste unweigerlich an die Äußerung denken, die Hans Herzogenrath gestern von sich gegeben hatte. Es sah wirklich so aus, als hätte man sich in der Polizeiwache zu einem Kostümfest zusammengefunden.

Raaf war gerade damit beschäftigt, die Tafel mit den Aufzeichnungen in die äußerste Ecke des Raumes zu schieben, um den noch immer hereinströmenden Kostümierten Platz zu machen. Vornhagen stand hinter dem Tresen und hielt eine Liste in der Hand, mit der er die Anwesenheit der Vorgeladenen überprüfte.

Seibold schaute sich die Kostümierung der Anwesenden genauer an. Er war verblüfft, wie unterschiedlich die Verkleidung der einzelnen Clowns ausfiel. In dieser Deutlichkeit war ihm das am Samstagabend auf dem Blöser-Ball nicht aufgefallen.

Einige Clowns trugen Perücken und hatten ihr Gesicht in grellen Farben geschminkt. Andere hatten einen Hut auf dem Kopf und versteckten ihr Gesicht hinter einer Clownsmaske. Mehrere von ihnen hatten ein von Kopf bis Fuß durchgehendes Kostüm nach Art eines Harlekins gewählt. Wieder andere präsentierten eine zweiteilige Verkleidung, mit weiten Hosen, über die sie ein Flickensacko oder einen langen, zweischwänzigen Frack trugen.

Als sich der Kommissar durch die Anwesenden in Richtung von Traudel Henrichs Büro zwängte, fielen ihm zwei junge Männer auf, die nicht kostümiert waren und die sich angeregt mit einem der Clowns unterhielten.

Die Gebrüder Kolb, dachte er.

Der Clown neben ihnen war ohne Zweifel Herzogenrath. Vornhagen hatte Seibold bemerkt und winkte ihn zu sich. Der Kommissar ging auf die Theke zu und warf einen kurzen Blick in das Sekretariat.

Er sah Traudel Henrich. Sie unterhielt sich mit einer drallen Blondine, die ihre Haare zu einem Pferdeschwanz zusammengebunden hatte und die über ihrem schwarzen Rock eine Servierschürze trug. Seibold erkannte sie wieder.

Es war Elke Rottmann, die Kellnerin von *Strengs Stuben*. Als er Vornhagen erreichte, schaute ihn dieser prüfend an.

»Na Walter, ist mit dir alles in Ordnung?«

Seibold brauchte einen Moment, um zu verstehen, dass Vornhagen auf seinen Anfall am gestrigen Tag anspielte.

»Und ob, Toni«, antwortete er, »mir ging es noch nie besser.« Um dies zu unterstreichen, setzte er ein strahlendes Lächeln auf. Vornhagen schien von dieser Antwort nicht überzeugt und entgegnete: »Wollen wir es hoffen!«

Dann warf der Polizeichef einen Blick auf seine Liste.

»Wir haben soweit jetzt alle beisammen. Willst du die Gegenüberstellung durchführen?«

Der Kommissar schüttelte den Kopf.

»Mach du das ruhig! Du kennst die Leute hier besser.«

Vornhagen nickte und schritt in die Mitte des Wachraumes.

»Meine Damen und Herren«, rief er, » darf ich einen Augenblick um Ihr Gehör bitten? Ich danke Ihnen zunächst, dass Sie alle unserer Vorladung Folge geleistet haben. Sie kennen den Grund, warum Sie hier sind. Es geht um eine Gegenüberstellung, die mit dem Mord am Samstagabend auf dem Blöser-Ball zu tun hat. Wenn Sie sich kooperativ verhalten, ist die Sache hier schnell erledigt und Sie können wieder nach Hause gehen. Ich nehme an, Sie haben Rosenmontag Besseres vor, als Ihre Zeit auf der Polizeiwache zu verbringen.«

Zustimmendes Gemurmel und leises Lachen waren zu hören.

»Stellen Sie sich bitte dort hinten nebeneinander an der Wand auf!« Er zeigte auf die linke Seite des Raumes.

Die Kostümierten folgten seiner Anweisung und verteilten sich ohne großes Gedränge an der Wand.

Toni Vornhagen ging auf das Sekretariat zu und rief: »Frau Rottmann, Sie können jetzt kommen.«

Kurz darauf erschien die Zeugin im Wachraum. Traudel Henrich begleitete sie. Unsicher blickte sich die Kellnerin nach allen Seiten um. Deutlich war ihr anzumerken, wie unwohl sie sich bei dieser Aktion fühlte.

Traudel Henrich hatte Walter Seibold unter den Anwesenden bemerkt und bedachte ihn mit einem langen Blick. Der Kommissar erwiderte ihn nur kurz und begrüßte sie dann mit einem Kopfnicken. Dann konzentrierte er seine Aufmerksamkeit auf Elke Rottmann, die sich den Kostümierten näherte und nach und nach jeden Clown mit einem eindringlichen Blick fixierte. Nachdem sie die Reihe zweimal langsam abgeschritten war, drehte sie sich zu Vornhagen um und nickte mit dem Kopf.

»So, meine Herrschaften«, sagte dieser, »das war's schon. Sie können jetzt gehen. Wir wünschen Ihnen noch einen schönen Tag.«

Unverzüglich setzte lautes Stimmengewirr ein, und die Schar der Clowns drängte dem Ausgang entgegen.

Nur die Gebrüder Kolb und Hans Herzogenrath wurden angewiesen, den Raum nicht zu verlassen. Die Zurückgebliebenen warteten, bis auch der letzte Kostümierte die Polizeiwache verlassen hatte und die Stimmen auf der Straße verhallt waren. Einen Moment herrschte gespannte Ruhe im Raum.

Dann ging Seibold auf die Männer aus Merzbach zu und sagte: »Vielen Dank, meine Herren! Auch Sie können nach Hause gehen. Halten Sie sich aber bitte in den nächsten Tagen für weitere Untersuchungen bereit.«

Der Kommissar drehte sich um und blickte in die verständnislosen Gesichter von Raaf und Vornhagen.

Seibold wartete, bis die Männer die Tür hinter sich geschlossen hatten, und sagte: »Die Gebrüder Kolb hätten uns das Gleiche erzählt wie gestern Herzogenrath. Wenn uns Frau Rottmann bestätigt, dass das Clownskostüm, das sie am Samstagabend gesehen hat, identisch mit dem ist, das Hans Herzogenrath vorgeführt hat, werden wir die Burschen ordentlich in die Mangel nehmen.«

Der Kommissar sah die Kellnerin erwartungsvoll an. Elke Rottmann zuckte mit den Schultern.

»Es ist sehr schwer«, sagte sie nervös. »Es sind so viele unterschiedliche Kostüme, und ich habe die Person, die aus der Küche kam, nur sehr kurz gesehen ... aber ich bin mir fast sicher ... der Clown, der aus der Küche kam, befand sich nicht unter den Anwesenden.«

»Sind Sie wirklich sicher?« Vornhagen hakte nach.

Wieder zuckte die Kellnerin ratlos mit den Schultern. In diesem Moment klingelte das Telefon, und Traudel Henrich verließ den Raum, um das Telefonat entgegenzunehmen.

Als Seibold sah, dass keiner von ihnen weitere Fragen an die Zeugin hatte, sagte er: »Frau Rottmann, wir danken Ihnen für die Zusammenarbeit, auch Sie können jetzt nach Hause gehen.«

»Nach Hause wäre schön«, entgegnete die Frau. »Ich muss jetzt zur Arbeit. Gleich beginnt der Frühschoppen in *Strengs Stuben*.«

Sie ging zur Garderobe. Seibold folgte ihr und half ihr in den Mantel. Die Kellnerin wickelte sich einen langen schwarzen Schal um den Hals und verabschiedete sich mit einem kurzen Kopfnicken. Dann verschwand sie durch die Tür. Eine Weile herrschte Stille, nur die Stimme Traudel Henrichs, die im Nebenraum telefonierte, war zu hören.

»Es wäre ja auch zu schön gewesen«, stöhnte Raaf.

Enttäuscht von dem Ergebnis der Gegenüberstellung ließ er sich auf einen Sessel fallen. Auch Vornhagen nahm Platz. Er zündete sich eine Zigarette an und sagte: »Es ist wirklich zum Kotzen. Wir haben nichts gegen die Brüder in der Hand.«

»Wenn wir sie gleichzeitig vernehmen und einzeln in die Mangel nehmen, haben wir vielleicht eine Chance«, warf Raaf ein.

»Schon möglich, aber für so eine Befragung brauchen wir richtige Profis«, sagte Seibold, »ich hoffe, dass mir Hausschildt bald Verstärkung schickt.«

Raaf schaute den Kommissar vorwurfsvoll an. »Ich verstehe, wir hier auf dem Land können so etwas nicht«, antwortete er beleidigt.

Seibold tat seine Äußerung umgehend leid. Er wusste zwar, dass er recht hatte, aber er hätte die Bemerkung besser für sich behalten.

Um von seinen Worten abzulenken, holte er die Tafel wieder aus der Ecke und stellte sie für alle sichtbar vor die Sitzgarnitur. Dann setzte er sich ebenfalls in die Runde. In diesem Moment kam Traudel Henrich aus ihrem Büro.

»Toni, Herr Bongartz von der Öl-Mühle hat angerufen. Er behauptet, sein Hund hätte merkwürdige Knochen im Steinbruch gefunden.«

Vornhagen, der ebenfalls sichtlich enttäuscht war, erhob sich und polterte plötzlich los.

»Na und! Ich weiß nicht mehr, wo mir der Kopf vor lauter Arbeit steht. Es geschieht ein Mord nach dem anderen, und der Karnevalsumzug steht vor der Tür. Da meinen einige Idioten wirklich, ich hätte Zeit, mich um ein paar alte Knochen zu kümmern.«

Der Polizeichef nahm wieder Platz und räusperte sich laut hörbar. Dann hatte er sich wieder in der Gewalt. Es war das erste Mal, dass Seibold sah, dass Vornhagen die Beherrschung verlor. Auch er schien an den Grenzen seiner Belastbarkeit angelangt zu sein.

»Nimm es mir nicht übel, Traudel«, sagte Vornhagen entschuldigend, »du kannst ja nichts dafür.«

Er saß mit dem Rücken zur Sekretärin. Traudel Henrich sagte nichts und warf einen langen Blick auf Walter Seibold.

Wieder vermied dieser einen längeren Blickkontakt. Schließlich drehte sie sich um und ging wortlos aus dem Zimmer.

Vornhagen schaute ihr nach. Man merkte ihm deutlich an, dass ihm die Entgleisung aufrichtig leid tat.

»Ich bin gestern Nachmittag in Merzbach und Todenfeld gewesen.«

Seibold brachte das Gespräch wieder in Gang, um die peinliche Situation zu überspielen, »... und habe Neuigkeiten erhalten, die meine These, dass die Mordtaten an Schwind und Hörnig im Zusammenhang stehen könnten, bestärkt.«

Der Kommissar wies zur Tafel. Die Überreste der von ihm entfernten Trennlinie waren noch gut erkennbar. »Wusstet ihr, dass die beiden in ihrer Kinder- und Jugendzeit sehr eng miteinander befreundet waren?«

Die Rheinbacher Polizisten schauten sich erstaunt an und verneinten.

»Die Mutter von Hans-Georg Schwind erzählte mir, dass die beiden früher unzertrennlich waren und sich mit Vorliebe im Merzbacher Wald austobten. Wenige Tage vor Kriegsende kam ihr Sohn abends wie unter Schock nach Hause, wollte seiner Mutter aber nicht den Grund dafür nennen. Daher ist anzunehmen, dass Hans-Georg und Robert damals etwas Furchtbares erlebt haben müssen. Ich gehe davon aus, dass Schwind diesen Vorfall vor einigen Tagen bei Gerd Schragen ausgeplaudert hat. Ich bin der Meinung, dass auch Robert Hörnig sterben musste, weil er davon wusste.«

»Wenn deine These stimmt, wäre Fuchs unschuldig und somit von den Merzbachern grundlos ermordet worden«, sagte Vornhagen mit einem Kopfschütteln.

»Oder er ist ebenfalls in diese Sache involviert gewesen und wurde deshalb ermordet«, entgegnete Seibold. »Außerdem ist bislang noch nicht erwiesen, dass die Merzbacher Freunde von Hörnig die Tat begangen haben.«

»Das sind doch alles nur vage Vermutungen und Hirngespinste«, ereiferte sich Raaf.

»Ich bin mir sicher ...«, entgegnete ihm Seibold mit ruhiger Stimme, »... wenn wir erfahren können, was sich damals im Wald abgespielt hat und wer dafür verantwortlich ist, haben wir den Schuldigen, der für unsere Mordserie verantwortlich ist.«

»Aber wie können wir das erfahren?«, ereiferte sich Raaf, »damals am Ende des Krieges ging alles drunter und drüber. Die öffentliche Ordnung war völlig zusammengebrochen. Jeder versuchte nur irgendwie zu überleben.«

Vornhagen übernahm jetzt das Wort: »Alle naselang passierten Scheußlichkeiten, für die später nie einer zur Rechenschaft gezogen wurde. Es war nun mal Krieg. Es existieren keine Polizei- und Zeitungsberichte aus dieser Zeit. Es ist fast unmöglich, vernünftig zu recherchieren.«

»Wie steht es mit euch beiden? Ihr seid doch Rheinbacher! Habt ihr damals nichts mitbekommen?«, fragte Seibold eindringlich.

»Manfred und ich waren zu dieser Zeit gar nicht in Rheinbach. Wir waren in unseren Einheiten in der Wehrmacht und damit beschäftigt, die anrückenden Engländer und Amerikaner aufzuhalten. Danach sind wir in Gefangenschaft geraten.«

»Auch nach dem Kriege habe ich nichts von einem Vorfall gehört, der zu Ihrer These passen könnte«, pflichtete Raaf Vornhagen bei.

»Trotzdem werde ich versuchen, es herauszubekommen«, sagte Seibold, »irgendjemand hier in Rheinbach und Umgebung muss doch etwas mitbekommen haben. Vielleicht ist der Vorfall doch irgendwo schriftlich niedergelegt worden?

Auf der Stadtverwaltung gibt es doch sicherlich einen Archivar, der mir vielleicht weiterhelfen kann.«

»Dann musst du aber bis Mittwoch warten«, sagte Vornhagen und erhob sich von seinem Stuhl, zum Zeichen, dass er die Unterredung jetzt beenden wollte. »Das Bürgermeisteramt hat heute und morgen geschlossen.«

Der Kommissar musste wiederum leidvoll erfahren, dass die Karnevalstage den Fortgang der Ermittlungen erheblich erschwerten. »Ich muss jetzt los«, sagte Vornhagen und ging hinter den Tresen, um seinen Mantel zu holen, »ich habe noch jede Menge wegen des morgigen Karnevalsumzugs zu tun.«

Er kehrte zurück und nahm seine Dienstmütze von der Garderobe. »Heute Nachmittag gönne ich mir das Vergnügen, den Rosenmontagszug in Odendorf anzusehen. Schäfers Büb, ein alter Freund von mir, besitzt dort eine Kneipe und hat mich eingeladen. Walter, hast du nicht auch Lust mitzukommen? Traudel und Maria wollen sich ebenfalls anschließen.«

Der Kommissar war in Gedanken und hatte nicht richtig zugehört. Vornhagen stand vor ihm und wartete auf eine Antwort.

»Äh ... was sagst du ...?«, stotterte Seibold, »... nein, nein. Vielen Dank für die Einladung, aber ich habe noch Berichte zu schreiben. Ich muss dringend Hausschildt über die neuen Ereignisse informieren.«

»Wie du möchtest«, antwortete Vornhagen, »ich schlage übrigens vor, dass wir unsere nächste Besprechung erst wieder für Mittwoch ansetzen. Morgen früh werden Manfred und ich wegen des Karnevalsumzuges keine Zeit haben.«

»In Ordnung«, antwortete der Kommissar mit einem resignierten Unterton in der Stimme.

Walter Seibold saß regungslos und mit leerem Blick auf seinem Platz. Die Euphorie des gestrigen Tages, als er dachte, der Lösung des Falles so nah zu sein, war verschwunden. Raaf und Vornhagen hatten recht. Es würde sehr schwer werden herauszufinden, was sich am Ende des Krieges ereignet hatte. Vielleicht konnte ihm nur ein Zufall helfen. Der Kommissar ging gedanklich noch einmal die Vorkommnisse des Morgens durch. Irgendetwas von dem, was passiert war, hatte er im Unterbewusstsein abgespeichert. Ein Vorkommnis, das bezüglich der Ermittlung irgendeine Bedeutung besaß. Der Kommissar versuchte krampfhaft, alle Eindrücke der letzten Stunde gedanklich wieder an die Oberfläche zu kramen. Es gelang ihm einfach nicht.

Er versuchte, seine Verkrampfung zu lösen und an etwas anderes zu denken. Er hörte die Geräusche der Schreibmaschine, die von Traudel bedient wurde.

Da! Da war es! Er wusste es wieder! Er sprang von seinem Platz auf und rannte in das Sekretariat. Manfred Raaf, der mit Schreibarbeiten hinter dem Tresen beschäftigt war und schon das xte Butterbrot verspeist hatte, sah ihm erstaunt nach.

»Traudel«, rief Seibold. Die Sekretärin schaute erschrocken auf. »Was wollte der Mann, der eben angerufen hat?«

»Er sagte, sein Hund hätte eine Reihe von merkwürdigen Knochen gefunden.«

»Ja, ja«, keuchte Seibold, »... weiter ... und wo war das?«

»Im alten Steinbruch.«

»Im Steinbruch«, wiederholte der Kommissar.

Verzweifelt versuchte er, sich daran zu erinnern, in welchem Zusammenhang er diesem Begriff schon einmal begegnet war. Dann stand er auf und rannte an den Tresen des Wachraumes.

»Herr Raaf, geben Sie mir bitte die Akte von Gerd Schragen!«

Raaf legte sein Butterbrot zur Seite und wischte seine Finger an seinem Taschentuch ab. Er nahm einen schwarzen Aktenordner aus dem Schrank und reichte ihn Seibold. Fieberhaft blätterte Seibold in den Unterlagen.

Endlich hatte er gefunden, was er suchte. Es war die Schreibunterlage, die er auf dem Schreibtisch von Schragen gefunden hatte. Seine Augen überflogen die Notizen. Da stand es schwarz auf weiß: *Steinbruch.*

Jetzt machte für ihn auch die Zahl, die aus Platzmangel nicht neben, sondern schräg unter das Wort geschrieben war, einen Sinn.

Es war die Jahreszahl 1945.

»Hier spricht Friedel Bongartz.«

Der Mann, der sich meldete, hatte eine tiefe Bassstimme.

»Guten Tag, Herr Bongartz«, sagte der Kommissar.

Traudel Henrich hatte ihre Schreibarbeit unterbrochen und verfolgte aufmerksam das Telefongespräch.

»Seibold, Kripo Bonn. Sie haben eben mit unserer Kollegin von der Rheinbacher Wache telefoniert. Können Sie noch einmal erzählen, worum genau es sich handelt?«

»Ich habe heute Morgen einen Spaziergang mit unserem Hund gemacht. Im Steinbruch rannte er in ein Gebüsch und kam nicht mehr hervor. Ich habe nachgeschaut, was ihn dort so sehr interessierte. Dabei bin ich auf eine Reihe von Knochen gestoßen.«

Bongartz machte eine Pause. Seibold hörte, wie er atmete.

»Ich bin mir sicher: Sie stammen von einem Menschen.«

»Können sie nicht ebenso von einem Tier stammen?«

»Hören Sie«, antwortete Bongartz, »ich bin passionierter Jäger. Ich kann wohl Menschen- von Tierknochen unterscheiden.«

»Ja, ja ... ich glaube Ihnen«, sagte Seibold schnell. »Ist es vielleicht möglich, dass wir uns heute noch an der Fundstelle treffen können?«

»Meinetwegen«, antwortete der Jäger, »aber bitte erst nach dem Mittagessen.«

»Nennen Sie eine Uhrzeit«, schlug Seibold vor.

»Wie wäre es mit vierzehn Uhr?«

»Gut«, sagte der Kommissar, »das ist mir recht. Auf Wiederhören und bis gleich.«

Seibold legte den Telefonhörer auf die Gabel. Er schloss die Augen und konzentrierte sich. Dann sagte er: »Herr Raaf, erklären Sie mir bitte, wie ich zum Steinbruch komme! Und besorgen Sie mir einen Spaten!«

Kurz bevor Seibold die Wache verließ, hatte ihm Traudel Henrich zu verstehen gegeben, dass sie ihn dringend sprechen wollte. Sie hatte dafür einen Moment genutzt, in dem sie von Raaf unbeobachtet waren. Der Kommissar hatte ihr geantwortet, dass er am nächsten Morgen in der Polligstraße vorbeischauen wollte.

Raaf hatte ihm zwischenzeitlich einen Spaten besorgt, den er jetzt mit einem Halteriemen am Motorrad befestigte.

Die Temperatur war in den letzten Stunden noch etwas gestiegen. Von überall hörte man, wie der tauende Schnee von den Hausdächern rutschte und auf die Bürgersteige krachte. Auch hatte ein leichter Regen eingesetzt, der die Fahrt zum Steinbruch zusätzlich beeinträchtigte. So musste Seibold auf dem Weg zweimal anhalten, um Regentropfen von seiner Motorradbrille abzuwischen. Als er in den Steinbruch einbog, sah er, dass Bongartz schon auf ihn wartete. Aufgrund der tiefen Bassstimme am Telefon hatte sich der Kommissar eher eine Person von massiger Körperstatur vorgestellt. So wunderte er sich, einen Mann von nur geringer Größe vorzufinden, der aber auf Seibold in seiner grünen Jägerkluft einen stämmigen und drahtigen Eindruck machte.

Seibold stieg vom Motorrad, nahm den Spaten ab und ging auf Friedel Bongartz zu. Die Männer reichten sich die Hände.

»Dort drüben ist es«, sagte Bongartz und zeigte auf ein mannshohes Gebüsch am hinteren Ende des stillgelegten Steinbruches. Als sie sich durch die Zweige des Unterholzes gezwängt hatten und an der Fundstelle angekommen waren, erkannte Seibold sofort, dass schon jemand vor ihnen an dieser Stelle gegraben hatte. Das lockere Erdreich war nur notdürftig wieder auf die Grabungsstelle verteilt worden, sodass an einigen Stellen weiß schimmernde Knochenteile zum Vorschein kamen.

Zunächst entfernten die Männer hinderliche Äste und Hölzer des Gestrüpps. Dann zog Seibold seinen Mantel aus und begann zu graben. An einigen Stellen, besonders dort wo der Boden noch gefroren war, wurde die Aktion zu einer schweißtreibenden Angelegenheit, sodass Bongartz dem Kommissar nach einiger Zeit vorschlug, ihn abzulösen. Seibold schnaubte tief durch und nahm dankend an.

Bald schon war zu erkennen, dass es sich bei den Knochen um zwei menschliche Skelette handelte. Anhand der Anatomie der Beckenknochen identifizierte sie Seibold als männlich. Nach der Lage der Schädel hatte man die Leichen nebeneinander auf dem Bauch liegend in der Erde vergraben. Als die Überreste vollständig freigelegt waren, begannen die Männer mit einer genaueren Untersuchung.

»Was meinen Sie?«, fragte Seibold und wischte sich den Schweiß von der Stirn, »wie lange liegen die Überreste hier schon?«

»Hmmm ... Ich tippe auf einen Zeitraum zwischen fünf bis zehn Jahren. Gewebereste sind überhaupt nicht mehr vorhanden und Reste der Kleidung nur noch im ganz geringem Maße.«

Dabei zeigte Bongartz mit dem Finger auf kleine Stoffpartikel, die zwischen den Skelettresten zu sehen waren. »Ich glaube, wir können auch schon etwas über die Todesursache sagen«, fuhr er fort.

Seibold bemerkte, dass der Jäger in seinem Element war.

»Schauen Sie sich einmal die Schädel der Toten an!«

Der Kommissar erkannte, dass die hintere Schädeldecke der beiden Skelette Löcher aufwies, die einen Durchmesser von circa drei bis vier Zentimeter hatten.

»Höchstwahrscheinlich Einschusslöcher«, sagte der Kommissar leise.

Bongartz nickte zustimmend.

»Sie scheinen mit einem aufgesetzten Schuss in den Hinterkopf regelrecht hingerichtet worden zu sein.«

Der Kommissar war sich jetzt so gut wie sicher: Hans-Georg Schwind und Robert Hörnig waren Zeuge dieser Hinrichtung gewesen. Fieberhaft untersuchte er die Grabungsstelle: Zentimeter für Zentimeter. Vielleicht konnte er irgendetwas finden, das etwas über die Identität der Getöteten aussagte.

Nach einiger Zeit wurde er fündig. Er entdeckte etwas rostig Metallenes zwischen den Fingerknochen eines der Opfer, das er zunächst für eine Halskette hielt. Doch nach näherer Betrachtung erkannte er, dass es sich um einen Rosenkranz handelte. Deutlich waren die Überreste von Gebetsperlen aus Perlmutt und ein kleines Eisenkreuz am Ende der Kette zu erkennen. Der Hingerichtete musste gewusst haben, was ihm bevorstand, und hatte kurz vor seinem Tod noch gebetet.

Als der Kommissar das Fundstück mit seinem Taschentuch so gut es ging von Schmutz und Rost gereinigt hatte, fiel ihm noch etwas auf. Neben dem Kreuz war eine kleine Eisenplakette angebracht, die ihn in ihrer Form an die Erkennungsmarke eines Soldaten erinnerte. Der Kommissar hielt das Fundstück in das Licht und erkannte, dass auf der Oberfläche Buchstaben eingestanzt waren. Er versuchte sie zu entziffern. Nach mehrmaligem Lesen war er sich sicher, dass es sich um einen Namen handelte. Der Vorname *Roman* war gut zu erkennen. Von dem Nachnamen waren nur noch die Anfangsbuchstaben erhalten. *Szy...*

»Was halten Sie davon?«, fragte Seibold und gab sein Fundstück an Bongartz weiter, der es ebenfalls genau untersuchte.

»Ich glaube, es könnte sich bei diesem Toten hier um einen Polen handeln.«

»Was haben Polen während des Krieges im Rheinland gemacht?«, fragte der Kommissar.

»Sie wurden hier als Zwangsarbeiter in den landwirtschaftlichen Betrieben eingesetzt.«

Der Kommissar nickte. Er spürte, dass sich die Schlinge um den Hals des Mörders immer enger zuzog.

Das Haus des Försters lag idyllisch im Wald und grenzte mit seinen Wiesen direkt an den Schwanenweiher. Es befand sich auf der Höhe der Abzweigung nach Todenfeld an der Straße von Rheinbach nach Merzbach und war nur knapp zweihundert Meter von dem Eingang des Steinbruchs entfernt.

Münster war gerade damit beschäftigt, die Schneelawinen, die sich von seinem Dach gelöst hatten, zu beseitigen, als Seibold durch die Gartenpforte auf das alte Steinhaus zuging.

»So schnell sieht man sich wieder«, sagte der Rheinbacher Förster lächelnd, als er Seibold erkannte.

Der Kommissar grüßte zurück.

»Was führt Sie zu mir?« Münster unterbrach seine Arbeit und lehnte seine Schneeschaufel gegen die Hauswand.

»Haben Sie vielleicht eine alte Plane, die Sie mir für kurze Zeit ausleihen können?«

»Eine alte Plane? Was wollen Sie denn damit?«

Seibold erzählte ihm von seinem Fund im Steinbruch. Er wollte die Skelette zudecken, damit sie nicht von Tieren entdeckt wurden.

Der Förster ging in einen kleinen Schuppen und kehrte mit einer alten, grünen Wehrmachtsplane zurück.

»Reicht die von der Größe?«, fragte er und breitete die Plane vor Seibold auf dem Boden aus.

»Das müsste gehen«, antwortete der Kommissar und half Münster, die Plane wieder zu einem handlichen Paket zusammenzupacken.

»Haben Sie vielleicht etwas davon mitbekommen, was sich kurz vor Ende des Krieges im Steinbruch abgespielt hat?«, fragte er, als er die Plane unter den rechten Arm klemmte.

»Da müssten Sie meinen Vorgänger fragen«, entgegnete der Förster und zuckte bedauernd mit den Schultern. »Der liegt aber auch schon unter der Erde. Ich habe die Stelle hier erst vor zwei Jahren übernommen.«

» Schade«, sagte der Kommissar, »ich hatte gehofft, Sie hätten mir vielleicht weiterhelfen können.«

Er bedankte sich für die Hilfe und ging auf sein Motorrad zu, das er vor dem Zaun des Anwesens abgestellt hatte.

»Ach ja«, sagte Seibold und drehte sich noch einmal um. »Mir fällt da noch eine Frage ein. Haben Sie vor ungefähr einer Woche einen grünen DKW vor dem Steinbruch stehen sehen?« Berthold Münster überlegte kurz.

»Nicht dass ich wüsste.«

Der Kommissar wollte gerade seinen Weg fortsetzen, da hörte er aus der Richtung des Hauses eine Frauenstimme. »Aber ich!« Sie gehörte einer stark übergewichtigen Frau, die mit ihrer Körperfülle fast die ganze Haustüröffnung einnahm.

»Darf ich Ihnen meine Frau Gertrud vorstellen?«, sagte der Förster mit einem entschuldigenden Unterton. Es war offensichtlich, dass sie das Gespräch der beiden belauscht haben musste.

»Guten Tag, Frau Münster«, sagte Seibold und kam noch einmal zurück. »Wissen Sie noch, an welchem Tag das war?«

»Es war am Samstag vor einer Woche. Ich weiß es so genau, weil ich am Samstagnachmittag immer meine Freundin Inge Wallrath in Merzbach besuchen gehe. An diesem Tag bin ich wegen der einbrechenden Dämmerung nicht durch den Wald nach Hause gegangen, sondern an der Hauptstraße entlang. Dabei ist mir der Wagen aufgefallen.«

»Vielen Dank für Ihre Aufmerksamkeit, Frau Münster.«

Der Kommissar winkte der Frau in der Haustüre zum Abschied dankbar zu.

Seibold musste zugeben, dass die weibliche Neugier eben auch manchmal ihre Vorteile hatte. Er war sich jetzt sicher, dass es sich bei denjenigen, die sich vor ihm und Bongartz für die Skelette interessiert hatten, um Schragen und Schwind gehandelt haben musste. Seibold bestieg sein Motorrad und fuhr guter Laune in Richtung Rheinbach.

Er war der Lösung des Falles wieder einen wichtigen Schritt näher gekommen. Der Schlüssel zu der tragischen Mordserie der letzten Tage war in diesem Steinbruch zu finden. Es galt jetzt noch herauszufinden, warum die beiden Polen sterben mussten und wer für ihre Hinrichtung verantwortlich war.

Er hatte auch schon eine Idee, wer ihm dabei helfen konnte.

Montag, 16. Februar 1953, 16 Uhr 50

Walter Seibold hatte seine NSU wieder im Innenhof des Hotels abgestellt.

An seinem aufkommenden Hungergefühl merkte er, dass er seit dem Morgen nichts mehr gegessen hatte. Burrenkopf machte seine Küche jedoch erst wieder um achtzehn Uhr auf. So ging er die Hauptstraße entlang und fand schon bald ein Café mit dem klangvollen Namen *Rogal*.

Er ging hinein und bestellte sich ein Kännchen Kaffee und ein Stück Schwarzwälder Kirsch. Das Kuchenstück schmeckte ihm so gut, dass er sich am liebsten noch ein zweites bestellt hätte. Aber die Zeit drängte. Gegen siebzehn Uhr dreißig verließ er die Konditorei und machte sich auf den Weg zur Kirche St. Martin. Als er dort ankam, sah er eine ältere Frau, die das Gotteshaus gerade durch das Hauptportal verließ und die Kirchentreppe herunterkam.

»Entschuldigen Sie bitte«, rief der Kommissar laut, denn die Frau entfernte sich in entgegengesetzter Richtung.

Sie blieb stehen und drehte sich um.

»Entschuldigen Sie«, wiederholte Seibold, als er die Frau erreicht hatte, »können Sie mir vielleicht sagen, wo ich das Pfarrhaus finde?«

»Gehen Sie einfach links um die Kirche herum. Es ist das zweite Haus gegenüber der Kirche.«

Der Kommissar bedankte sich und folgte der Wegbeschreibung. Als er das Pfarrhaus erreichte, überlegte er, wann er das letzte Mal in einer Kirche gewesen war. Es musste noch vor dem Krieg gewesen sein. Gerade wollte er die Türklingel drücken, als er von hinten angesprochen wurde.

»Wollen Sie zu mir, mein Herr?«

Seibold drehte sich um und sah einen ganz in Schwarz gekleideten Mann, der eine große Hornbrille trug und von einem Seiteneingang der Kirche auf ihn zukam. Seibold schätzte ihn auf Anfang dreißig.

»Sind Sie der Pfarrer von Rheinbach?«, fragte der Kommissar erstaunt. »Höchstpersönlich«, grinste der Mann, »ich bin Kaplan Wolfgang König.«

Walter Seibold, der einen wesentlich älteren Mann erwartet hatte, stellte sich seinerseits vor. »Haben Sie ein wenig Zeit für mich? Ich hätte da einige Fragen.«

»Sie haben Glück«, antwortete der Pfarrer und schloss die Haustüre auf. »Rosenmontag ist kein kirchlicher Feiertag. An diesem Tag haben die Rheinländer alles andere als den lieben Gott im Sinn. In der Abendandacht waren gerade mal fünf Personen.«

Er stieß die Tür auf und drehte sich zu Seibold um.

»Kommen Sie herein! Meine Hauswirtschafterin wird uns einen guten Kaffee kochen.«

»Vielen Dank, für mich bitte nicht. Ich komme gerade aus dem Café.«

Seibold folgte dem Pfarrer durch den Korridor in ein kleines Wohnzimmer, das mit schweren rustikalen Eichenmöbeln überfrachtet war und den ohnehin schon dunklen Raum noch düsterer erscheinen ließ. Auf dem Tisch lag eine kostbar eingebundene Bibel. Daneben ein aufgeschlagener Notizblock mit einem Bleistift.

»Legen Sie doch ab, Herr Seibold, und nehmen Sie Platz!«

Seibold zog seinen Mantel aus. Eine korpulente, aber gepflegte ältere Dame in einem weißen Kittel betrat den Raum, grüßte freundlich und nahm den Mantel an sich.

»Frau Winterscheid«, sagte der Kaplan, »wir haben heute hohen Besuch von der Polizei. Könnten Sie mir bitte eine Tasse Kaffee machen?«

Der Pfarrer ging an den Schrank und öffnete ihn.

»Herrn Seibold möchte keinen Kaffee, aber ich werde ihn zu einem schönen Moselriesling überreden.« Der Pfarrer drehte sich um und hatte eine Weinflasche und zwei Gläser in der Hand.

»Kommen Sie«, sagte er, als er sah, dass der Kommissar unschlüssig war, das Angebot anzunehmen. »Das dürfen Sie mir nicht abschlagen. Nach dem Kaffee trinke ich auch ein Gläschen mit.«

Kaplan Königs Verhalten bestärkte Seibold in seiner Meinung, dass Gottesdiener im Allgemeinen Genussmenschen waren.

»Sie kommen sicherlich wegen der Mordfälle, die sich in den letzten Tagen hier ereignet haben«, sagte der Pfarrer und füllte Seibolds Glas. »Eine schreckliche Geschichte. Ich bin mit der seelsorgerischen Aufgabe, die Angehörigen zu trösten, fast überfordert.«

Der Kaplan bemerkte Seibolds überraschten Gesichtsausdruck.

»Sie müssen wissen, ich habe noch keine große Erfahrung. Dies hier in Rheinbach ist meine erste Pfarrstelle. Ich betreue momentan außerdem die umliegenden Ortschaften mit.«

Jetzt fiel Seibold auf, dass Kaplan König der Geistliche war, den er gestern in Todenfeld gesehen hatte.

»Was macht denn Ihr Vorgänger?« Seibold nippte an seinem Weinglas. Er war kein Weintrinker und musste sich zusammenreißen, sich nicht anmerken zu lassen, wie wenig ihm der Riesling schmeckte.

»Pastor Bertram ist im letzten Jahr verstorben.«

Seibold war enttäuscht. Abermals musste er feststellen, dass ein mutmaßlicher Zeuge nicht mehr am Leben war. Er sah die Hoffnung, im Pfarramt die erhofften Informationen zu erhalten, schlagartig schwinden.

»Herr König«, sagte Seibold, »offen gestanden, ich bin nicht wegen der aktuellen Mordfälle bei Ihnen, es geht um Geschehnisse, die einige Jahre zurückliegen!«

Der Kommissar berichtete von den Skelettfunden im Steinbruch. Er erwähnte auch, dass es sich bei den Toten höchstwahrscheinlich um Polen handelte, die während des Krieges in Rheinbach oder Umgebung als Zwangsarbeiter eingesetzt waren.

»Die Tatsache, dass einer der Toten einen Rosenkranz bei sich trug«, beendete Seibold seine Ausführungen, »lässt darauf schließen, dass er ein gläubiger Katholik war und vielleicht Kontakte zur hiesigen Pfarrei hatte.«

Kaplan König rieb sich nachdenklich sein Kinn. Dann schüttelte er den Kopf: »Eine merkwürdige Geschichte. Aber davon habe ich leider keine Kenntnis.«

In diesem Moment betrat die Haushälterin den Raum und stellte ein Kaffeeservice auf den Tisch. Aromatischer Kaffeeduft stieg Seibold in die Nase, und er bereute, das Angebot des Pfarrers ausgeschlagen zu haben.

»Aber vielleicht«, fuhr der Geistliche fort, »weiß Frau Winterscheid etwas darüber. Sie hat schon meinem Vorgänger viele Jahre den Haushalt geführt.«

Die Haushälterin hatte Seibolds Anliegen nicht mitbekommen und schaute den Kaplan fragend an.

»Wissen Sie, ob Pastor Bertram im Krieg Kontakte zu polnischen Zwangsarbeitern hatte?«

Seibold war überrascht, wie schnell die Haushälterin auf diese Frage antwortete.

»Ja, ich weiß, dass er sich mit einigen von ihnen getroffen hat.«

»Hieß einer von ihnen vielleicht Roman?«, fragte Seibold.

»Das kann ich Ihnen nicht sagen. Dafür habe ich zu wenig von den Treffen mitbekommen. Sie fanden nicht hier im

Pfarrhaus, sondern in der Kirche statt. Pastor Bertram wollte nicht, dass die Öffentlichkeit etwas davon mitbekam.«

»Mehr wissen Sie nicht darüber?«

»Leider nein.«

»Ich habe aber etwas, was Ihnen vielleicht weiterhelfen könnte«, schaltete sich der Kaplan wieder in das Gespräch ein und stellte seine Kaffeetasse auf den Tisch.

Er stand auf, öffnete eine der oberen Schranktüren und holte ein kleines Buch heraus, das Seibold an ein Poesiealbum erinnerte. »Beim Ausmisten habe ich diese Unterlagen gefunden. Es handelt sich um ein Tagebuch von Pastor Bertram.«

Der Pfarrer legte es auf den Tisch.

»Seine Aufzeichnungen beginnen mit seiner Amtseinführung in Rheinbach 1935 und enden mit der Zerstörung der Rheinbacher Kirche im März 1945.«

Der Kommissar nahm das Tagebuch vom Tisch und blätterte es durch. Es waren an die hundert handgeschriebene Seiten.

Er wusste jetzt, womit er den Abend verbringen würde.

Als Walter Seibold um achtzehn Uhr fünfunddreißig das Pfarrhaus verließ, litt er unter Übelkeit und Sodbrennen. Kaplan König hatte nicht locker gelassen, bis die Flasche Moselriesling bis auf den letzten Tropfen geleert war. Er musste dringend etwas essen. Als er die Hauptstraße in Richtung Hotel überquerte, bemerkte er nicht, dass er aus dem Schatten eines Hauses beobachtet wurde.

Montag, 16. Februar 1953, 19 Uhr 05

Für Rosenmontagabend war es verhältnismäßig ruhig im Gastraum des *Hotel Burrenkopf*. Viele Rheinbacher hatten die Umzüge in den benachbarten Ortschaften besucht und waren dann nach Hause gegangen, um sich für den Rheinbacher Karnevalshöhepunkt am Veilchendienstag auszuruhen.

So standen nur wenige Gäste an der Theke, die sich leise unterhielten.

Walter Seibold hatte sich an einen der hinteren Tische zurückgezogen und aß einen Strammen Max. Nach dem Verzehr spürte er, dass sein Sodbrennen langsam nachließ. Er bestellte sich noch eine Tasse Kaffee. Dann stand er auf, ging an die Garderobe und holte das Tagebuch aus der Manteltasche.

Als er auf seinen Platz zurückgekehrt war und es aufschlug, sah er, dass die Aufzeichnungen in der Sütterlinschrift abgefasst waren. Glücklicherweise hatte Seibold diese Schriftart noch in der Schule gelernt, sodass ihm das Lesen nicht allzu schwerfiel. Der Schreibstil, der ihn zeitweise an das Abfassen von Telegrammen erinnerte, bereitete ihm dagegen größere Schwierigkeiten.

Der Kommissar begann zu lesen. Die Eintragungen des Tagebuches kommentierten zum größten Teil Geschehnisse aus dem Alltag der Rheinbacher Pfarrei: eine datierte Aufzählung von Hochzeiten, Taufen und anderen kirchlichen Ereignissen. Auffallend war, dass Pastor Bertram vor allem sehr minutiös die fortschreitenden Kirchenaustritte in dieser Zeit vermerkte. Dabei kommentierte er mit bissigen Bemerkungen das Treiben der nationalsozialistischen Machthaber in Rheinbach. Der Kommissar überlegte, dass der Inhalt dieses Buches den Pastor damals in allergrößte Schwierigkeiten hätte bringen können.

Die Monotonie der wiederkehrenden gleichen Fakten ermüdete ihn mit der Zeit. Als er einsah, dass sie ihn nicht weiterbrachten, entschied er, sich auf das Studium der Ereignisse am Kriegsende zu konzentrieren.

Seibold blätterte weiter, bis er die Aufzeichnungen von Ende Januar des Jahres 1945 erreicht hatte. Es war die Zeit, in der auch Rheinbach mit den Gräueln des Krieges konfrontiert wurde. Der Rheinbacher Pfarrer berichtete detailliert über die Bombenangriffe der Alliierten von Ende Januar bis März 1945. Mit drastischen Worten beschrieb er die Zerstörungen in der Stadt und das Leid der Rheinbacher Zivilbevölkerung. Dabei hatte er alle Mitglieder seiner Gemeinde aufgelistet, die im Bombenhagel ihr Leben ließen. Inmitten dieser letzten Kriegsbeschreibungen fand er schließlich eine Notiz, die auf den 4. März 1945 datiert war.

»Roman und Arkadiusz waren hier, habe ihnen die Beichte abgenommen und die heilige Kommunion erteilt. Sie hatten große Angst und versicherten, mit den Geschehnissen nichts zu tun zu haben. Habe ihnen geraten, sich zu verstecken, der Amerikaner steht schon in Kuchenheim.«

9. Kapitel

Dienstag, 17. Februar 1953

Der Anfall setzte gegen sechs Uhr fünfundvierzig ein und war der stärkste, den er bisher gehabt hatte. Nach der deutlichen Besserung am Vortag traf er Walter Seibold völlig unvorbereitet. Er befand sich gerade im Bad und war bei der Morgenwäsche.

Der Anfall begann mit Schwindel und Sehstörungen. Dann setzten so starke Kopfschmerzen ein, dass er glaubte, sein Kopf würde bersten. Er ließ sich auf den Boden fallen und kroch auf allen vieren in sein Bett zurück. In seiner Hilflosigkeit dachte er zunächst daran, um Hilfe zu rufen, entschied sich aber abzuwarten, in der Hoffnung, der Anfall würde bald aufhören.

Gegen neun Uhr hatten die Schmerzen etwas nachgelassen, und Seibold versuchte, sich im Bett aufzurichten. Es schwindelte ihn so sehr, dass er sich wieder zurückfallen ließ. Er war sich jetzt im Klaren darüber, dass er, selbst wenn der Anfall in den nächsten Stunden nachlassen würde, heute noch nach Bonn zurückkehren musste. Er war gezwungen, den Fall abzugeben und sich in ärztliche Behandlung zu begeben.

Ihm war zum Heulen zumute. Er fühlte, dass er kurz vor der Lösung des Falles war, und musste dennoch aufgeben.

Seibold lag drei weitere Stunden auf seinem Bett und war nicht in der Lage, aufzustehen. Er musste an Traudel Henrich denken, die auf ihn wartete. Wie gerne hätte er sie jetzt in seiner Nähe. Um zwölf Uhr hatten der Schwindel und die Sehstörungen so weit nachgelassen, dass er daran denken konnte, aufzustehen. Vorsichtig schleppte er sich ins Bad und beendete seine Morgentoilette. Dann zog er sich an, immer in der Angst, dass ein neuerlicher Anfall ihn wieder aufs Bett zwang. Nach einer weiteren halben Stunde fühlte er sich so weit wiederhergestellt, dass er das Zimmer verlassen konnte.

Es war kurz nach ein Uhr, als ihn ein sorgenvoller Hein Burrenkopf im Gastraum empfing.

»Herr Seibold, wo bleiben Sie? Wir haben schon befürchtet, Ihnen wäre etwas zugestoßen.«

»Nein, es ist nichts Schlimmes. Ich hatte nur einen Migräneanfall«, entgegnete der Kommissar und bemühte sich krampfhaft, seinen angeschlagenen Zustand zu verbergen. »Es geht mir schon wieder besser.«

»Dann bin ich ja beruhigt. Sie dürfen doch unter keinen Umständen unseren Karnevalsumzug verpassen.« Er zeigte auf Seibolds Frühstückstisch. Das Kaffeegeschirr war noch nicht abgeräumt.

»Wollen Sie noch frühstücken?«

»Nein, ich tanke lieber etwas frische Luft. Machen Sie mir bitte die Rechnung fertig. Ich werde heute noch abreisen.«

Erst als er die Gaststätte verließ, war ihm klar geworden, dass in Rheinbach heute Ausnahmezustand herrschen musste, denn selbst Hein Burrenkopf hatte sich verkleidet. Er trug eine kleine, rote Narrenkappe auf dem Kopf.

Bevor er nach Bonn zurückkehrte, wollte Seibold unbedingt noch mit Traudel Henrich sprechen. Der Fußweg vom Hotel über die Bachstraße in die Polligstraße tat ihm gut. Der nasskalte Tauwind aus Südwest hatte zwar noch immer nicht nachgelassen, aber die frische Luft gab ihm neue Kraft.

Von überall her begegneten ihm Erwachsene und Kinder in Kostümen, die in Richtung Hauptstraße eilten, um den Karnevalsumzug zu sehen.

Als er durch das geöffnete Hoftor auf Tante Lisas Haus zuging, hörte er Sentas Gebell. Sie musste ihn schon gewittert haben. Die Haustüre öffnete sich, und der Hund stürzte vor Freude winselnd auf ihn zu. Er sprang Seibold so wild an, dass er Mühe hatte, sich auf den Beinen zu halten.

Nachdem er den Hund begrüßt hatte, schaute er auf und sah Tante Lisa und Maria auf der Haustreppe stehen. Sie trugen über ihren Karnevalskostümen Mäntel, sodass er nicht erkennen konnte, was sie darstellten. Nur an ihren geschminkten Gesichtern war zu erkennen, dass Karneval war.

»Herr Seibold«, empfing ihn die alte Frau, »Traudel ist nicht mehr hier. Sie hat die ganze Zeit auf Sie gewartet. Sie musste dringend zum Treffpunkt ihrer Fußtruppe.«

»Es tut mir leid«, entgegnete der Kommissar und tätschelte Sentas Flanke. »Ich konnte nicht früher kommen. Mir ist leider etwas dazwischengekommen.«

»Aber dann begleiten Sie uns doch sicher zum Karnevalszug«, bettelte Maria. »Sie können mir helfen, Kamelle zu fangen.«

Dabei hielt sie einen großen Stoffbeutel hoch, in dem sie die Süßigkeiten sammeln wollte. Obwohl sich Seibold ganz und gar nicht danach fühlte, einen lärmenden Karnevalsumzug zu besuchen, brachte er es nicht über das Herz, dem Kind die Bitte abzuschlagen.

Dienstag, 17. Februar 1953, 14 Uhr 05

Die Stehplätze auf der *Alten Post* waren besonders begehrt.

Das viereckige Gebäude, von dem nach den Bombenangriffen nur noch die Kellerdecke übrig geblieben war, stand an der Stelle, wo die Martinstraße in die Hauptstraße einmündet. Somit bot der erhöhte Standort eine vorzügliche Sicht auf den von der Martinstraße anrückenden Karnevalszug, den man anschließend noch bis weit in die Hauptstraße in Richtung Voigtstor verfolgen konnte. Als Seibold mit Tante Lisa und Maria dort eintraf, hörten sie an den Klängen des heranrückenden Tambourchores, dass der Zug schon in Richtung *Alte Post* unterwegs war.

Die besten Zuschauerplätze in der ersten Reihe waren bereits besetzt. Als die in den vorderen Reihe stehenden Erwachsenen bemerkten, dass die kleine Maria aus der zweiten Reihe nichts sehen konnte, rückten sie so weit zusammen, dass die drei Nachkömmlinge ebenfalls einen guten Blick auf das Geschehen hatten.

Schon von Weitem erkannte Walter Seibold Manfred Raaf, der dem Umzug mit stolzgeschwellter Brust vorausging. Er hatte eine rote Verkehrskelle in der Hand, mit der er alle Hindernisse, die den reibungslosen Fortgang des Zuges hätten stören können, von der Straße scheuchte. Dabei pfiff er nach Leibeskräften auf seiner Trillerpfeife.

Dann folgten die ersten Karnevalswagen. Sie waren nach einem bestimmten Motto geschmückt, und die Gruppen auf den Wagen warfen den am Straßenrand jubelnden Zuschauern unter lauten Hochrufen Kamelle und anderes Wurfmaterial zu.

Der Zug der Wagen wurde ab und zu von einem Spielmannszug unterbrochen, der mit Karnevalsliedern die Menge in Stimmung brachte und zum Schunkeln und Mitsingen animierte. Seibold half Maria nach Kräften beim Aufsammeln, obwohl das ständige Bücken nach den auf den Boden liegenden Süßigkeiten nicht gerade förderlich für seinen Kopf war. So war er froh, dass Marias Beutel schon bald zum Bersten gefüllt war und nur noch ausgewähltes Wurfmaterial wie Blumensträußchen oder Apfelsinen aufgefangen wurde, das dann in Tante Lisas großen Manteltaschen verschwand.

»Da kommt Mami!« Maria zupfte Seibold am Ärmel seines Mantels und zeigte auf eine Gruppe von Frauen, die den Zug zu Fuß begleitete.

Es war Traudels Henrichs Damenkegelverein, der sich zum heutigen Anlass wieder als Japanerinnen verkleidet hatte. Die Frauen tanzten und sangen ausgelassen zu den Klängen der vorangehenden Musikgruppe und beschenkten ab und zu Passanten mit Naschwerk, das sie in Körben bei sich trugen. Besonders ausgesuchte Zuschauer kamen gar in den Genuss, ein Glas Schnaps angeboten zu bekommen, wobei das Leeren des Glases anschließend mit einem Bützchen belohnt wurde.

Als sich die Gruppe auf der Höhe der *Alten Post* befand, versuchte Tante Lisa, mit heftigem Winken auf sich aufmerksam zu machen. Aber erst auf Marias lautes Zurufen reagierte Traudel und schaute zu ihrer Familie hinüber.

Als sie Walter Seibold erkannte, hielt sie mit einem erstaunten Gesichtsausdruck inne. Dann lief sie los und stieg auf die Plattform der *Alten Post*. Zunächst beschenkte sie sowohl Tante Lisa als auch Maria mit einer Tafel Schokolade, dann wandte sie sich Seibold zu und drückte ihm ein Schnapsglas in die Hand.

»Warum bist du nicht gekommen?«, flüsterte sie, holte eine Kornflasche aus dem Korb und füllte das Glas.

»Ich konnte nicht. Ich erkläre es dir später.«

Dann leerte er das Glas mit einem Zug. Er spürte, wie die Spirituose brennend ihren Weg in seinen noch nüchternen Magen nahm. Ihm wurde leicht übel.

»Wo können wir uns gleich sehen?«, fragte er und versuchte, sich seinen Ekel über den Schnaps nicht anmerken zu lassen.

Traudel beugte sich vor und gab ihm einen Kuss auf die Wange. »Unsere Gruppe feiert nach dem Karnevalszug noch im *Hotel Burrenkopf«*, flüsterte sie ihm ins Ohr. »Komm bitte dorthin!«

»Ich werde da sein!«

Traudel schaute ihm einen Moment tief in die Augen, dann setzte sie ihr Lächeln auf, das ihn schon am ersten Tag verzaubert hatte. Ohne sich noch einmal umzudrehen, lief sie ihrer Fußgruppe hinterher und verschwand in der Menge.

Inzwischen war das Ende des Umzuges an der *Alten Post* angelangt. Traditionell wurde es von dem Prinzenwagen gebildet, dem die Prinzengarde vorausging. Im Gleichschritt marschierten die Gardisten, von Trommelklängen und Fanfaren begleitet, an den Schaulustigen vorbei. Angeführt wurde die Garde von ihrem Kommandanten, der mit seiner stattlichen Figur und der schmucken Uniform eine eindrucksvolle Erscheinung abgab. Toni Vornhagen hatte Seibold, Tante Lisa und Maria sehr schnell in der Menschenmenge entdeckt und winkte Seibold mit beiden Armen zu, während er Tante Lisa und Maria mit Kusshändchen bedachte. Dann folgte der Prinzenwagen, deren mächtiger Aufbau die anderen Wagen um einiges überragte. Von seiner Spitze bedachten Prinz Franz II. und Prinzessin Marianne I. die jubelnde Menge regelrecht mit einem Bombardement an Kamellen und anderem Wurfmaterial. Der Prinzenwagen wurde deshalb während des ganzen Umzuges von einer großen Meute Kindern belagert, da die Aussicht auf Beute in seinem Umfeld am größten war.

Als sich der letzte Wagen des Umzuges langsam aus dem Sichtfeld der Zuschauer entfernte, drehte sich Tante Lisa um und wollte den Kommissar zu einer Tasse Kaffee in die Polligstraße einladen.

Doch Seibold stand nicht mehr auf seinem Platz. So sehr Tante Lisa und Maria nach ihm Ausschau hielten, er war verschwunden.

Seibold hatte die besondere Aufmerksamkeit, die Tante Lisa und Maria dem Prinzenwagen geschenkt hatten, dazu genutzt, sich unbemerkt zu entfernen. Er schämte sich zwar wegen seines Verhaltens, aber es ging nicht anders.

Er brauchte jetzt dringend etwas Ruhe, um sich für das Treffen mit Traudel zu sammeln. Deshalb entschied er sich, den Weg zurück zum Hotel durch die ruhigen Gassen zu nehmen, die parallel zur Hauptstraße verliefen.

Als er von der Pützgasse in die Junkergasse einbog, begann ein heftiger Platzregen. Er stellte sich in einem dunklen, überdachten Hauseingang unter und lehnte sich gegen die Haustüre. Er horchte in das Gebäude hinein. Alles war ruhig. Die Besitzer schienen sich noch auf dem Karnevalszug zu befinden. Er schloss die Augen, um einige Zeit nicht mehr von den permanenten Sehstörungen gequält zu werden. Das leise Trommeln der Regentropfen auf dem Glasdach des Hauseinganges hatte eine beruhigende Wirkung auf ihn. Nach fünfzehn Minuten hörte der Regen auf.

Seibold fühlte sich so weit wiederhergestellt, um seine letzte Pflicht in Rheinbach zu erledigen.

Dienstag, 17. Februar 1953, 15 Uhr 40

Der Gastraum des *Hotel Burrenkopf* war so überfüllt, dass sich eine Warteschlange vor dem Eingang gebildet hatte. Hein Burrenkopf hatte recht behalten. Der einsetzende Regen hatte die Besucher des Karnevalsumzuges in die Rheinbacher Gaststätten getrieben. Um der chaotischen Lage einigermaßen Herr zu werden, hatte er einen Bediensteten an die Eingangstür stellen müssen, der den Einlass regelte. Walter Seibold war als Gast des Hotels privilegiert und durfte sofort hinein. Als er den Gastraum betrat, stellte er sich auf einen Stuhl, der neben der Eingangstür stand, und blickte über die wabernde Masse der Gäste.

Schließlich entdeckte er die gelben Kimonos der Damenkegelgruppe im linken Bereich der Theke in der Nähe des Treppenaufganges. Auf der rechten Seite des Raumes spielte zur Feier des Tages eine kleine Tanzkapelle auf, und Seibold musste sich zunächst durch das Gedränge der Tanzenden kämpfen, um die Theke zu erreichen. Von dort heftete er sich an die Fersen eines Kellners, in dessen Gefolge er schließlich zu seinem Ziel gelangte.

Traudel Henrich stand an der äußeren Ecke der Theke und unterhielt sich mit einer Kegelschwester. In der rechten Hand hielt sie ein Glas Limonade. Gott sei Dank, dachte Seibold, sie hat sich bemüht, nüchtern zu bleiben.

Als sie ihn sah, flüsterte sie ihrer Gesprächspartnerin etwas ins Ohr. Diese nickte lächelnd und machte für Seibold Platz. Der Kommissar zwängte sich neben sie. Der Platz war so beengt, dass er sich mit der rechten Hand an der gusseisernen Thekenumrandung festhalten musste. Traudel Henrich sagte etwas zu ihm. Wegen des großen Lärms in der Gaststube musste er seinen Kopf weit nach unten beugen, um sie zu verstehen.

»Walter, was ist mit dir los?«, fragte sie ohne Umschweife.

»Mir war es heute Morgen nicht gut«, erwiderte er, »ich hatte einen Migräneanfall.«

Seibold hatte sich vorgenommen, ihr nichts von seinem tatsächlichen Gesundheitszustand zu erzählen.

»Das meine ich nicht«, entgegnete sie und schaute ihm fest in die Augen.

»Was ... was meinst du denn?«

»Dein sonderbares Verhalten mir gegenüber seit unserem Gespräch an der Sektbar am Samstagabend.«

Seibold hatte auf einmal einen Kloß im Hals.

»Traudel«, sagte er und schaute zur Seite, »ich ... ich habe gemerkt, dass sich zwischen uns etwas anbahnt, was nicht sein darf.«

»Warum nicht?«

»Wegen ... wegen Toni«, presste Seibold hervor, »er liebt dich.«

»Ich habe Toni nie etwas versprochen oder Anlass gegeben, sich Hoffnungen zu machen«, entgegnete Traudel kopfschüttelnd, »ich habe auch ihm gegenüber nie ein schlechtes Gewissen gehabt. Er hat von uns ebenso profitiert wie wir von ihm. Nach dem Krieg war er ganz alleine. Wir haben ihn aufgenommen und ihm eine Familie gegeben. Ich sehe in ihm einen Bruder.«

»Toni ist nicht nur ein Arbeitskollege, sondern er ist mir zu einem guten Freund geworden, den ich sehr schätze«, erwiderte Seibold. »Ich nehme einem Freund nicht die Frau weg.«

Das Gespräch wurde kurz unterbrochen, da Hein Burrenkopf dem Kellner ein Tablett Bier über die Theke reichte. Traudel nahm Seibolds Hand und streichelte mit ihrem Daumen über seinen Handrücken. Die Musikkapelle hatte aufgehört zu spielen, und es war deutlich ruhiger geworden.

Seibolds Augen glitten durch den Raum, um zu sehen, ob sie beobachtet wurden. Aber niemand schien sich für sie zu interessieren.

»Toni wird es verstehen«, fuhr Traudel fort, »er muss es einfach verstehen.«

Seibold wollte etwas entgegnen, aber er schwieg, als Traudel weitersprach. »Ich war mir eine ganze Zeit über meine Gefühle dir gegenüber nicht völlig im Klaren. Aber seit Sonntagmorgen, als du mit Senta so hilflos vor mir standst und mich batest sie aufzunehmen, wusste ich, dass ich dich liebe.«

Sie presste Seibolds Hand ganz fest. »Und ich weiß, dass du es auch tust.«

Seibold schaute nach unten und schüttelte den Kopf. »Es geht nicht«, sagte er, »er ... er hat mir das Leben gerettet.«

Seibold erzählte Traudel Henrich von dem Vorfall, der sich vor zwei Tagen auf dem Beuelskopf zugetragen hatte.

»Verstehe es bitte«, beendete er seine Erklärung, »ich werde heute noch nach Bonn zurückkehren. Ich werde Hausschildt bitten, die Ermittlungen in Rheinbach einem anderen zu übergeben.«

Traudel Henrich, die Seibold mit gesenktem Kopf zugehört hatte, hob den Blick und schaute ihn lange an. Der Kommissar sah, wie Tränen in ihr aufstiegen.

»Da ... da ist noch etwas, was ich dir sagen muss.« Ihre Lippen bebten. »Ich hoffe nur nicht, dass du glaubst, ich wollte Toni schlechtmachen.«

Seibolds Augen weiteten sich. Er sah Traudel Henrich verständnislos an.

»Da gibt es gewisse Ungereimtheiten ... mit Toni.«

»Was meinst du mit Ungereimtheiten?«

Die Kapelle hatte wieder begonnen zu spielen, und der Kommissar musste sein Ohr wieder ganz nah an Traudel heranbringen, um sie zu verstehen.

»Ich habe am Samstagmorgen bei eurem Gespräch mitbekommen, dass Toni behauptete, er würde Theo Fuchs kaum kennen. Das stimmt nicht. Ich weiß, dass Fuchs ihn in seinem Raum im Schuppen des Öfteren spät am Abend besucht hat.«

Seibold stand wie vom Donner gerührt. Er spürte ein leichtes Frösteln. »Bist du dir sicher?«

Traudel Henrich nickte.

»Das erste Mal habe ich es bemerkt, als ich vor wenigen Wochen spät vom Kegelabend nach Hause kam. Ich sah eine Gestalt, die in unseren Hof schlich und im Schuppen verschwand. Ich lauschte an der Tür. Ich war mir sicher, Theo Fuchs' Stimme gehört zu haben. Anschließend habe ich darauf geachtet, ob Toni weiterhin spät am Abend Besuch empfängt. Fuchs war regelmäßig dort. Ihr letztes Treffen war Anfang letzter Woche.«

Traudel Henrich, die Seibolds Gedanken zu lesen schien, fuhr fort: »Glaube mir, ich habe es zuerst auch nicht wahrhaben wollen.«

Sie machte eine kurze Pause.

»Am Sonntag dann in Odendorf bin ich unbemerkt Zeuge eines weiteren sonderbaren Vorfalles geworden. Toni musste sich an der Theke Vorwürfe eines seiner Kollegen der Prinzengarde anhören. Er fragte ihn, warum er die Truppe am Samstagabend vor dem Auftritt in Flerzheim verlassen habe. Der Auftritt musste von einem anderen Gardisten geleitet werden und war wohl eine ziemliche Katastrophe. Fest steht: Toni stieß erst anderthalb Stunden später in Oberdrees wieder zur Prinzengarde.«

Seibold merkte, wie Entsetzen in ihm aufstieg. Erst allmählich wurde ihm klar, was das, was Traudel Henrich ihm berichtete, bedeutete. Alles in ihm sträubte sich gegen diese

Gedanken. Nein ... es würde sich alles aufklären, redete er sich ein. So konnte er sich einfach nicht in einem Menschen geirrt haben. Seibold glaubte plötzlich, in dem stickigen, überfüllten Raum keine Luft mehr zu bekommen.

»Ich werde der Sache nachgehen«, presste er heraus. »Ich werde mit Toni ...« Er brach den Satz ab. Dann drehte er sich um und wankte wie in Trance ins Freie. Dort blieb er zunächst einen Moment stehen.

Tief durchatmen, sagte er sich, doch es gelang ihm nicht, seinen Verstand zu beruhigen. Die Fragen kreisten schneller und schneller in seinem Gehirn. Verliere jetzt nicht den Kopf, redete er sich zu, und versuche deine Gedanken zu ordnen!

Erst allmählich bekam er sich wieder in den Griff. Nein, Toni konnte nichts damit zu tun haben, stellte er erleichtert fest. Er war mit ihm in Bonn, als Robert Hörnig ermordet wurde. Er wollte schon wieder in die Gaststätte zurückkehren, als ihm plötzlich der Gedanke kam, dass er noch nicht daran gedacht hatte, dass es sich bei den Mordfällen um mehr als nur einen Täter handeln konnte.

Er entfernte sich weiter von der lärmenden Schar, die vor der Eingangstür stand und sich pausenlos beschwerte, nicht in die Gaststätte eingelassen zu werden. Er versuchte, sich zu konzentrieren.

In diesem Moment lief der letzte, von panischer Angst gezeichnete Blick Schwester Maria Gratas, als sie Vornhagen im hinteren Teil des Krankenzimmers erblickte, wie ein Blitzlicht vor seinen Augen ab.

Wie sollte er weiter vorgehen? Einfach zu Toni Vornhagen hingehen und ihn mit den Vorwürfen konfrontieren? Seibold malte sich die Blamage und seine Scham aus, wenn sich der Verdacht als haltlos erwies.

Nein! Er brauchte handfeste Beweise.

Wo konnte er sie finden? Vielleicht in Vornhagens Wohnung?

Wie paralysiert hastete Seibold über die Hauptstraße. Er nahm weder die Betrunkenen wahr, die ihm mit schwankenden Schritten begegneten, noch die Putzkolonne, die die Rheinbacher Straßen von dem Müll des Karnevalszuges reinigte. Zu sehr kreisten seine Gedanken um die plötzliche, unerwartete Wendung in diesem Fall. Sie ließen ihn sogar seine Kopfschmerzen vergessen und mobilisierten neue, ungeahnte Kräfte.

Vornhagens Haus befand sich nicht weit von der Polizeiwache und ähnelte in der Bauweise dem von Lisa Michels auf der Polligstraße. Vornhagens Vater war Landwirt gewesen. Das Anwesen bestand neben dem Wohnkomplex aus einem großen Innenhof mit angrenzenden Stallungen. Vornhagen hatte ihm die notdürftig ausgebesserten Schäden der Bombenangriffe gezeigt, als ihn Seibold vor einigen Tagen wegen seiner Erkältung nach Hause gefahren hatte. Die Hoftüre stand offen, und Seibold ging hinein. Sorgsam achtete er darauf, dass ihn niemand beobachtete. Er versuchte, die beiden Seitentüren, die über den Hof ins Haus führten, zu öffnen. Sie waren verschlossen. Seibold überlegte fieberhaft. Dann ging er in einen der Ställe und kehrte mit einem Leinensack zurück. Damit umwickelte er einen Ziegelstein, den er an der Hofmauer gefunden hatte. Abermals vergewisserte er sich, dass ihn keiner beobachtete, und schlug eines der Fenster ein, die zum Hof zeigten.

Er griff mit dem rechten Arm durch das zersplitterte Glas, tastete nach dem Fenstergriff und zog ihn nach unten. Das Fenster öffnete sich. Seibold wischte vorsichtig die Glassplitter von der Fensterbank und stieg ins Haus. Er befand sich im Wohnzimmer. Langsam blickte er sich um.

Ihm fiel auf, dass das kärglich möblierte Zimmer fast schon eine klinische Sauberkeit ausstrahlte. Dann machte er sich daran, die Wohnung zu untersuchen.

Seibold saß auf einem Stuhl in der Küche und hatte seine verschränkten Unterarme auf den Küchentisch gelegt. Er überlegte gerade, was er Toni Vornhagen sagen würde, wenn der ihn jetzt überraschte. Fünfundvierzig Minuten hatte er jedes Zimmer und jedes Möbelstück akribisch untersucht, ohne auch nur einen Hinweis auf Vornhagens früheres Leben zu finden. Keine Akte, kein Schriftstück und keine Bilder aus der Zeit vor 1950. Es schien so, als wohne hier ein Mann ohne Vergangenheit. Er fand auch nichts, was an die früheren Bewohner dieses Hauses erinnerte.

Seibold dachte darüber nach, dass Vornhagen ihm erzählt hatte, dass seine Eltern und seine Schwester in einem der Bombenangriffe am Ende des Krieges ums Leben gekommen waren. Der Kommissar kramte das Tagebuch Pfarrer Bertrams aus der Manteltasche. Aus einem Formular, das er im Wohnzimmerschrank gefunden hatte, wusste er, dass Vornhagens Konfession römisch-katholisch war. Wenn Vornhagens Eltern und seine Schwester zu den Bombenopfern gehörten, mussten sie in Bertrams Tagebuch aufgelistet sein.

Seibold schlug das Buch auf. Nach einer kurzen Suche hatte er die Auflistungen gefunden. Fieberhaft ging er mehrmals alle Namen der Bombenopfer durch. Schließlich stand fest: Niemand der Bombenopfer hatte den Nachnamen Vornhagen. Warum hatte Toni ihn belogen? Was war mit ihnen geschehen? Woher konnte er Informationen darüber erhalten?

Seibold nahm den Kopf zwischen seine Hände, schloss die Augen und überlegte.

Wieder dachte er daran, dass ihm seine Kopfverletzung in der letzten Stunde kaum zu schaffen gemacht hatte. Es kam ihm vor, als gestattete ihm sein Körper doch noch, den Weg hier in Rheinbach zu Ende zu gehen. Plötzlich schlug sich Seibold mit der flachen Hand gegen die Stirn. Er tadelte sich, dass er noch nicht früher daran gedacht hatte.

Er wusste jetzt, wo er suchen musste.

Als er Tante Lisas Hof auf der Polligstraße betrat, fiel ihm ein handgeschriebener Zettel auf, der an die Haustüre geheftet war. Seibold näherte sich dem Schriftstück und erkannte, dass es an Traudel gerichtet war. *Sind mit Senta im Wald*, konnte er entziffern.

Die kindliche Handschrift bewies, dass Maria die Verfasserin des Schreibens gewesen sein musste. Ihm war es mehr als recht, dass sich jetzt niemand in dem Anwesen aufhielt und ihn bei seiner Durchsuchung stören konnte.

Er ging auf die Stallung zu, in der Vornhagen sein Refugium eingerichtet hatte. Der Kommissar hatte an dem Tag, als Vornhagen ihm den Raum gezeigt hatte, beobachtet, dass der Schlüssel für den Eingang an der hinteren Wand des Schuppens versteckt war. Er ging um das kleine Gebäude herum und suchte die Rückwand ab. Schon nach wenigen Augenblicken hatte er das Versteck gefunden. Der Schlüssel hing an einem Nagel, der an einem der Dachbalken angebracht war. Seibold ging zurück und öffnete die Tür.

Der Raum musste bis vor Kurzem noch beheizt worden sein, denn ihm kam eine wohltuende Wärme entgegen. Dann schritt er auf den hohen Eisenschrank zu. Er sah das Vorhängeschloss und überlegte, wie er es öffnen konnte. Sein Blick schweifte über die Werkzeuge, die säuberlich geordnet an der Wand hingen. Als er kein Brecheisen entdeckte, entschied er sich schließlich für eine große Eisenfeile, die er aus der Wandhalterung entfernte. Er ging zum Schrank zurück und klemmte die vordere Spitze der Feile zwischen den Bügel des Schlosses. Er fasste das untere Ende des Werkzeuges mit beiden Händen und versuchte, das Schloss mit einem kräftigen Ruck aufzubrechen. Er brauchte mehrere Anläufe, bevor er Erfolg hatte.

Mit einem lauten Krachen zerbarst das Schloss und fiel zu Boden. Seibold bemerkte, dass er vor Anstrengung schwitzte, und wischte sich die Schweißperlen von der Stirn. Dann ergriff er die Tür und zog sie vorsichtig auf. Er erblickte eine Uniformmütze, die auf einem Regal lag.

Darunter hing ein schwarzer Ledermantel. Daneben eine Offiziersuniform. Er nahm die Mütze herunter und sah den Totenkopf der SS. Dann holte Seibold die beiden anderen Kleidungsstücke aus dem Schrank und betrachtete sie näher. Auf dem Revers der Uniformjacke waren Buchstaben eingestickt. Seibold entzifferte *SS Division Frunsberg*. Er hing die Sachen in den Schrank zurück und kniete sich nieder.

Der untere Teil des Schrankes bestand aus einer großen Schublade. Seibold öffnete sie. Er sah einen großen Schuhkarton, der fast die ganze Schublade ausfüllte. Er holte ihn heraus und entfernte den Deckel. Der Kommissar hatte aufgrund der Größe des Kartons erwartet, dass er Lederstiefel einer SS-Uniform enthielt.

So war sein Erstaunen groß, als sein Blick auf eine große Anzahl von Fotografien fiel, die in verschiedenen Größen auf dem Grund des Kartons lagen. Seibold nahm zunächst das größte Bild heraus und betrachtete es.

Es zeigte einen SS-Offizier in einem schwarzen Ledermantel, der vor einer angetretenen Kompanie Soldaten stand und den rechten Arm zum Hitlergruß erhoben hatte. Er schien eine Ansprache zu halten. Obwohl die Aufnahme aus einiger Entfernung gemacht worden war, konnte Seibold die Gesichtszüge erkennen. Es war Toni Vornhagen. Sein herrischer, strenger Blick erschreckte ihn. Dann fiel ihm eine weitere Person in SS-Uniform auf, die ebenfalls einen Ledermantel trug. Sie stand etwas abseits von Vornhagen und blickte mit einem unterwürfigen Blick zu ihm auf. Seibold hielt das Bild näher vor seine Augen. Kein Zweifel. Auch wenn das Gesicht durch den tiefsitzenden Stahlhelm schwer zu erkennen war.

Es war Theo Fuchs.

Seibold stellte sich vor, wie die beiden hier in diesem Raum ihren Nazi-Träumen nachhingen. Er legte das Foto zurück und nahm die anderen Bilder aus dem Karton. Sorgfältig betrachtete er eines nach dem anderen. Das drittletzte Foto des Stapels musterte er mit besonderer Aufmerksamkeit. Es zeigte ein kleines, schwarzhaariges Mädchen in einem Sommerkleid, das auf dem Schoß eines jungen Mannes in Arbeitskleidung saß. Daneben stand ein weiterer Mann, der seine Arbeitskappe ausgezogen hatte und sie in seiner rechten Hand hielt. Er lächelte in die Kamera. Seibold erkannte an den Gebäuden, die im Hintergrund zu sehen waren, dass das Foto auf dem Bauernhof der Familie Vornhagen aufgenommen worden war. Er betrachtet die Rückseite des Bildes und las: *Helene mit Roman und Arkadiusz, Juni 1944.*

In diesem Augenblick hörte Seibold ein Geräusch hinter sich. Ehe er sich umdrehen konnte, fühlte er, wie er von kräftigen Händen gepackt wurde. Dann wurde er mit voller Wucht gegen den Schrank geschleudert.

Hart krachte seine Stirn gegen die Eisentür.

Dann wurde alles dunkel um ihn herum.

Walter Seibold wusste nicht, wie lange seine Ohnmacht gedauert hatte. Er lag ganz still und prüfte vorsichtig, wie es ihm ging. Er spürte, dass er mit seiner linken Gesichtshälfte auf den kalten Fliesen des Bodens lag. Dann versuchte er mit großen Schwierigkeiten, seine Augen zu öffnen, die mit Blut verklebt waren. Er hatte das Gefühl, dass sein Kopf zwischen zwei Mühlsteine geraten war. Stöhnend richtete er sich langsam auf und spürte ein heftiges Pochen in seinen Schläfen. Es gelang ihm, sich umzudrehen und sich mit seinem Rücken gegen den Schrank zu lehnen. Dann versuchte er die Gestalt zu erkennen, die vor ihm auf dem niedrigen Couchtisch saß.

Es gelang ihm nicht, da ihm weiterhin Blut aus seiner Stirnwunde in die Augen rann. Dann wurde ihm ein Tuch zugeworfen. Er fasste es mit seiner rechten Hand und rieb das Blut aus dem Gesicht. Wieder schlug er seine Augen auf. Wie durch Nebelschleier erkannte er, dass die Person vor ihm ein Clownskostüm trug. Als sein Blick klarer wurde, sah er, dass sich diese Kostümierung nicht unter denjenigen befunden hatte, die Elke Rottmann gestern identifizieren musste. Langsam fasste sein Gegenüber an den unteren Rand der Maske und zog sie von seinem Gesicht herunter.

Seibold schaute in das schweißbedeckte Gesicht und die kalten Augen von Toni Vornhagen. Die Verwandlung war unglaublich. Seibold spürte plötzlich eine eisige Distanz, das genaue Gegenteil der Wärme, die dieser Mensch ihm gegenüber sonst ausgestrahlt hatte. Ruckartig nahm der Polizeichef eine leere Blumenvase vom Tisch und schleuderte sie Seibold entgegen. Glücklicherweise verfehlte sie seinen Kopf und zersplitterte an der Schranktür.

»Musstest du immer weiter schnüffeln ... schnüffeln ... schnüffeln«, schrie er. Vornhagens Gesichtsausdruck ähnelte dem, den Seibold eben auf der Fotografie gesehen hatte. Er hatte das Gefühl, einem anderen Menschen gegenüberzusitzen.

»Wir hätten Freunde bleiben können. Ich habe dich gemocht«, fuhr Vornhagen fort.

Er stand auf und beugte sich über Seibold. Seine Stimmlage hatte sich wieder beruhigt. »Alles lief so, wie ich es geplant hatte. Aber du hast mit deiner ewigen Schnüffelei alles kaputtgemacht.«

Toni Vornhagen wich wieder zurück und hob den Kopf, als erwarte er eine Antwort. Aber Seibold schwieg.

»Leider habe ich zu spät erkannt, dass du genauso ein feiner Freund wie Schragen bist. Der eine versucht mich zu erpressen, der andere macht sich an mein Mädchen ran.«

Vornhagens Blick verwandelte sich zu Eis. »Ich hätte dich am Sonntag am Beuelskopf verrecken lassen sollen.«

Ohne Vorwarnung machte er einen schnellen Schritt nach vorne und trat Seibold mit der Schuhspitze mit aller Kraft in die Seite. Seibold spürte, wie ihm die Rippen brachen, und der Schmerz raubte ihm fast die Sinne. Er rang nach Luft.

»Meinst du, ich hätte nicht gesehen, was sich eben bei *Burrenkopf* zwischen Traudel und dir abgespielt hat?«, schrie er wütend.

Obwohl es Seibold vor Schmerzen schwerfiel, einen klaren Gedanken zu fassen, wusste er jetzt, dass Vornhagen ihn in den letzten Stunden beobachtet hatte. Er wollte zuerst auf die Vorwürfe antworten. Doch dann verwarf er den Gedanken, denn er erkannte, wie sinnlos es war, sich zu rechtfertigen.

Vornhagen hatte inzwischen wieder Platz genommen und musterte ihn mit durchdringendem Blick.

Seibold, der sich früher des Öfteren gefragt hatte, wie die Gemütslage eines Menschen aussieht, der seinen Tod vor Augen hat, wunderte sich, dass ihn keinerlei Panik ergriff. Er fühlte nur eine sonderbare Gelassenheit. Irgendetwas drängte ihn trotzdem dazu, Vornhagen einige Fragen zu stellen. Er griff wieder nach dem Tuch und wischte sich das Blut aus dem Gesicht.

»Warum ... hast du ... die beiden Polen umgebracht?«, stieß er keuchend hervor und hielt sich seine schmerzende Seite.

»Dass du diesen slawischen Untermenschen überhaupt nachtrauerst!«

Vornhagens emotionslose Stimme schmerzte ihn ebenso wie die Aussage, die er machte. »Aber ich werde dir gerne erzählen, was deine sauberen Polenbrüder verbrochen haben.«

Vornhagen verschränkte die Arme und schlug die Beine übereinander.

»Als die Amerikaner näherrückten, meinten einige von ihnen, sie könnten sich an ihren deutschen Brotherren rächen. So geschehen in Straßfeld oder in Ludendorf. Als meine Einheit aus Oberdrees abziehen musste, blieben Theo Fuchs und ich noch zurück, um mit der Kommandantur die Ortsverteidigung abzusprechen. Als wir unserer Einheit nachfuhren, machten wir noch unbemerkt einen Abstecher zu meinen Eltern in Rheinbach. Es brauchte niemand in Rheinbach zu wissen, dass wir der SS angehörten.«

Vornhagen stockte in seiner Erzählung.

»Meine Eltern und meine Schwester waren tot. Ich werde diesen Anblick nie vergessen. Diese Schweine hatten ihnen die Kehlen durchgeschnitten. Die meisten Wertsachen hatten sie mitgenommen. Fast zwei Tage haben Fuchs und ich sie gesucht, bis wir sie schließlich im Steinbruch erwischt haben. Leider haben wir damals nicht mitbekommen, dass uns die beiden Bälger Hörnig und Schwind beobachtet haben.«

Obwohl das Sprechen Seibold große Mühe bereitete, unterbrach er Vornhagen.

»Sie ... sie warens nicht«, presste er heraus, »das weißt du ganz genau.«

»Wer solls denn sonst gewesen sein?«, brüllte Vornhagen wütend zurück und stand wieder auf.

Seibold versuchte ruhig zu antworten: »Vermutlich diejenigen ..., die auch ... für die Schandtaten in Straßfeld und Ludendorf verantwortlich waren. ... Roman und Arkadiusz auf jeden Fall nicht. ... Sie waren gläubige Christen.«

»Papperlapapp«, schnaubte Vornhagen und beugte sich drohend über den Kommissar, »weißt du, was ich gläubige Christen im Krieg schon alles habe machen sehen? Und wenn schon, ein oder zwei von diesem Polenpack weniger, wen stört das schon. Ich lasse mir auf jeden Fall durch so eine Sache mein Leben nicht versauen.«

Seibold sah ein, dass es sinnlos war, mit Vornhagen weiter über dieses Thema zu sprechen. Er stellte die nächste Frage.

»Was war mit Fuchs?«

Vornhagen schien sich ein wenig beruhigt zu haben. Er drehte sich um und schritt im Zimmer auf und ab.

»Ich war im Krieg sein Kompaniechef, und er fraß mir aus der Hand. Es war keine große Mühe, ihn auf Robert Hörnig zu hetzen.«

»Du ... du warst es also«, unterbrach ihn Seibold, »der das Wechselgeld ... auf den Boden geworfen hat ... und den Streit auslöste.«

»Du hast es erkannt«, erwiderte Vornhagen und grinste Seibold an. »Ich musste ihm anschließend nur noch klarmachen, dass Hörnig uns auch in der Sache mit den Polen gefährlich werden könnte, um ihn dazu zu bringen, ihn ins Jenseits zu befördern.«

Seibold fuhr sich wieder mit dem Tuch durchs Gesicht.

»Dann bist du ... am Samstag ... nach deinem Auftritt in Wormersdorf ... schnellstmöglich nach Rheinbach zurückgekehrt, ... hast dich als Clown verkleidet ... und ... hast auch Fuchs umgebracht. Damit war auch der nächste Mitwisser beseitigt.«

»Anschließend bin ich wieder zu meiner Prinzengarde nach Oberdrees gefahren«, sagte Vornhagen triumphierend und schaute Seibold mit großen Augen an. »Ist das nicht genial, Walter? Zwei Fliegen mit einer Klappe. Fuchs beseitigt mir den Mitwisser Hörnig, und die Merzbacher Junggesellen haben jetzt den Schwarzen Peter beim Tod von Theo Fuchs in der Hand. Und ich bin völlig raus aus dem Spiel.«

Vornhagen ließ ein hysterisches Lachen vernehmen.

»Obwohl Fuchs, dieser naive Schwachkopf, mir zunächst fast die Tour vermasselt hätte«, fuhr er fort, »nach seiner Tat bekam er kalte Füße und wollte abhauen. Wenn du ihn erwischt und verhört hättest, hätte er mir wirklich gefährlich werden können.«

Vornhagen ging zum Ofen, machte die Ofenklappe auf und stocherte mit einem Scheuerhaken in der Glut. Dann legte er ein Holzscheit nach.

»Ich musste schon alle Überredungskünste einsetzen, um ihn davon zu überzeugen, dass ihm nichts passieren konnte, solange ich bei den Ermittlungen die Finger mit im Spiel habe. Nachdem ich mitbekommen hatte, dass einige von Robert Hörnigs Freunden den Blöser-Ball besuchen wollten, habe ich Fuchs geraten, dorthin zu gehen. Er solle ruhig mit seinen Rheinbacher Fußballkumpanen etwas Karneval feiern. In seiner Verkleidung könne ihn ja niemand erkennen.«

Seibold wurde klar, welche Macht Vornhagen über Fuchs gehabt haben musste. Er spürte, dass er etwas besser Luft bekam, und versuchte, sich aufzurichten. Er ließ sich jedoch sofort wieder zurückfallen, die Schmerzen waren zu groß.

»Warum ... warum konntest du nicht wenigstens ... Schmecke Michelchen ... aus dem Spiel lassen?«

Wieder presste Seibold jedes einzelne Wort unter Schmerzen hervor.

»Dieser Idiot hat leider am Frischen Brünnchen beobachtet, wie Fuchs Hörnig umgebracht hat«, entgegnete Vornhagen kühl, »es reichte, dass Fuchs ihm einen kleinen Besuch abstattete. Der hat ihn so in Angst und Schrecken versetzt, dass er sich selber aufgehangen hat.«

Seibold suchte in Vornhagens Gesicht vergeblich nach einer Spur Mitgefühl.

Einen kurzen Moment herrschte angespanntes Schweigen. Der Kommissar, der den letzten Sätzen Vornhagens mit gesenktem Kopf zugehört hatte, hob den Blick.

»Was ... was bist du nur ... für ein Mensch?«

»Was für ein Mensch, was für ein Mensch«, wieder schrie Vornhagen hysterisch auf.

Er ging mit dem Scheuerhaken in der Hand drohend auf Seibold zu.

»Hör mir mit so einem Schwachsinn auf! Was ist denn Gerd Schragen für ein Mensch, der seinen besten Freund erpresst und droht, ihn ans Messer zu liefern? Was ist Walter Seibold für ein Mensch, der das Vertrauen eines Freundes, der ihm nebenbei noch das Leben gerettet hat, ausnutzt und ihm die Braut ausspannt? Kommt mir ja vom hohen Ross herunter, ihr Menschen!«

Vornhagen war mit seinem Gesicht so nah an Seibold herangekommen, dass er seinen Atem roch. Seibold spürte, wie ihm wieder Blut in die Augen lief.

»Damit ... kommst du ... nicht durch«, sagte er leise und griff nach dem Tuch.

»Das wollen wir doch mal sehen«, antwortete Vornhagen mit Überzeugung. »Du bist der Einzige, der Bescheid weiß, und du wirst gleich nicht mehr leben. Es ist alles bestens geregelt. Selbst wenn die Beweise zu dürftig für eine Verurteilung von Werner Eschweiler sind und man ihn laufen lässt, mich wird man nie mit den Morden an Gerd Schragen und Hans-Georg Schwind in Verbindung bringen. Theo Fuchs hat Hörnig aus Hass getötet, und nach Fuchs Racheengeln wird man vergeblich innerhalb der Merzbacher Fußballfreunde suchen. In einigen Monaten ist Gras über diese Sache gewachsen.«

»Wie ... wie willst du meinen ... Tod erklären?«

Seibold merkte, wie ihm langsam die Kräfte schwanden.

»Lass das meine Sorge sein«, antwortete Vornhagen gelassen. »Es gibt in Richtung Todenfeld eine gefährliche Kurve im Wald. In ihr sind bei Nässe schon mehrere Motorradfahrer tödlich verunglückt. Morgen früh wird man dort ein demoliertes Motorrad und einen Bonner Kommissar finden, der sich an einem Baum den Schädel zerschmettert hat. Keiner wird das verdächtig finden. Jeder weiß, dass du in den letzten Tagen in den Höhenorten ermittelt hast.«

Seibold senkte den Kopf und stöhnte.

Sein Trost war, dass Vornhagen nichts von Traudel Henrichs Zweifeln wusste. Sie würde nicht lockerlassen und ihm Hausschildt auf den Hals hetzen. Und Hausschildt war ein guter Polizist.

Durch den Schleier des rinnenden Blutes sah er, wie Vornhagen mit eiskaltem Blick auf ihn zukam. In seiner rechten Hand hielt er den Scheuerhaken. Er hob den Arm und holte weit aus. In diesem Moment vernahm Seibold einen ohrenbetäubenden Knall. Vornhagen hielt mitten im Schlag inne. Dann knickten seine Beine ein. Er fiel vornüber und rammte mit seinem Körper Seibolds verletzte Seite. Der Kommissar schrie vor Schmerzen auf. Dann blickte er über Vornhagens Schulter. Schemenhaft erkannte er Manfred Raaf mit einer Pistole in der Hand. Daneben stand Traudel Henrich. Sie hielt sich die Hand vor den Mund und hatte ihre Augen vor Entsetzen weit aufgerissen.

10. Kapitel

17. März 1953, 8 Uhr 45

Die Tage der relativen Gelassenheit waren vorbei. Walter Seibold spürte, wie ein immer stärker werdendes Angstgefühl kalten Schweiß aus seinen Poren trieb. Auch Traudel Henrichs Hand, die er in seiner spürte, konnte daran nichts ändern.

Er blickte nach oben und sah die fleischigen Unterarme Schwester Veronikas, die sein Bett durch die scheinbar endlosen Flure der Neurochirurgischen Klinik schob. Die Krankenschwester hatte sich in den letzten Tagen rührend um ihn gekümmert. Ihr rundes Gesicht und ihr blond gelocktes Haar hatten ihn immer wieder an den pausbäckigen Posaunenengel erinnerte, der in der Weihnachtskrippe seiner Eltern über dem Stallfirst schwebte.

»Sie schaffen das schon, Herr Seibold. Da bin ich mir ganz sicher.« Mit diesen Worten hatte sie ihn am heutigen Morgen, dem Tag seiner Operation, versucht aufzumuntern. Sie hatten jetzt die Tür erreicht, die in den Vorbereitungsraum des Operationssaales führte. Traudel Henrich öffnete die Tür, und die Schwester schob sein Bett hinein.

»Jetzt dauert es höchstens nur noch zehn Minütchen«, flüsterte ihm Schwester Veronika ins Ohr.

Seibold blickte sich um. Die sterilen, weiß gekachelten Wände des Anästhesieraumes vergrößerten sein Unbehagen noch mehr. Er versuchte, sich abzulenken, und seine Gedanken schweiften noch einmal zu der ereignisreichen Woche in Rheinbach, die sein Leben so verändert hatte.

Achtundzwanzig Tage waren vergangen, seitdem man ihn am Abend des Veilchendienstag mehr tot als lebendig in das Rheinbacher Krankenhaus eingeliefert hatte. Drei Wochen hatte er dort seine Verletzungen auskuriert, ehe er in die Bonner Universitätsklinik verlegt wurde. Sein Blick heftete sich dankbar auf Traudel Henrich, ohne deren beherztes Eingreifen er nicht mehr am Leben wäre. Nachdem er sie damals im *Hotel Burrenkopf* völlig verstört Hals über Kopf verlassen hatte, geriet sie immer mehr in Unruhe.

Schließlich hatte sie sich auf den Weg zu *Strengs Stuben*, dem Hauptquartier der Prinzengarde, gemacht. Dort hatte man ihr gesagt, dass man Vornhagen seit Ende des Karnevalszuges nicht mehr gesehen hatte.

Fast krank vor Sorge hetzte sie anschließend durch die Straßen und Schänken Rheinbachs, ehe sie auf Manfred Raaf traf. Nachdem sie ihn über ihre Befürchtungen informiert hatte, überlegten die beiden fieberhaft, wo ein Aufeinandertreffen zwischen Seibold und Vornhagen stattfinden konnte.

Schließlich war Traudel Henrich der rettende Einfall gekommen, und sie hatten sich auf den Weg in die Polligstraße gemacht. Keine Sekunde zu früh, wie sich herausstellen sollte. Seibold veränderte leicht seine Körperhaltung, um seine noch immer schmerzenden Rippen zu entlasten.

Er dachte noch einmal an Toni Vornhagen. Hausschildt hatte ihm bei seinem letzten Besuch berichtet, dass man ihn nach dem Auskurieren seiner Schussverletzung ins Untersuchungsgefängnis verlegt hatte.

Immer wieder hatte sich Seibold in den letzten Wochen die Frage gestellt, wie es möglich war, dass er sich so hatte täuschen lassen. Fassungslos stand er vor dieser Art Mensch, deren gespaltene Persönlichkeit so viel Leid und Elend hatte heraufbeschwören können. Der Nationalsozialismus hatte

Menschen wie ihn zu Zigtausenden hervorgebracht. Deren menschenverachtende Weltanschauung war in der Lage, die dunkle Seite in sonst normalen Menschen und treusorgenden Familienvätern zu wecken und sie zu seelenlosen Monstern zu machen.

Als der Anästhesist den Raum betrat, fiel Seibolds Blick auf den kleinen gelben Teddybär am Fußende des Bettes. Die Kinder Elvira Eschweilers hatten ihn Seibold bei einem ihrer Besuche als Glücksbringer geschenkt. Er konnte ihn jetzt gut gebrauchen. Der Arzt beugte sich über Seibold und erklärte ihm, dass er nun die Narkose einleiten würde. Seibold nickte und schluckte schwer. Dann suchte er die Augen Traudel Henrichs.

Er spürte, wie ihm die Ätherkappe über die Nase gestülpt wurde. Mit einem tiefen Atemzug sog er das Betäubungsmittel ein. Noch einmal drückte er fest Traudel Henrichs Hand. Als er ihr aufmunterndes Lächeln sah, wusste er, dass er die Operation überleben würde.

Er musste einfach.

Nachwort

Die Handlung dieser Geschichte ist frei erfunden. Trotzdem sind einige wahre Begebenheiten in die Handlung eingeflochten (siehe unten).

Die Figuren der Erzählung sind teils erfunden (ihre Namensgebung orientiert sich an in der Voreifel geläufigen Vor- und Nachnamen), teils handelt es sich um in den Fünfzigerjahren tatsächlich lebende Personen in Rheinbach (z. B. die Wirte Hein Burrenkopf und Strengs Möb). Es sei an dieser Stelle noch einmal ausdrücklich darauf hingewiesen, dass sie nichts mit dem Handlungsverlauf zu tun haben.

Die im Roman beschriebenen Orte, Straßen, Gebäude, Wanderziele und Denkmäler existieren oder existierten tatsächlich.

Wahr ist,

- dass es zu Racheakten von Zwangsarbeitern kurz vor Ende des Krieges an ihren Arbeitgebern gekommen ist (z. B. in Ludendorf),
- dass es Erschießungen von Zwangsarbeitern nur wenige Tage vor Beendigung des Krieges in Rheinbach und Umgebung gegeben hat, für die sich bis heute niemand verantworten musste,
- dass der alte Rheinbacher Steinbruch während des Dritten Reiches als Hinrichtungsstätte diente,
- dass es ein Fußballspiel am Ende des Jahres 1945 zwischen dem Schwarz-Weiß Merzbach und einer Auswahl britischer Besatzungssoldaten gegeben hat, das mangels eines eigenen

Merzbacher Sportplatzes in Rheinbach stattfand. Ebenso ist der anschließende Festball in *Strengs Stuben* bezeugt,

- dass sich auch heute noch zwei Bunker in den Parkanlagen des Klosters »Schwestern unserer lieben Frau« befinden.

P.S.

1) Bei der Figur des Schmecke Michelchen handelt es sich um eine legendenhaft überlieferte Gestalt der Merzbacher Höhenorte. Ob sie wirklich einmal gelebt hat, war trotz intensiver Recherche des Autors nicht endgültig zu ermitteln.

2) Eine Polizeiwache gab es im Jahre 1953 noch nicht in Rheinbach. Die Amtsgeschäfte wurden von zwei Polizisten von zu Hause aus getätigt. Die Existenz einer solchen Wache war aber für die Handlung des Romans unerlässlich.

Die »Februarblutwanderung« ...

... führt an allen im Roman beschriebenen Handlungsorten im Rheinbacher Wald vorbei und wird vom Vorsitzenden des Eifelvereins, Heinz Kessel, als eine der schönsten Wanderstrecken im Rheinbacher Umland empfohlen.

Die Wanderung beginnt am Himmeroder Wall am Glasmuseum. Von dort geht es über die Stadtparkstraße (Wegzeichen N) in den Wald, vorbei am Kloster der »Schwestern unserer lieben Frau« und den Pilgerfahrtsweihern zur Waldkapelle. Hinter der Waldkapelle führt der Wanderweg A 7 zur Schutzhütte am Merzbacher Berg, wo sich ein eindrucksvoller Blick auf Merzbach und die

Höhengemeinden eröffnet. Anschließend folgt man immer dem Wanderzeichen 1. Es geht hinunter zu dem Inselweiher, der an den Steinbruch angrenzt, und dann über die Landstraße. Vorbei am Katharinenweiher und dem »Frischen Brünnchen« gelangt man zum Beuelskopf und schließlich zum Bachlauf Hackensiefen. Bevor der Wanderweg 1 aus dem Wald heraus zur Straße zum Sport- und Erlebnisbad führt, biegt man rechts in den Wanderweg 3 ein, der vorbei am Friedhof und dem Vereinshaus des Eifelvereins zum Schwanenweiher führt. Dort überquert man erneut die Landstraße und gelangt über den Seufzerpfad (Wanderzeichen 3,7) zurück zum Himmeroder Wall.

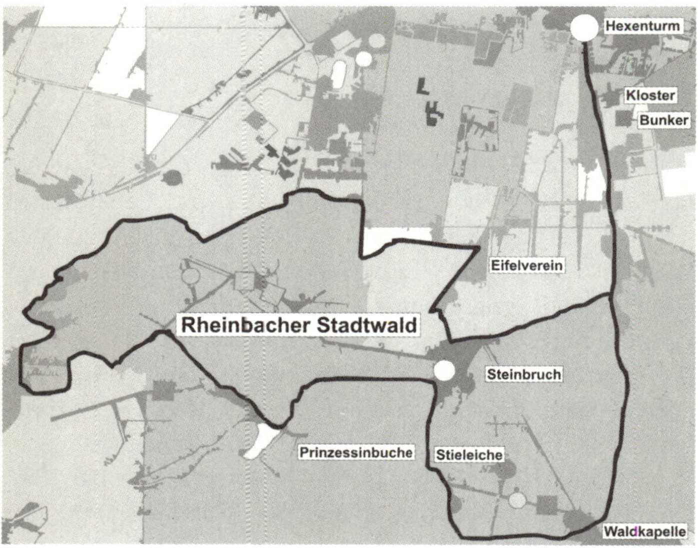